鲁迅文学奖获奖作家自选集

刘笑伟　主编

中短篇小说集

航海长

陆颖墨◎著

中国言实出版社

图书在版编目(CIP)数据

航海长 / 陆颖墨著. -- 北京：中国言实出版社，
2024.7. --（鲁迅文学奖获奖作家自选集 / 刘笑伟
主编）. -- ISBN 978-7-5171-4876-0

Ⅰ. I247.7

中国国家版本馆CIP数据核字第2024Z5E796号

航海长

责任编辑：张国旗
责任校对：宫媛媛

出版发行：中国言实出版社
    地 址：北京市朝阳区北苑路180号加利大厦5号楼105室
    邮 编：100101
    编辑部：北京市海淀区花园北路35号院9号楼302室
    邮 编：100083
    电 话：010-64924853（总编室） 010-64924716（发行部）
    网 址：www.zgyscbs.cn 电子邮箱：zgyscbs@263.net

经   销：新华书店
印   刷：北京铭传印刷有限公司
版   次：2024年10月第1版 2024年10月第1次印刷
规   格：880毫米×1230毫米 1/32 9.5印张
字   数：244千字

定   价：60.00元
书   号：ISBN 978-7-5171-4876-0

总　序

文 / 徐贵祥

　　2023年八一建军节之际，欣闻中国言实出版社正在组织编纂一套"鲁迅文学奖获奖作家自选集"丛书，而且第一批十一卷本即推出十一位军旅作家的作品，感到十分振奋和欣喜。

　　鲁迅文学奖是体现国家荣誉的重要文学奖之一。中国言实出版社"鲁迅文学奖获奖作家自选集"丛书收录了走上中国文学圣殿作家的获奖作品（节选），以及由作家本人精选的近年来创作的代表作。每一本"鲁迅文学奖获奖作家自选集"既是对现实生活的生动写照，也是对时代精神的赓续和传承，体现了文学的风骨，彰显了中国精神、中国特色和中国气派。我为中国言实出版社的胆识和气魄叫好！据我所知，在第七届、第八届鲁迅文学奖的评选中，中国言实出版社连续两届都有作品荣膺鲁迅文学奖桂冠。这个成绩的取得十分不易，可喜可贺！

尤其令我欣慰与自豪的是，第一批十一卷本以军旅作家为代表，收录了十一位获得鲁迅文学奖的军旅作家的作品。这些作品体现了近年来军事文学取得的突出成绩，展现了新时代强军兴军伟大历史进程中人民军队的精神风貌，是新时代军旅文学的重要果实，是军旅作家们献给建军百年的一份难得而珍贵的文学记忆。

军事文学是社会主义先进文化的重要组成部分，无论在艰苦卓绝的战争年代，还是在意气风发的和平建设时期，军旅作家肩负着光荣使命，弘扬时代的主旋律，倾情书写爱国主义和革命英雄主义精神，在中国文学史上留下了一部又一部难忘的经典，耸起一座又一座艺术的高峰。

新时代以来，随着强军兴军的时代步伐的迈进，人民军队体制一新、结构一新、格局一新、面貌一新，发生了深刻的变化，军事文学也迎来了全新的机遇与挑战。面对强军兴军的崭新实践，军旅作家们深入生活、深入基层、深入官兵，创作出一大批优秀文学作品，捕捉到反映出新时代特质的崭新意象，描绘出一系列新时代官兵的艺术形象，非常值得鼓励和提倡。这套丛书，就是对新时代军事文学的一次检阅。

我想，军旅作家们任何时候都不能缺失责任感和勇气，军旅文学就是要勇于攀登思想与精神的高地。军队作家要进一步"根往下扎，树往上长"，贴近基层、贴近生活、贴近官兵、贴近现实。同时，要把握世界军事格局的新变化、新动态，掌握强军训练出现的一些新特点，这样才能够写出接地气、有温度、有力度的军事文学作品。

"鲁迅文学奖获奖作家自选集"丛书给了军旅作家这样一个展示军旅文学最新成果的平台，善莫大焉。相信这套丛书一定能够得到读者的喜爱！

2023 年 8 月 1 日于京郊

（徐贵祥，中国作家协会副主席、军事文学委员会主任，茅盾文学奖获得者）

有鹰相伴，
人生别有风景。

陆颖墨

这时，整个海面上也洒满了金色的阳光。首远，航海长、林之江，所有水兵的脸上，都闪烁着金色的光芒。

——《航海长》（根据小说情节 AI 生图）

金 钢

一

凌晨三点，礁长钟金泽准时起床，猫腰悄悄出了礁堡的门洞，到了平台。说是平台，也就相当于半个篮球场，整个礁堡矗立在茫茫南沙海面，底盘也不过一个篮球场大。

今天夜里凉爽了，除了哨兵，大家都睡得很香甜。为了这香甜，礁上关闭了柴油发电机，用太阳能储存的电保障仪器设备的运行。钟金泽快步走到礁堡的西侧，见军犬金钢正在呼呼大睡，百感交集。昨天傍晚，钟金泽喂了它两片安眠药，它终于踏实地趴下了。

钟金泽眯起眼睛，看了看平静的海面，又仰望满天的星星，重重地叹了一口气。他转过身去，蹲下凝视熟睡的金钢，像是有感应，金钢动了一下。它醒了？没有。金钢舒服地翻了个身，还是呼呼大睡。听鼾声，比刚才还要香甜。

这南沙的海面像镜子一样，一轮明月带着满天繁星映在上面，晶莹剔透。放眼望去，上下两个星空在天边无垠处相连，分不出哪儿是天、哪儿是海。钟金泽恍惚间，礁堡也变成了一颗星星，进入了太空。

这里是中国海的最南端，乘军舰到海南岛至少要五十个小时，到西沙永兴岛要三十多个小时。去最近的兄弟礁堡，也要坐上五六个小时的舰艇。

都说四月的南海西湖的水，浪小海面平。现在已经到了七月，海面还像四月一样平静，平静得让人害怕。钟金泽下意识地摸摸自己的膝盖："伙计，天气预报准吗？"

来南沙前，他在西沙待了十多年。岛上湿度大，腿关节染上了严重风湿，老是咯咯作响。膝关节不同程度的疼痛，告诉他要来什么样的天气。小疼是天天有，如果疼得要贴膏药，那雨就要来了。去年九月份，他调来南沙守礁，这儿的湿度比西沙还要大，所有人在礁上都要戴着护膝。在西沙，虽说小岛不到一平方公里，但有泥土，有树林和植被，在茫茫大海中具有调节湿度的能力。而南沙，礁堡就是一个水泥墩子，杵在水中央，空气中的湿度，还有温度和盐分，要比西沙高出许多。所以在南沙上了礁，虽然有护膝，他还是经常要贴膏药。一旦要下雨，就疼得受不了，得吃止痛片。吃几片，就知道雨多大。昨天下午，他吃了，还好是一片。

三点半了，指导员也悄悄来到了平台。班长刘岩带着两个老兵抬出了橡皮筏子。钟金泽走过去，拽了拽筏子上的绳子，有些走神。腿是不怎么痛了，心里却痛得厉害：半小时后，金钢就要乘着这个筏子，在茫茫人海上独自漂流……

二

金钢跟随钟金泽已经五年零八个月了。在西沙，每一次巡逻，它都在前面引路。特别是在珊瑚礁上，有金钢领着，就能在潮起潮落中，轻松避开那一条条深深浅浅的裂沟。要是遇到复杂天气，金钢的作用就更大了。

在西沙守岛部队中，金钢是出了名的。它能在一群避风的渔船中发现危险品，避免重大事故；它能在漫天大雾中帮助部队准确找到目标；它还能在台风的间隙中，给困在哨所的几个战士送去食物。

钟金泽当排长那会儿，有一天海上突然起了土台风，一艘渔船中招，在岛西边触礁散了架，七八个渔民都掉到海里。土台风是南海的"特产"，突然生起，突然消失，神出鬼没，无法预报。还好台风中心没到，战士们开着小艇，顶风把他们一个个救到岛上。渔民们感激地流泪鞠躬，但叽里呱啦的，战士们听不懂说了什么。新兵刘岩是海南黎族人，在哨位值班，被钟金泽找来，听听是海南哪儿的方言。刘岩一听就急了："他们不是中国人！"从刘岩那双喷火的眼睛，钟金泽马上明白了这帮渔民是哪里来的。刘岩的父亲也是渔民，一年前打鱼被台风吹到他们那边，让巡逻艇抓住，打伤了腿。因为这事，刘岩连大学都不上了，直接到了海军当兵。突然，刘岩抄起根棍子要冲过去，钟金泽急忙把他抱住。

这时，金钢猛叫了几声。钟金泽抬头一看，岛南边海面上漂浮着一个红点。是个渔民，被浪从西边打过去的。钟金泽赶紧解开摩托艇的缆绳，上艇发动引擎要去救人。不料，咯噔一下，小艇猛地刹住，他一个趔趄，差点儿冲到海里。回头一看，刘岩把缆绳套住了，不让去。小艇的发动机还在快挡上运行，缆绳拉得笔直，像要飞起来。艇尾离岸三四米，他够不着。正干着急，只见金钢一口咬断缆绳，飞身跃上摩托艇，快艇箭一样冲了出去。

快要接近目标了，浪变得更大，小艇不敢停下。眼看着渔民就要被大浪吞没，钟金泽冒险让艇身划了个大弧，小艇从对方身边掠过的一刹那，金钢把口中的缆绳猛地甩出，对方接住了。

台风后，上级派船把渔民接走了。因为这次救人，钟金泽和金钢，还有几个战士都立了功，刘岩挨了个处分。

刘岩憋了一肚子火。那天，他看到金钢尾巴一摆一摆的样子，气不打一处来，踢了一脚它的屁股，那一靴子上去还真不轻。金钢一声惨叫，转身反扑过来，一下把刘岩扑倒在地，白森森的牙齿压住了刘岩的喉管。刘岩吓蒙了。远处的钟金泽一看，大叫"金钢"，直奔过来。可谁想，金钢早就收了爪子，还咬着刘岩的衣服拽他起身。刘岩满脸通红，气急败坏地又捶了一下金钢。当然，这回不敢用劲了，金钢像被按摩了一下，欢快地叫了起来。从此，金钢老是围着刘岩闹，亲热得很。

一年夏天，两栖突击队来西沙海训，上了岛。带队的连长和钟金泽是一个新兵连的。这小子入伍前就是省里的少年武术冠军，当兵后又考上了特种兵学院，武艺高超是全海军有名的。没想到在岛上能见到钟金泽，特兴奋，聊个不停。钟金泽听他侃，开始觉得挺开眼界，渐渐觉得话头不对，牛了，似乎有点儿小瞧守岛部队的意思。钟金泽就截住话头，把金钢抬了出来。没想到这家伙说："兄弟，落后啦。这金钢，守守小岛、看家护院还行，遇到我们正规军，就差点儿事了。"钟金泽心里不爽：怎么啦，你特种兵是正规军，我们守岛部队就不是啦？他马上让刘岩把金钢叫来："你俩比比，看谁差点儿家伙什。"那连长说："让军犬跟我比，比啥？无声手枪一枪就够。"钟金泽问："用无声手枪算啥本事？"连长反问他："敌人来偷袭，还约好立个规则？"他拍拍钟金泽的肩，"兄弟，时代不同啦。"

"啥不同啦？"钟金泽冷笑了一下，"你用无声手枪试试看。"

"我不试，别坑我。"

钟金泽根本不让步："谁坑你，橡皮子弹你不会用啊？刘岩，防弹背心给金钢穿上。"刘岩应了一声，马上把印有军徽的军犬防弹背心给金钢穿上了。

"别穿了，还背心呢，我是枪枪爆头。"连长说。

"你爆给我看看。"钟金泽为了金钢，为了守岛部队，非要争这口气。两个人争来争去，最后上级同意他们用橡皮子弹比试一下。

比试在小操场，守岛部队和海训部队都来观战了。当刘岩牵出金钢时，那个连长一怔：这是哪一出？金钢居然没穿防弹背心，却戴上了像防毒面具一样的头盔。他觉得钟金泽糊涂了，比武的要诀就是一枪爆头或击中心脏，不让军犬发出叫声。但连长没敢轻敌，飞快闪进了操场旁的椰林，借着椰树和金钢周旋。几个来回，他卖了个破绽，突然一下跌倒。金钢飞腾而起，直扑过来，连长迅速拔枪反身对它心脏射击。但一扣扳机，他立刻愣住了——金钢跳起来的时候，用左前脚紧紧护住了胸口，橡皮子弹击中了它的前肢。几乎同时，金钢发出了一种人们从未听到过的吼叫，低沉而又有力，这种声音传得很远很远。

连长马上明白，金钢受过特殊的训练：当它被袭击时，在生命的最后时刻，会用尽全身的力量向部队报警！

在场的人都被金钢的一声吼叫镇住了，这是一个真正的勇士以生命相许的誓言！

吼叫声中，连长快速向左避开。但金钢在空中弹起的瞬间，依然盯住他的动向，变换了身姿，侧身扑到了左边，拖住了连长的右腿。

连长服气了！

比武结束，连长走过去对着钟金泽就是一拳："没想到你小子还挺狡猾。不让金钢穿防弹背心，给我卖了个大破绽。"当天，他就拿金钢的这声吼叫来激励第一次参加海训的新兵——看看人家金钢！

这一声吼，也让钟金泽出了名。从海岛的实战出发，他在金钢身上费了多少心血、开了多少小灶可想而知。也确实，为了让军犬在海岛更好地发挥作用，这些年，钟金泽真是没少费心思，摸索出大量的经验。

所以，他十分有底气地向上级要求：带着军犬金钢到南沙守礁。

三

军犬为西沙守岛部队立下了汗马功劳。南沙的守礁部队，也尝试让军犬上岗。但是，经过一个阶段的试训，没有一只军犬能在南沙待够两个月，最后都让补给船或经过的渔船捎回了大陆。那时，钟金泽在西沙，一直关注着这件事，听到一次次尝试的失败，感到很惋惜。直到去年，听说上级决定放弃这种尝试，开始研制"电子狗"，他着急了。因为金钢，他对所有的军犬都有深深的感情，他不愿意让军犬认这个输。凭他的经验，军犬的嗅觉、听觉，尤其是第六感觉，"电子狗"是无法替代的。

钟金泽不甘心！他一次次地请求，终于，上级同意他带着金钢再做一次尝试。

按照专家的结论，人在礁盘上的极限是三个月，超过三个月，会慢慢变得狂躁和思维退化，所以守礁的士兵都是三个月一轮换。但这几年，有不少海军官兵在打破守礁的纪录，从三个月到六个月，再到九个月甚至一年。钟金泽想，既然人在不断突破极限，金钢也应该能闯过这个难关。而且和别的军犬不一样的是，金钢在海岛生存的经验丰富，更容易适应南沙的环境。特别是有一年西沙来台风，几乎两个多月他们都没出过营房，应该和南沙的空间环境比较接近。他想，一旦金钢能在南沙礁盘上待够三个月，那就证明，只要训练对路，军犬是可以守礁的。那么每三个月，就可以和守礁部队一起轮换了。

但是，钟金泽还是非常慎重地展开这次任务。他提出，他先上南沙守礁几个月，等情况熟悉了，再让金钢上南沙。

去年九月，钟金泽到南沙守礁部队担任见习礁长。在南沙，他感受到了和西沙不一样的体验。刚上礁不久，一场特大的台风从西太平洋猛扑过来，巨大的波浪一个接一个劈头盖过来，像是要把礁堡变成潜水艇。等到巨浪过去，刚松一口气，台风正面就冲击过来。窗户上几厘米厚的钢化玻璃叭叭作响，先是朝屋里慢慢鼓起，像块软塑料，紧接着出现了一条条放射状的纹路。钟金泽感觉玻璃就要炸开，问老礁长，是不是赶紧把战士们撤到地下室去？老礁长有经验，说不用。一整个下午，他死死盯着那鼓起的玻璃和一条条裂纹。那叭叭的响声，总像在告诉他马上就要炸开了。终究没有，但台风过后，还是换上了新的钢化玻璃。

第一次守礁，钟金泽就闯过了三个月的节点，轮换时，他要求留下来。到今年三月初，他整整守了六个月。要不是膝盖不争气，他还想再守三个月。当然，这六个月的见习礁长没白当，礁盘的潮汐规律，他烂熟于心，连天上北斗星随季节的变换，都记在了脑海里。

四

钟金泽是在今年三月随轮换部队下的礁。在大陆休整了两个月，觉得腿上的疼痛减轻了，他就和金钢一起上了南沙礁堡。

金钢刚上礁那十来天，可欢了。它见到了礁长钟金泽，还见到了老朋友刘岩。应该说，金钢上礁堡，钟金泽已经为它打造了相对熟悉的环境。

金钢在礁堡上开头那十几天，还真没事。日子久了，问题就来了。五月份，随着天气一天比一天闷热，金钢的舌头也越伸越长，喘气声也越来越粗。有个浙江新兵小周开玩笑说："这金钢刚上岛喘气像奔驰，怎么现在像推土机了呢？"虽说小周是开玩笑，但说到了钟金泽的痛处。金钢喘粗气，他听着心里也憋得慌。

小周在家里养着一条黑背，所以见了金钢特别兴奋，没事就来逗金钢。他找了钟金泽好几次，要跟着刘岩一块儿训练金钢，钟金泽让他先陪金钢逗逗乐、解解闷，算是考察。

金钢不愧是金钢，不管天多闷多热，傍晚稍凉些，就跟着刘岩在平台转着圈跑开了。虽然场地过小，弯绕得有点儿急，有时头会眩晕，但金钢的跑步训练没有减少。一只军犬的爆发力，全在它的助跑。如果不练，爆发力就会慢慢减弱。在南沙这么小的地盘上让金钢练跑步，还真不容易。钟金泽让小周给刘岩做帮手，这小周还真顶点儿用，上手很快。

落潮的时候，战士们走下礁堡，在礁盘上巡逻也带着金钢去。但这儿的礁盘和西沙不同，吃水深，露出水面一块一块，在路线上不连续，战士们不时要踩到没膝的海水里。好在这里海水很清，水里的礁石看得清清楚楚，战士的脚不会踩空，只是金钢要跑起来就很困难。看来，要让它熟悉这儿的地形，也不是一两天的事。

开始，金钢一直由刘岩牵着训练。到后来，小周在礁盘上的步子也扎实了，让他牵了几回金钢，把他美得不行。

一天天下来，终于坚持了两个月，七月底到了。天气预报，台风和雨季一周内就要来到。雨季，战士们欢迎，天变凉，还能收集淡水。但南沙的台风着实让人惊恐。

补给舰来了，这是台风前礁堡的最后一次补给。下次补给，要一个多月后。

领导特地来电话问："金钢还能不能再坚持一个月？要不要把它接下礁盘？"钟金泽知道这是个严峻的问题。这一个月台风期，不光上级不会再派舰艇过来，其他船只也不会有了。他算了一下，金钢上南沙守礁已经有两个月零三天，超过了其他军犬最高纪录十九天。再有一个月，就是胜利。现在没有任何失败的征兆，凭什么让这次任务半途而废呢？如果这时让金钢提前离开礁盘，那他钟金泽和金钢这两个多月就算是白来了。

但是，万一金钢撑不过去呢？他心里颤抖了一下。那就彻底宣告军犬在南沙守礁的失败，部队只能等上级派"电子狗"来了。"电子狗"什么时候研制出来、效果如何，不得而知。

金钢不能走！在南沙，钟金泽如果这么轻易便宣告失败，就是对金钢的不负责任，也是对自己和部队的不负责任。一次次难关，他和金钢都闯过来了；一次次战功，他和金钢都立下来了。他的金钢什么时候丢过人？他钟金泽能从士官直接提干成排长，不就是因为立过一次二等功吗？那个二等功，钟金泽心里清楚，一半是金钢的。

他又想起了那次比武。发出那种吼声的金钢，能熬不过这三个月吗？自己六个月都能过，要不是膝盖，九个月也行，金钢能顶不住这三分之一？

礁上紧急召开支委会会议，钟金泽的意见大家都同意。

在军舰驶离码头前的最后三分钟，钟金泽正式向上级汇报："金钢留下来，能行！"

五

万万没想到，军舰离开后的第三天，出事了。

第三天上午有点儿闷，下午三点多突然起了凉风。大家看到旗杆上的国旗飘起来了，都到平台上乘乘凉。说乘凉，也都是穿得严严实实。要不戴上护膝，凉风带着湿气会悄悄地钻进骨缝；要不穿长袖，南沙的紫外线两小时就会让你脱层皮。全礁十二名战士，除了在机房值班和夜班补觉的，来了七八个。主角又是小周，这小子，仗着去过的地方多、见得多，就喜欢神侃，但也有人愿意听。开头几回，钟金泽听不下去，想让他收敛一些。指导员拦住了，说在岛礁上，巴掌大的地方，新的话题是化解寂寞的最好办法，有这个活宝在，能让他少操不少心。指导员比钟金泽小四岁，却是老南沙了，钟金泽这个新南沙当然得听他的。

这天，小周扯得有点儿远。他说自己属马，世界上带马的国家，他上中学时都去过。

马上有人问："哪几个带马的？"

"马来西亚、马尔代夫、马达加斯加、马赛、马德里……"

马上有人截住："等等，这马赛、马德里是国家吗？"

小周根本不接话茬儿，话题一转："我就说这个马尔代夫呀，就像我们南沙。"

对方又追上来了："哪儿像啊，是海水像吧？"

大家都笑了。

小周就像没听到，接着说，说等他退伍了，就到南沙礁盘上来建个五星级酒店，再建个度假村，马尔代夫也没这儿漂亮。到时候，和他一起守南沙的一人给一套房。

大家又都哄笑了："那金钢有没有一套？"

听到战士们开怀大笑，钟金泽心里也舒坦了许多。守礁兵在这茫茫大海、海天一色中，待太久容易抑郁，这大笑一次，起码管三天。

钟金泽坐在门洞口，没戴太阳镜，眯着眼睛仰看猎猎作响的国旗。上午湿度太大，都超过了百分之百，国旗湿漉漉地紧挨着旗杆，像要滴下水来。下午来风了，国旗飘扬起来，能看出旗面上一道道深深浅浅的印痕，那是湿布面被紫外线照射的结果。正面对阳光的那面，红色褪了不少，藏在皱褶里的，颜色还很深。再细看，还能看见旗面上一圈圈不规则的白细线，那是空气中的盐分留下的痕迹。

小周说得兴起，站起来了，走到趴着喘气的金钢面前："你能不能守三个月？守够三个月我就给你整一套，咱俩做邻居。"见金钢光喘气不理他，有些没面子，就用右脚尖拨开它的前爪。

金钢忽然抱住他的右脚，一口咬了下去。紧接着小周一声尖叫，抽出腿，退了好几步。要不是边上人拽住，他都要掉海里去了。

钟金泽正冲着国旗凝神，听到叫声吓了一大跳。金钢抱住小周右脚时，他以为是闹着玩的，没想到真下了口。钟金泽跳起来冲过去，要吼住还朝前扑的金钢。没想到，金钢张着大口朝自己扑了过来。好在钟金泽经验丰富，采用了反制措施，和刘岩一道把金钢按住。匆忙赶来的军医，给金钢打了一针麻醉药才将它稳定住。钟金泽赶紧去看小周的脚，还好，靴子结实，留了两排牙印，没有咬破。但他心里更是着慌，凭金钢以往的水平，这样的靴子能咬不破？这脚，能让小周抽得回去？

小周连说没事没事，可钟金泽怎能没事？多亏是白天，要是晚上人睡着了，扑过来还了得……直觉告诉他，这环境，金钢挺不下去了！别的军犬是蔫下去，金钢倒是刚强，只是刚强得控制不住自己了。

六

情况马上向上级报告了，同时申请上级派艘船来把金钢接走。上级很快答复：台风快来了，船不可能派。上级告诉他们，舰队机关紧急联系了中远公司，所有货轮都已驶离这片海域；广东、广西和海南的渔业部门也回应，渔船已进入防风状态。为了守礁官兵的安全，需要对金钢尽快就地处理。

处理？钟金泽如遭电击，从头麻到脚。

自己的金钢就这么处理了？不知怎么地，他脑中浮现出那次比武，那个连长举起的手枪，以及金钢那声震撼人心的吼叫……

他不能接受这个现实，但心里明白，上级的命令是正确的。

支委开会，研究处理的方式。

小周知道要处理金钢的消息后，发了疯似的冲到队里，"是我惹的金钢，要处理就处理我！"

钟金泽和指导员都劝他，这不关他的事，是金钢自己扛不住这恶劣环境的高温、高湿、高盐，特别是长时间的水天一色让它大脑紊乱。

小周哪是这几句话就能被说服的？他要用军线通知大陆的战友，让找家里人花大价钱雇地方船过来接金钢。钟金泽说支部还要研究，不要胡闹！让刘岩先把他拉走。

"处理"这两个字，像刀片一样扎在钟金泽的心头。他太了解金钢了，作为一名老战士，金钢是不会惧怕死亡的，它牢记的就是生命的最后一瞬，向战士们发出呼叫警报。而现在，就这样窝囊地离去，金钢自己肯定是万万不能接受的。看着被打了麻药趴在那儿一动不动的金钢，痛苦和内疚像潮水一样把钟金泽覆盖、吞噬。这次任务，是他请缨，付出的竟是金钢的生命。他从来没有如此深切地想过，和他朝夕相处的金钢，立下一次次战功的金钢，也是血肉之躯。他想：上次守礁后回大陆休整，刚上岸那几天，他好几次把日子搞混了。上次守礁，如果真的在六个月的基础上再加三个月，自己是不是也会脑子紊乱？

不错，金钢是和他在西沙一起躲过两个月的台风，但台风的间隙，他们出去过几次。在这里，他觉得让金钢下下礁盘也一样，怎么就不想想西沙岛虽然小，但有树林、野草，而这里只有水泥礁堡，只有海天一色。军舰离港前，他给上级答复时，为什么不把这些不利的因素考虑一下？光让金钢来壮自己的胆，却没有考虑金钢……往深里想，是不是因为自己的腿风湿太厉害，自己在岛礁的时间也不会太长了，急着想和金钢一起再创新的辉煌？因为这些，害了金钢。

巨大的痛苦变成了深深的自责，几乎让钟金泽喘不过气来。但他没有时间犹豫。处理金钢，自己接受不了，战士们同样接受不了。

刘岩来报告，小周老要来找金钢，看它醒没醒，说让它咬一口，他爸就是到国外租用万吨轮也会来救自己这个独子的。钟金泽的心又揪住了，真有人被咬了怎么办？

必须尽快处理。气候不等人，战士的情绪也不等人。

支委会会议开了一个多小时，争来争去没有结论。钟金泽明白，大家在等他表态。他说了想法。处理金钢，一种选择是天天注射麻醉药，熬几天算几天，这样的结果，不是金钢变傻，就是孤寂地死去。第二种选择是直接注射药物，让它无痛苦地死去。大多数人选择了第二种，但是刘岩反对，钟金泽自己也反对。于是他咬了咬牙，艰难地提出了第三种选择：让金钢像个战士一样死得轰轰烈烈，具体的做法就是，像那次比武一样，让金钢扑过来，然后一枪毙命。他能为金钢做的，是把这枪打准，让它毫无痛苦。这事不能在礁盘上完成，礁上有两个救生筏，他和刘岩各划一条，刘岩带着金钢，到远处海面，让金钢从刘岩那边跳过来，半空中，钟金泽开枪。

听了这个方案，大家都沉默了。死一样寂静。

终于，刘岩打破了沉默，提出趁着台风还没到，给自己一条筏子，他带着金钢划到西沙去。在西沙，他们都受过训练，从一个小岛漂流到另一个小岛。

钟金泽想，从南沙到西沙，和在西沙各小岛之间漂流能是一回事吗？前者的距离至少是后者的四五倍，怎么漂过去？而且现在台风就要来了……这时，他脑中电光一闪：台风！

这次台风的前奏是寒流，这几天空气变冷就是迹象。大海的海流是由冷往热流；这次寒流是从正南边的印尼过来，朝北直奔大陆。"能不能让金钢顺着海流独自漂流到西沙？"他这么一说，几个老南沙马上明白了，特别是海洋大学毕业的水文员，马上运算起来。不一会儿，方案出来了。

后天凌晨四点，寒流到礁盘，形成的海流向北，这时金钢乘上救生筏起航，随海流向北漂流。金钢在南沙海面向北漂流两天两夜，预计能走两沙海域航程的三分之二，第三天台风追过去，金钢乘坐的筏子已接近西沙海域。台风在南沙、西沙海域的交界处向东拐，尾巴要扫到救生筏，风浪就猛烈了，但风浪期也就是五六个小时，只要金钢能挺过去，再漂流十几个小时就到了西沙海域。

钟金泽马上让人查西沙海域预报，得知这两天西沙有大风浪，两天后气候能正常一周左右。而南沙这边，第二轮台风要五天后才到，这样，金钢可以在西沙海面漂浮五天。听了这个分析，大家很振奋。水文员还说，他连夜做了一个土定位仪。当场他画了个漂流航线图，除了第三天台风追上筏子，筏子东移二三十海里，总体是一路向北。

上级立即同意了这个方案：让金钢独自漂流。上级还说，把救生筏的标志弄明显一点儿，三天后，西沙那边舰艇、渔船都会加强搜救，如果气象条件允许，直升机也可以帮助寻找定位。听到这个消息，在场的官兵都流下了眼泪。现在的关键是，金钢醒来后能否恢复正常？

刘岩坚决要求和金钢一起漂流，钟金泽说："要是能去，我还不自己去？不要给金钢添乱了。"刘岩也明白，等到台风追过去的那几小时，筏子各种情况都会遇到，金钢要尽全力面对。甚至筏子被巨浪掀翻，它也要死死咬住不离开，等风浪过去，它会在海上把筏子翻过来，这时有人在，反而更麻烦。

七

熄灯前，有人提出是不是把金钢捆住，怕它麻醉过后醒来还是无法恢复正常。钟金泽没有同意。他不能忍受这样对待金钢。他决定，晚上由他来陪着金钢，等它醒来。医生说，药效明早四五点才会减退，半夜里过来也不晚。钟金泽说，他还是一直守着吧，人和动物用药剂量不一样，万一它早醒呢？其实，他坚信，醒来的金钢肯定是正常的。他需要的是静静地和金钢在一起待一晚上。

天上海面两轮明月，好大好大。钟金泽坐在金钢身边，半倚着礁堡，手搭在金钢的身上，他能清晰地感受到金钢的呼吸、金钢的心跳。这次漂流，他和战士们说得很简单，其实很凶险。万一金钢不能挺过台风中的巨浪，它会像一名战士一样在搏击中牺牲。

半夜里，指导员要来替换他，他谢绝了。万一金钢有事，只有他能对付。指导员虽然也是特种兵出身，身手了得，但没有驯犬经验。等到后半夜，刘岩来了，坚持要陪陪金钢。

今天的夜空特别亮，如果不是满天满海的繁星，他简直怀疑是在白天，明月就是太阳。因为在白天他戴着太阳镜，看到的天空就是这样。看样子，明天不会太凉……

忽然，他看到金钢纵身一跃，跳进了大海。他赶紧追过去，见金钢已骑到了一条鲨鱼的背上，劈波远去。他慌了，大喊："不行，得向北方！金钢，金钢……"猛地惊醒，原来自己不知什么时候迷糊睡着了。刘岩和哨兵都站在他的身边，而金钢正用舌头舔着他的耳根。他忽地一下起来，把金钢抱住，从金钢含泪的带有歉意的眼睛中，他知道金钢清醒了。

钟金泽深情地抚摸了一下金钢的脑袋，金钢却一个激灵，接下来的眼神让他心颤。那是一种惊恐。昨天他制伏金钢的时候，金钢也是这种眼神。这时，金钢露出了一种奇怪的他从未看到过的表情，是委屈？是难过？还是讨好？难道第六感觉告诉它，自己差点儿被击毙，而要开枪的，就是他钟金泽？此刻，钟金泽已没有勇气看向金钢的眼睛。

战士们都到了平台，他看了一下表。哦，该升旗了。升旗时间是太阳升起的时间。南沙的纬度在祖国的最南端，而这个礁盘，经度和北京相当。所以战士们常说，他们天天参加天安门广场的升旗。今天，除了机房值班的，所有人都参加了升旗仪式。钟金泽破例让金钢站在他的前面，离国旗最近的地方。

钟金泽仰望和太阳一道升起的国旗，认出是昨天下午凝望了好久的那面，心里一动。在队部，有几十面崭新的国旗，还有六面换下来的国旗。这些国旗飘扬的时间，多的二十多天，少的也有几天。一直被紫外线照射的，红色变淡；雨打日晒的，颜色就不均匀了；也有经历狂风巨浪的，旗面会有破损。每一面国旗，在钟金泽眼里就是一个故事，都有一种沧桑的壮美。每一个守礁士兵回大陆时，都会得到一面换下来的国旗。上次守礁六个月，钟金泽从中挑出了一起经历台风的那面国旗。

早饭后，他把金钢领到救生筏前，开始布置任务。

金钢很快明白是怎么回事了，它沉默了一会儿，轻轻地用脸靠近钟金泽的腿，无声地接受了指令。钟金泽突然意识到，也许这是金钢最后一次接受他的命令。回想起这么多年一次次给它下达命令，金钢总是这么无条件地接受。

接下来，钟金泽和刘岩立即带着金钢到筏子上，开始复习漂流中的各种训练科目，包括筏子被巨浪打翻后怎么从筏子底部逃生等。金钢都熟练地完成了。

傍晚，为了让金钢好好休息、积聚体能，钟金泽给它吃了两片安眠药。

八

"三点五十五了！"刘岩提醒钟金泽。钟金泽回过神来，看了下表，告诉自己：金钢漂流出发的时间到了。橡皮筏子上，老兵按天数用绳子系好了一包包食品和软包装的饮料、淡水。绳子很牢，即使浪把筏子打翻，食品也不会丢失。用前爪配合牙齿解开绳结，是金钢干了很多年的老把式了。刘岩终于叫醒了金钢，他真不忍心。昨天的安眠药，让它睡了个好觉。

一片乌云突然从西边过来，渐渐地遮住了半边星空，也遮住了半个海面。下雨了，和自己膝盖预测的一样，是毛毛细雨，这小雨要持续两天，像是暴风雨的前兆。但对于金钢来说，在这炎热的南海海面，小雨就是甘霖。钟金泽觉得这是个好兆头，对刘岩说："送行吧。"

刘岩叫了声"金钢"，金钢晃了晃脑袋，知道自己该走了。作为饯行，刘岩拿出一个食品包，金钢熟练地打开，几分钟就把它们消灭了，而后精神抖擞地站起身、扬起头，面朝大海。

橡皮筏子已在水中，金钢跳了上去。刘岩解开缆绳。

"等一下！"身后传来一声叫喊，一听就是小周。

不知什么时候，所有的战士都站在了身后。

"金钢！"小周顺着台阶，冲到小码头上。金钢也回过身去，跳上了码头，和小周紧紧拥抱起来。

"金钢，记住，你给我好好地漂流，退伍了咱们在一起做邻居。"小周哽咽着说。

时间不等人。钟金泽假装没事人一样走下去，大声说："有什么大不了的，不就是漂流一回，还能难倒咱金钢？过了台风期，还能见面。"他的声音很轻松，像是在安慰小周，其实他是在安慰自己。

像预测的那样，海流跟着寒流准时来了。黑色的筏子一下漂了出去，五米、十米、二十米，几分钟后已到了百米之外。"是向北！是向北！"大家都欢呼起来。

一片更大的乌云过来，遮住了整个天空，海面也失去了光亮。救生筏看不见了，十二名官兵依然站着，一动不动地目送。凉凉的细雨拂打着他们的脸庞。

不知过了多久，钟金泽轻声说："回去休息吧。"部队没有动，他又大声说了一句，"解散！"

部队还是没有动，一名战士捧出一面国旗说："礁长，升旗的时间到了。"还是这面国旗。钟金泽马上说："换一面新国旗。"他把战士手里的国旗接过、收好。这一面国旗，钟金泽是为金钢保存的，他坚信金钢经得起风浪，更能完成漂流。风湿的腿告诉钟金泽，自己的岛礁生涯不会太久了。他会请求上级让他去管理那些退役的老军犬。军犬的寿命也就十五六年，在离开部队以前，他要把那些同时期守卫海疆的军犬一个个送走。

金钢再过两年也该退役了，那时他们又能在一起了。这面国旗，会帮助他和金钢一道回忆在南沙的日子。

忽然，钟金泽的心头一紧：在礁盘的边际泛起了一道道白线，凭经验，白线的距离告诉他浪高在八十厘米左右。浪突然来了，金钢的漂流将加快，而风浪还会不会加大呢？

钟金泽久久伫立在平台上，透过蒙蒙的细雨，牢牢盯着礁盘那边一道追着一道的白浪……

（原载《人民文学》）

海军往事

远　航

西昌舰要走了，是最后一次远航。

舰长肖海波下达起航命令时，眼睛像是飞进了小虫子，眨巴了好几下。细心的副舰长发现了，明白那是怎么回事，于是自己的眼圈也红了起来。

西昌舰悄悄地驶离了海军博物馆的码头，它走得很沉重，似乎满腹心事。在舰桥上的肖海波看了看手表，已是深夜两点，他朝左前方张望了一下，整个城市都熟睡了，父亲这时候真的已经睡着了吗？会不会从梦中惊醒？

父亲叫肖远，今年七十多岁了，是西昌舰的第一任舰长。三十多年前，国产的西昌号驱逐舰刚刚服役下水，就参加了那一场著名的海战。激战中一颗炸弹在后甲板爆炸，不知震坏了机舱的哪块部件，引起高压锅炉管道着火和严重泄漏。当时情况很危急，一旦高压锅炉爆炸，西昌舰只有沉没。根据险情，剩下的时间只有九分钟，机电部门一片紧张和慌乱。要命的是能够处置这种情况的两位老水兵却是海战中的新手，他们更知道形势的危急，一时都蒙了。一个由于过度紧张，双手不停地发抖，工具都掉到地上；另一个脸色苍白，满头大汗，手里捏着工具在原地转圈。边上的人急得不知怎么办才好，甚至有人提出赶快弃舰。这时，舰长肖远从舰桥冲到机舱，抓住两人的衣领，一人一个耳光，而后说："有我在这儿，不要急，慢慢弄。"还真怪，两个水兵很快就镇静了，熟练地开始抢修。突然，舱面又传来一阵爆炸声，头顶上的一根横梁朝两个水兵砸了下来。肖远冲过去，用身体挡住了。西昌舰得救了，肖远在医院躺了三个多月。以后的日子，无论他担任支队长，还是舰队司令员，只要西昌舰一起航，肖远受伤的腰部就会隐隐作痛。

昨天上午，在海军博物馆隆重举行了西昌舰退役仪式。选定这个日子也是因为肖远，他在舰队医院已经住了一年多了，记不清多少次的化疗和放疗，已经让他铁塔一般的身体虚弱不堪。本来，医院坚决不同意他再走出病房，但是，海军和舰队的首长经过认真研究，觉得这个仪式必须有肖远参加，并要求卫生部门拿出保障办法。经过气象部门的预测，昨天的海边无风，温度达到二十八度，是三月份以来唯一的好天气，天气条件终于符合医院提出的要求。

肖远从救护车上下来时，身穿已脱下九年的海军中将军装，一帮医护人员带着各种抢救设备，用轮椅把他推上了甲板。西昌舰的每一任舰长跟在他的身后，依次走上军舰。现任舰队司令员宣布西昌舰退役命令后，肖远缓缓地站立起来，给后任的八位西昌舰舰长点名。而后，他用沙哑的嗓子慢慢地说了起来，讲得很平静，他只是详细地讲西昌舰的年龄、吨位、各个部位的尺寸，以及西昌舰执行的每一次任务和受过的伤。排在最后的肖海波看到身边的几位老舰长泪流满面。这么多年，父亲从来没有表达过他对西昌舰的特殊情感，他不明白父亲在和军舰做最后告别时，为什么依然没有表达，甚至也没有评价西昌舰。原以为父亲会流泪，但是没有。他命令自己也别流泪，但眼前还是模糊了……

不到半个小时的讲述，肖远喘着气停顿了十多次，护士用手绢不停地擦拭他额头上的虚汗。临下舰时，肖远摸着舰首的主炮喃喃地说："再见了，老伙计，我们都退了……等我出院了再来看你。"但边上的肖海波知道父亲不可能再看到这艘军舰了，父亲的病情他很清楚，不可能再出医院了。正因为这样，大家才告诉他西昌舰要永远待在这个博物馆。父亲更不可能知道，这艘军舰马上要离开博物馆，去执行它最后一次任务。

肖海波已经被任命为新的西昌舰舰长，这是国产最新型导弹驱逐舰。新舰已经下水，最后一次试验成功后，就要服役。这个试验就是要验证舰上新型导弹的打击能力，如果仅用一枚导弹能击沉一艘驱逐舰，新西昌舰就合格了。而老西昌舰就是这次试验的靶舰。肖海波面临的就是，他只有亲手击沉老舰，才能驾驶新舰进入人民海军的序列。

肖海波当然知道，过去，老西昌舰只要一起航，父亲的腰部就会疼，所以担心老西昌舰离开博物馆无法瞒住父亲。为这件事，他专门与他父亲的主治医生商量多次，医生们研究了半天拍着胸脯说保证没有问题，因为首长的癌症已到晚期，浑身都在剧痛，每天晚上需要注射进口镇痛剂才能入眠。他腰部原来的隐隐作痛和现在的病痛相比，可以忽略不计，自然也不会再察觉了。肖海波还是不放心，为了万无一失，上级批准西昌舰选定在凌晨出发，这时候父亲已经在药物的作用下进入深度睡眠了。

西昌舰缓缓地沿着海湾航行，除了左边远处海岸边偶尔冒出的点点渔火和航标灯，剩下的都是漆黑一片，大海也仿佛睡着了。负责夜间值班的副舰长劝肖海波抓紧回自己的舱室休息，因为明天下午到了目的地，还要指挥新西昌舰参加重要的试验。

肖海波回到舰长室，躺在铺上，刚睡着没几分钟，就莫名其妙地惊醒。这是以前从没有过的，他觉得有什么不对，赶紧起身穿衣奔向舰桥，问正在指挥驾驶的副舰长有没有异常情况。副舰长让他问愣了，说一切都很正常。肖海波看看确实没有什么事，但就是不想离开舰桥。他找了个理由，笑着对副舰长说："新西昌舰靠电子信息系统指挥，指挥室在舰艇中心舱里，外面什么情况都在屏幕上一目了然，上舰桥来的机会也不多了，我就在这儿再待一会儿。"刚说完，信号兵报告左侧海岸边山头有信号。

副舰长说："是不是睡迷糊了，这个山头上没有信号灯塔。"

肖海波也知道信号兵肯定弄错了，这段航道他太熟悉了，左边山头是……忽然他身子一激灵，跳了起来，赶紧拿起望远镜朝山顶看去，马上呆住了。

山顶上有一个小亭子，亭子里有几个人，父亲肖远坐在轮椅上，正用手电朝军舰发着信号，反复只有两个字：去哪？

肖海波知道舰队医院就在山那边，医院离这个山脚有几公里，这倒并不要紧，因为有公路。问题是山脚到山顶的石阶路有一公里多，父亲是怎么上去的？无论是抬、背，医护人员固然辛苦，而父亲的病躯又要承受多大的痛苦和危险呢？更不用说现在夜里海风很大，很冷。这一切他没法儿细想，因为父亲的信号还在问他，他必须赶快回答。

父亲果然没有被瞒住，进口的镇痛药能镇住癌症病痛，却无法割断他对西昌舰的牵挂。肖海波觉得关于西昌舰的一切，他是无法隐瞒父亲的，现在他只能将全部真实情况告诉父亲。但是他遇到一个技术难题。因为这次导弹试验密级很高，信号灯的语言是全世界统一的，如果现在用信号灯告诉父亲，那就会严重泄密，怎么办？

他想起了自己小时候，常常和一帮小伙伴们光着屁股趴在沙滩上，等待着父亲们出海归来。那时，国产驱逐舰还没下水，父亲还是快艇艇长。记得有一次，因为小伙伴的父亲没有回来，父亲对那小伙伴说："你爸爸远航去了，去了很远很远的地方。"多年以后，肖海波才知道那个叔叔在战斗中牺牲了。他马上对信号兵说回信：军舰要去远航，要去很远很远的地方。

父亲似乎明白了什么，但依然不死心，又问：远航？

肖海波回答：是的，就像我小时候那个叔叔远航一样。

父亲那边又问：为什么？真是最后一次了吗？

肖海波回答：是最后一次，也是第一次。

父亲那边停了一会儿，又问：第一次什么时候？

肖海波回答：很快，但是军舰变年轻了，就像您当年第一次见它一样年轻。

父亲好一会儿没有回信，军舰快要驶远了，肖海波命令放慢航速再等待一会儿，终于父亲回信：我真羡慕它，能在轰轰烈烈中远航。

军舰渐渐远去，山上再也没有信号发出，肖海波这才发现自己刚刚读懂父亲。这时，他在望远镜里惊讶地看到，父亲的眼角闪着亮光。这是他第一次看到父亲流泪。

一个月后，按照肖远的遗嘱，在我国最新型的导弹驱逐舰——西昌舰上为这位老舰长举行了海葬仪式。

长　波

如果你走进海湾里那座长波台，就会被那一座座高耸的天线震撼。每座天线有一百多米高，战士们每个月都要爬到天线顶做维护工作。更多的工作是看不到的，全在山洞里面，据说山洞里的机房比一个电影院还大。潜艇在水下远航时，只有长波台发出的电波才能传到千里之外，再进入海底。指挥部也只有通过长波台指挥远航的潜艇。

在这里，有一件怪事，常常会听到官兵之间问候时说的不是"你吃了吗"，而是"照了吗"。照什么呢？一问，说是照镜子；再细问，才知道他们说的"镜子"是一个人，这个人或者说这个"镜子"，现在长波台的官兵还都没有见过。

他姓霍，是建设长波台时的总指挥，大家都叫他霍总。

那是二十世纪六十年代初，长波台刚要开工建设，援建的苏联专家到这片海滩点个卯竟撤走回国了，大大小小一千七百多箱设备零件就堆在工地上。

之前，刚组建的人民海军潜艇是依靠苏联的长波台，所以说，长波台的建立，关系到维护中国的主权。到现在这个份儿上，不管多艰难，中国人也要把自己的长波台建起来。海军迅速抽调力量组建了一个指挥部。一时，荒凉的海滩热闹起来，除了两个工兵团，还来了大批的知识分子，都是全海军挑出的宝贝疙瘩。别看住着工棚，随便抓一个，不是清华、北大，就是哈军工、西军电的毕业生，手气好时还能碰上个刚刚留苏回来的博士。只是当时大家奇怪的是，上级派来的一把手霍总却是一位在长征路上才开始识字的大老粗。

霍总在战争年代的传奇故事很多，如过草地时，他七天七夜不吃饭，居然没有饿得晕倒，出了草地，还能马上投入战斗，空腹空手夺来两支步枪；再比如，百团大战中，他能只身爬入炮楼，用一颗土制手榴弹让七个鬼子都举了双手；还有一些可能是传神了，说"泸定桥十八勇士"中有他，太行山用步枪打下日本飞机的也是他。不管怎么说，说明无论普通战士，还是知识分子，对老革命的尊重和对英雄的崇拜都是毫无疑问的。

刚来那几天，几乎所有的人都仰视着霍总，他在指挥部的地位也无人可比。有一件小事可以为证，那时条件差，全指挥部的小车只有一辆，是苏联的嘎斯小吉普。霍总左腿上留着弹片，在方圆十几公里的海滩转悠全靠着这辆吉普。他不坐的时候，那辆车就停着，没有规定别人不能坐那辆车，也没有人会想起去坐那辆车。

但是越来越多的人发现了霍总的文化水平。最明显的标志是经常说错别字，如果说把"造诣"说成了"造脂"还可以理解的话，那么在一次交班会上把"注意灼伤"说成"注意约伤"，在场的人只有面面相觑了。知识分子的嘴巴比一般的军人要活跃，渐渐议论就多了，霍总这样的文化水平能不能当好这个总指挥，确实叫好多人为其捏把汗，毕竟这个工程的科技含量太高，而且是那么重要。

开工誓师大会是在海边的一片沙滩上举行的，主席台也就是架起的几块木板。系在两根木杆上的会标，让海风吹得猎猎作响，两千多名官兵都坐着小马扎，黑压压的一片。大会开始前，全场起立，唱起了《义勇军进行曲》，当时，大家唱得都很豪迈，也很激动。指挥部参谋长宣布开会后，霍总开始讲话。他一张嘴，就让全场振奋起来。

他说："同志们，你们知道这个工程是谁批准的吗？！"台下一片寂静，大多数人都张大嘴巴等待结果。

他顿了一下，抬高嗓门说："是伟大领袖毛主席亲自批准的！"

顿时台下的人都挺身坐得笔直，好像长高了一截。

他又说："现在苏联人拿我们一把，只有靠我们自己了。如果我们完不成任务，毛主席就会睡不着觉。我们能让毛主席睡不着觉吗？"说着站起来用右臂猛地一挥。

台下传来了雷鸣般的吼声："不能！"

一时间，整个海滩让一股豪迈之气震撼，仿佛潮水也退了一大截。这时，霍总又是人们传说中的霍总了。他喝口水，坐下来，拿出准备好的稿子，开始部署任务。

麻烦来了。

他刚念到第二节，就出了个错别字。当时全场还沉浸在豪迈的气氛里，没有什么反应。等他念到那些专业名词时，那些知识分子竖起耳朵，拿着笔记本用心记录时，出错的频率一下子增多了，有时一句话中会念错两三个字。

台下出现了嗡嗡的议论声。霍总自己不知道发生了什么事，疑惑地停下来，看了看台下。由于他的目光，台下暂时又安静了，可他刚开口念了一会儿，又嗡嗡地议论起来。他忽然觉察到什么，右手翻开第一页时，翻了两次才翻过去。但他还是稳得住，清清嗓子又接着念了下去。下面记笔记的由于许多地方听不明白，只好停下手中的笔，一个个满脸迷茫。

突然他再一次念到了"频率"两字，再一次念成了"步卒"，终于有人听明白了，前排有个调皮的开发了艺术细胞，说了句"我们不是步兵是海军"，周边上的几个人忍不住咔咔笑了起来。

霍总自然听到了，脸上再也挂不住了。他是个直性子，突然把手中的稿子朝前面用力一摔，大声说："写的什么破玩意儿，没法儿念。"

全场惊呆了。

稿子散了一地，让风吹得满地跑。主持会议的参谋长带着几个兵费了好大的劲，才一张张捡了回来。参谋长满头大汗地把稿子理好，用目光请示霍总。这时的霍总喘着粗气谁也不理，用手撑着脑门，满脸涨得通红。参谋长咳嗽了一下，对台下说："我先做个自我批评。这稿子是我带人准备的，昨天晚上搞得匆忙了些。字体比较潦草，笔误也比较多。霍总年龄大了，眼睛老花，念起来不方便。现在由我来替首长念完。"然后，参谋长就念了起来。

霍总还是保持那个姿势，一直到参谋长念完。

参谋长收起稿子，请示霍总："是不是散会？"

霍总看了他一眼，突然说："我说几句，刚才参谋长有几句话讲得不对。"

参谋长一下子紧张了，在场的人也都紧张了。

霍总从参谋长面前把稿子又拿过去，然后面对台下举起来："哪有什么笔误？哪有什么潦草？大家都看看，这稿子写得很好，字体也很工整。"

参谋长一脸尴尬。

霍总缓了口气："同样的稿子，为什么我念不下去，而参谋长念得好好的呢？你们说。"

这时候，自然没有人会站起来回答他的这个问题。

他说："很简单，就因为参谋长上过高中，有文化；而我小学都没上过，没文化。这下好啊，大家都可以看到有文化和没文化的区别了吧。"他停了一下，又说，"在座的，文化程度有高的，也有低的。我想啊，这长波台咱中国人没搞过，文化程度不论高低，都要拿镜子照照自己身上的不足，我就是最好的镜子。为了让苏联人不笑话我们，为了让毛主席能睡得着觉，低的自然要学，高的也要学。从今天开始，我带头学，因为你们的文化水平都比我高，都是我的老师。"

全场起立，自发响起了雷鸣般的掌声。从此以后，找自身的不足和抓学习成了这支部队的传家宝。一代又一代的人都把这个故事的主人公当作一面镜子。

舱　门

试验进行到四个半月的时候，将军来到了潜艇支队。

这是一次潜艇远航模拟试验，参加试验的官兵都在挑战生理和心理的极限。这艘远航的潜艇其实是一个模拟舱，五十名官兵要在里面待满五个月，所有的事情只能由他们自己处理，哪怕是像阑尾炎这样的简单手术，也要舰艇医生在艇内自己解决。模拟的潜艇并不在海里，是在离海边二十米远的大试验厅内。在已经试验的四个多月里，潜艇遇到了台风引起的涌浪，遇到了不可预测的暗流和礁石，甚至还遇到了敌方的跟踪和攻击，艇长带着大家都闯过来了。

但是，专家组从观察屏幕里看到，艇员们绝大部分时间是在面对寂寞和烦躁。他们还自办了《远航简报》，每期都以电报的方式传出来，最近的一期上居然有这样三篇小文章，是《怀念阳光》《梦中的月亮》和《在一片蓝天下》。专家们非常理解，阳光、月亮和蓝天已离他们非常遥远了。

来的将军是总部首长，这次专门来海军部队调研的，因为首长忙，调研时间只有三天，在支队只停留半天。他的到来，让整个支队乃至舰队、海军都非常重视。因为像总部机关这样级别的首长下来调研，在支队历史上还是第一次。调研要求不要机关的人员陪同，所以机关陪他最大的官就是舰队的作战处长。处长以前是这个支队的参谋长，他悄悄地打了支队长一拳，说："老兄，给你带个话。舰队首长交代，这次调研，潜艇部队就你们一家，你可得给海军露脸。"

将军在码头上一下车，就钻进了一艘新改装的潜艇。在艇员宿舍舱，他拍着狭小的吊床说："潜艇一远航，潜艇兵要在这儿住上几个月，艰苦是难以想象的。"他回头对支队长说，"我是陆军出身，坦克经常坐，头一回钻进潜艇。刚才你还说我个子高大，怕进来难受，劝我不要进来。你看，不进来我能看到这些吗？"

支队长笑笑说："唉！再苦再累，我们这些搞潜艇的都习惯了。"

"你们是习惯了，可是好多人不仅不习惯，还不一定能理解呢。"将军说，"你们知道吗，两年前，全军部队伙食费调整时，有的部门还跟我提出来，说潜艇兵的伙食标准和飞行员的一样，是不是太高了，要有差距。说实话，我当时还真犹豫了一下，想了想还是让他们上潜艇体验了一回出海。他们回来后向我汇报说，潜艇兵确实太艰苦了，那点儿伙食费根本就不高。"

将军说的事情在场人都知道。那回，总部来的几个人听说真能跟潜艇出一次海，而且还能下潜，高兴得够呛。可也就下潜了一个多小时，在海底遇到了小小的涌浪，那几个旱鸭子晕船晕得连胆汁都吐出来了，潜艇只好提前返航。

听支队长把这事又说了一遍，将军点头笑了笑说："这些他们都回来说了实话，我问他们潜艇兵吐不吐，他们说也吐，不过我们吐完就躺着不能动了，而潜艇兵一边吐，一边还在战位上操作执行任务。多好的伙食吃下去，只要出海遇到风浪，都吐出来了。所以说呀，两年前我就想到潜艇上来看一看。"

大家不知道两年前那次总部机关来调研、出一次海的意义这么重大，更感动于首长对潜艇兵的关心。其实潜艇兵都已经习惯了寂寞，这种寂寞包括远航几个月不出水面，更包括他们的艰苦不为人了解，更不为人理解。飞行员都被称作"天之骄子"，而他们呢，他们自己开玩笑，称自己为"黑鱼"，老在水下钻来钻去的，因为潜艇的形状与黑鱼有点儿像。

将军高大的身躯费劲地爬出潜艇，眯着眼睛看了好一会儿天空，然后上了码头，回头问作战处长："你们现在最长能在水下远航多久？"

作战处长回答："全舰队的潜艇最长的一次执行任务是在水下三个月。"

支队长说："不对，应该说至少四个半月。"

将军一时间没有明白。作战处长明白了，赶紧说："首长，支队正在进行一次时间为五个月的模拟远航试验，现在已经四个半月了。"说着，指指不远处那个试验大厅。

一行人很快就进了试验大厅。从屏幕上可以看到艇员们在各自的战位上工作，他们丝毫没有也不可能知道舱外有一群人在注视着他们。试验专家组组长王教授是海军著名的潜艇医学专家，他用简短通俗的语言汇报了潜艇远航不同阶段对官兵生理和心理的影响，汇报了专家组得出的初步结论，而且简要地介绍了下一步对艇员训练更加科学化、人性化的设想，包括饮食结构和生活习性的培养与转变。

将军听着很新鲜，特别感兴趣。他若有所思地拿起艇员自办的简报翻了起来，碰巧看到上面有一首短诗，题目是《永远的黄桃》，再一看，内容是歌颂黄桃的。

他有些不解，问王教授："黄桃？这个兵怎么会对黄桃有这么深的感情？还'永远'。"

王教授还真没法儿回答这个问题。支队长想了想，说："会不会这样，我们在远航的时候，主要是吃罐头，罐头有荤有素，还有水果。你要是吃上几个月，那罐头都咽不下去。还真是，我和这个作者一样，比较能接受的还就是黄桃罐头。"说着，脸上竟露出一丝孩子般的笑容。

边上的作战处长竟然也跟着说："嘿，怪了，我出海时也最爱吃黄桃罐头。"陪同在边上的几个支队领导也都说自己远航时爱吃黄桃罐头，细心的人可以看到他们的喉结都在羞涩地滑动。

王教授一下子像捡了个大宝贝，激动地说："你看你看，我看到这首诗，就没往这儿想。这可是个新发现，没准儿这黄桃会成为解开潜艇兵远航饮食课题的一把钥匙。"

将军当然非常高兴，想了想，对随行人员说："计划改变一下，今天晚上我就住在这里，住在这个模拟舱里，和潜艇兵们好好聊聊，今天运气不错，肯定还能摸到不少珍贵的第一手资料。”

大家都慌了神，将军这么大年龄，那么高的个子，要在模拟舱中窝一夜，应该是非常难受的，而且按照训练计划，今晚潜艇要遇到涌浪，模拟舱要晃动起来，将军他受得了吗？这个责任谁也不敢负。支队长把情况向将军汇报了，坚决要求他不要进舱。

将军笑了笑：“到了舱里，看不到天了，也不怕天塌下来了。我们总部机关来的那几个人都晕过船，我就不能晕一下？我想进去吃两个黄桃罐头，你们还舍不得吗？”而后他收起笑容，认真地说，“刚才，我想了很多。你们这个试验搞得很好，对广大潜艇兵来说是件大好事。对我来说，对全军来说，意义还不仅仅如此，我们还有不少战士在雪山上一待半年，在无人区一待几个月，还有野外生存的，还有在山洞里待很长时间的，等等。这些官兵的生理和心理，我们都要好好地研究。你们说，我今天碰到这么好的机会，再放弃掉，不是太可惜了吗？”

边上的人听到这些，一时还真不知说什么好，王教授红着脸忽然冒出一句：“首长，你不能进去，不是怕你吃苦，是因为现在潜艇模拟的是水下航行，这种环境下外人是不能进去的，如果舱门打开，就意味这次试验结束。”

将军听了一愣，想了好一会儿，像下了什么决心似的说：“好家伙！你看支队长劝不住我，你想出这么个理由。有那么玄乎吗？你蒙不住我，我今天一定要进去。”

首长说得这么坚决，大家更不好说什么了。于是将军去换作训服，做进舱的准备了。支队长也要去准备，王教授一把拉住他，再次强调说：“我必须对试验负责，我是不会打开这个舱门的，你下命令也没用。”

支队长自然明白这些，上个月，海政有个编导从北京来，死缠硬泡要进舱去体验生活，给王教授写了好几首诗，表达他对潜艇兵的真情。王教授感动地和他拥抱之后还是不同意他进舱，气得这位编导满怀遗恨走了（这位编导恨了好长时间，害得他终于弄出了个潜艇小品上了中央电视台的春节晚会）。但支队长还是诚恳地说："我知道你是在想，我是势利眼，拍上面马屁，以牺牲试验效果来讨好首长。说心里话，开始，我和你的想法是一样的，坚决不能打开舱门，但是现在这个舱门必须打开。总部首长来参加我们这个试验，机会是可遇不可求的。为了总部决策部署好全军其他兄弟单位的试验，我们做出点儿牺牲，是应该的。"

王教授张了张嘴，也就不再说什么了。这时，将军已做好准备过来了，王教授用电报的形式通知艇长："首长要进来，准备开舱。"

一分钟后，艇长回电："请下达试验结束命令，否则不能开舱。"

支队长急了，又电："是总部首长，上将。我命令你开舱。"

艇长很快回电："我现在执行试验命令，任何违反试验规则的命令都是错误的命令，我拒绝执行。"

支队长一下子不知道怎么办才好。等在舱门口的将军说："发电，立即打开舱门，如不执行命令，解除艇长职务。"

没想到，刚才和蔼可亲的将军一下子变了脸，而且这么严厉，在场的人都吃了一惊。支队长更加紧张了，"赶紧按首长指示发报。"而后，他对将军说，"这个艇长非常优秀，舰队已经上报提拔了。"显然看出他是怕这个事情影响到艇长的进步。

偏偏这时候，艇长回电："我必须遵守试验纪律，没有试验停止的命令，我不会开舱。试验结束后，我愿意接受任何处理。"

支队长急得直冒汗，抓着头皮无奈地说了一句："下达试验结束命令吧。"

这时，将军说："停止下达命令。"

他笑了，笑得非常灿烂，"试验比我想象的还要成功，我们的潜艇兵比我想象的还要勇敢，还要优秀！我刚才是给他们出了个难题，我还真替他们捏把汗，真担心把他们难倒了。这样吧，我有个愿望，试验结束那一天，我还来，进舱内吃黄桃罐头。"

彼 岸

要说这龙凤岛上的居民，海虎是老资格了。

海虎是一条军犬，纯种的德国黑背。打从海军陆战队驻守龙凤岛以来，海虎就一直住在这里。兵换了一茬又一茬，海虎总是站在码头热泪盈眶地看着它那些身穿海洋迷彩服的伙伴消失在海天相连的地方，又含情脉脉地迎来新的伙伴。

一晃十年过去了，海虎老了。

驯犬员王海生是七年前上岛的。前任把海虎交给海生时，他还是个新兵，如今已是三期士官。在岛上论资格，海生仅次于海虎。别看现在在礁盘上巡逻，是海生牵着海虎，海生刚上岛的头一年，上礁盘都得要海虎带着。这龙凤岛在南海的南端，方圆大小不会超过两个足球场，四周都是白花花一片珊瑚礁。那礁石像花一样绽放在海面，可每个"礁石花"之间的缝隙多是几十米深的裂沟，谁要是一失足掉进去，出来的可能性几乎没有。特别涨潮时，不少珊瑚礁在水下，巡逻走上去，哪儿能不能落脚，哪儿要避开，一般士兵不摸索个一年半载是不会清楚的。在这种情况下，都是要靠海虎来当向导的。

海虎退休的命令是由一艘地方的水船带上岛的。一同上岛的还有一条军犬训练基地毕业的年轻黑背，名叫金钢。海生虽然心里有准备，但没想到上级的动作这么快。他赶紧找到守备队长，要求马上请示上级，把海虎再留下来一段时间，就当是超期服役。

队长是去年刚从军校毕业后上岛的，年龄比海生还小两岁，对老同志海生的意见自然不好当面否决，就劝他："老王，我知道你和海虎感情很深，要不战友们怎么都把你们俩叫'兄弟'。"

海生不否认他和海虎的"兄弟"关系。海虎原来叫大宝，听起来像一个化妆品。正因为战友们这么说，海生索性把海虎改名叫王海虎，和自己一个系列。

队长装模作样地叹口气："谁都讲感情。可你想过没有，就算这狗，哦，是王海虎同志，和你一样真是个人，人也要退休的呀。你放心，我问过了，海虎退休回大陆后，就进入军犬休养队，有人伺候着它，何苦让它在这儿吃这么大的苦？这也叫老有所乐、老有所养嘛。"

其实这些，海生都知道，他想了想说："我感情上不想让海虎走是一方面，主要还是咱龙凤岛现在离不开它。"

队长一愣，马上笑着说："扯淡。金钢不是上来了吗？再说了，真没有军犬，咱海军陆战队就守不了这么个小岛了？"

海生说："队长，你看咱们上岛的队员，现在基本上是一年一轮换，连几任队长也是两三年就高升走了，所以，你也快升了。"

队长笑着揍了他一拳："哄我有意思吗？尽拍不花本钱的马屁。"

海生一脸认真地说："我听我师父说，海虎刚到龙凤岛也是两眼一抹黑，有两次上礁盘也是差一点儿掉到沟缝里，一年半以后，它才完全熟悉地形。你说，要是我这兄弟一走，这礁盘上巡逻的安全可要伤你脑筋。你别看着我，我是指望不上的。大家说我是'活礁盘'，那才扯淡呢，没有海虎，我可不敢上礁盘。"

队长看海生不像是自我贬低的样子，还真有点儿疑惑了。忽然，他想起了什么，"好你个王海生，差点儿让你糊弄住了，前几天你这'弟弟'居然爬到我的床上，你说它老了，眼睛花了。咱们陆战队巡逻还非得让一条老花眼的军犬领着？"

这回海生心虚了，这狗确实眼睛有些老花了，其实他也早知道，队长只是刚发现罢了。不过，他有招儿，回头叫了一声："王海虎同志。"海虎马上跑了过来。海生说："快去把视力表拿来。"海虎一溜烟儿不见了，不一会儿，叼来一张大家常见的视力表。不过，这视力表一看就是海生用钢笔描出来的，上面的 E 字都长得不太周正。他打开一个小木箱，笑着对队长说："这也是水船刚带上来的。"说着，掏出一大把眼镜，有十多副。

"你这是干什么？"队长纳闷了。

海生把视力表用饭粒粘在椰子树上，让海虎在五米远处坐好。他拿起一副眼镜，用橡皮筋给海虎戴上，像模像样地测起视力来了。

战友们都觉得好玩儿，围过来看怎样给狗测视力，都说海生这么闹着玩儿太有创意了。

没想到，海生让海虎测视力的表现很好，这小子肯定让海虎对着视力表训练好长时间了。海虎戴上老花镜，像模像样地伸起右前爪上下左右地挥舞，等换到第五副眼镜时，它的视力达到了一点五。

"好了，你也不当飞行员，这二点零就不指望了。"海生拍了拍海虎脑袋怄人地说，转身问队长，"怎么样，你还能说它视力不行吗？这叫'老狗伏枥，志在海疆；海虎暮年，壮心不已'。"

队长又好气又好笑，但是完全被海生这番真情和心血感动，他不声不响去了趟队部，回来后对海生说："请示了一下，就让海虎在岛上再待一阵吧。我汇报了它的作用，让它带带金钢。"

海生惊喜地抱起海虎，"快亲队长一下。"

海虎似乎也明白了，还真张开了嘴，友好地露出白森森的牙齿。队长闪身连连摇手，"好好好，心领了心领了。"转身去忙他的去了。水船上的船员看到岛上这条戴着老花眼镜的军犬，都感到新奇，围过来和它合影留念。

于是，礁盘上经常看到海虎领着金钢在熟悉地形。

水船走了没两个礼拜就出事了，还真亏得有海虎。

是菲律宾来的三号台风。台风来的时候，巨浪滔天，大雨瓢泼。海虎测视力的那棵椰子树，一头秀发随风飞舞一下就成了板寸。战士们防台风都有经验，躲在钢筋水泥碉堡里没有出来。

事情出在台风刚走。防台风时两边窗户都要打开，风带着雨从这边进去再从那边出来，自然就有一些雨点落到桌子上，值班室的值班日志本放在抽屉里让渗进的雨水淋湿了。通信员见台风走了，雨也停了，火辣辣的太阳又出来了，赶紧把值班日志本放在窗台上晒干，没想到，忽然来了一阵怪风，把本子吹跑了。这风来得很不地道，一点儿征兆也没有，更不用说预报。这是南海上自生自长的土台风，常常跟在洋台风屁股后面来"偷鸡摸狗"。小通信员没经验，一下子中了招。

那值班本像个方轮胎朝海边滚去，等几个战士追到海边，值班本已到了海里。情况非常紧急，要知道不少国家的侦察船只经常在这片海域出没，这块肥肉要是真落到他们手里，麻烦就大了。因为这时涨潮，太危险，没法行走，也没法游，战士们无法下水。就在这时，海虎一下子扑向海面，它优美地扭动着身子，熟练地在水面上跳跃，每一次都准确地踩上水下的礁石，不一会儿，就一口叼住那本值班日志，在大家的欢呼声中返回。突然，一个大浪打了过去。等它再从浪里出来时，行动有些迟缓。海生知道是海水把海虎的老花眼镜打模糊了，心一下子提了起来。但海虎没有让大家失望，它叼着值班日志本，凭着自己的感觉，又跳跃起来，很快回到了岸上。队长从它口里取出值班日志本时，激动而又深情地抱着它亲了一下。

第二天早上，海生发现海虎走路右后腿有些瘸，一看，居然右腿根部有个一寸左右的口子，而且红肿了。海生急了，要知道，虽然现在是初春，可岛上的温度却有四十多摄氏度，要是伤口处理不好，海虎很危险。他赶紧从卫生员那里要来碘酒和消炎药，搬来一把椅子，让海虎坐上去，命令它抬起前爪直立起来，而后，用药棉蘸上碘酒为海虎消毒。

当碘酒涂上伤口时，海虎一阵惨叫，它的伤口部位被碘酒刺疼。慌乱中，海虎用前爪把海生推开，刚好抓到海生额头，划去了一块皮。不一会儿，鲜血顺着海生鼻梁流了下来。海生捂着额头朝门外跑了几步，又回过头来用另一只手拍拍吓呆了的海虎，"没事，没事。"

因为岛上没有狂犬病疫苗，加上海生受伤的是头部三角危险区，且海岛到大陆有两天两夜的航程，上级很快派直升机把海生接走了。

海生一走，海虎开始不吃不喝了。

开始，大家也没太在意，觉得只是一时的意气，虽然它知道自己误伤了海生后悔，虽然它想念海生，但毕竟是狗，肚子饿了吃东西是本能，饿极了还能不吃？

这样到第三天，大家知道了问题的严重性。队长让大家想办法，海生的战友们各自拿出自己珍藏的宝贝，有排骨罐头，有牛肉罐头，还有红烧肉罐头，一共十几种，放在海虎面前。任凭香味环绕，海虎的鼻子居然没有丝毫反应，更不用说吃了。到天黑时，由于天气太热，这些罐头只好让金钢当自助餐了。

从军用长途里得知海虎已饿了三天，海生在医院里急得脸都白了，赶紧找到医生，要求出院。医生训了他一顿："你没拆线就想着出去，再说还有一针狂犬病疫苗没有打，你不要命了！上级批准用直升机接你来医院，你以为是闹着玩儿的？"

他只好偷偷溜到码头，到处打听有没有到龙凤岛的船只，一连三天，都没找到。他急得真想跳进海里游回去。第三天晚上，总算找到一只去金沙岛的水船。海生苦苦哀求终于把船老大打动，同意多绕半天航程，把海生送到龙凤岛。

那两天的航程，对海生来说，是两周，两个月，乃至两年，漫长而又焦虑。等两天后水船靠上龙凤岛码头，没等跳板摆好，海生就飞一样奔向海虎的住处。

犬舍里，队长和几个战士正在摇着一动不动的海虎，队长用手在试它的鼻孔。海生心里一阵激荡，全身都凉了，冲过去扒开他们，大叫："海虎！海虎！"

忽然，海虎缓缓睁开了眼睛，耳朵也慢慢竖了起来，它看到海生，眼珠子顿时闪亮起来。海虎抬起身，居然吃力地挣扎着站起来了。它没有停止，继续吃力地把自己的两条前腿抬起来张开，像人一样直立起来，一头扑在了海生的怀里。

海生紧紧地抱住它，眼泪止不住掉下来。他喃喃地说："好海虎，想死我了，快吃东西吧……"忽然，他停住了，感到海虎全身重量都压了过来，两只手没抱住，海虎整个身躯像泰山一样塌了下去。

（原载《解放军文艺》）

海　韵

小　岛

　　无边无际的大海上，有一座小岛，远远望去，像一片云在天边浮着。这里树少，草少，土也很少，却驻扎着一群海军士兵。

　　将军上岛时正是这儿最凉快的时候，也就是二十七八摄氏度吧。没法子，谁叫这儿离赤道近呢？也算是一种近水楼台吧。将军不怕热，当年收复礁盘那一仗，他在这里负过伤。那时他也就是和这帮兵一般大，嘴上刚冒出胡楂楂。那次他腿上让弹片擦划了一下，鲜红的血洒在雪白的珊瑚礁上，在将军的记忆里构成了一幅难忘的图画。那点儿伤，本不是大事，可就因为天热，伤口感染了，差点儿要了他的命。因为补给上的困难，以前小岛上一度没有驻兵，直到去年。

小岛不到一个足球场大，转一圈也用不了十分钟，所以，到第五分钟时，将军就发现了问题。

"那碉堡，南边是什么东西，搞得那么神秘。是暗堡？"将军说着就走了过去，才看清那儿用珊瑚礁围成一圈，上面用油布遮挡着。掀开油布一角，竟露出一片绿绿的菜地。

将军不由得一愣。他知道，在这个地方，植物是无法生长的。因为主要吃罐头，缺蔬菜，不少战士一上岛，很快就牙龈发炎，满嘴起泡。从大陆上运来的蔬菜，还没上岛，就要烂掉一大半。即使有幸存的，叶类菜过不了两天，瓜果类最长也熬不过一个星期。其他时间，最好的就是酸菜罐头了。看着眼前一片片绿叶亮晶晶的，将军真疑心自己是不是在做梦，"这是怎么弄出来的？"

守备队长说："他们搞了人造地。"

将军说："我当然知道是人造地，问题是，这土是怎么来的，菜又是怎么长起来的？"

队长说他是北方人，从大棚养菜得出启示，也搞了这个帆布棚，北方大棚是为防冻，这个棚却是为防晒。这些土，都是战士们从老家一口袋一口袋背来的。

"都从老家？"将军一时纳闷，"就近的海岛上有土，不也行吗？"

"是呀，可战士们愿意从家乡背，连菜种也是从老家带来的。您看，不少北方的菜在这里都活了。"

将军弯腰细看：好家伙，小小一块菜地，光小白菜秧子就有好几种。

将军航海多年，方位感很强，看天看地就能分出东南西北。他马上明白为什么这菜地要放在礁堡楼的南面：礁盘在南海里太远，太阳不在东方升起，而是从北方朝这边射着。选这个地方种菜，才能正面挡住紫外线强照的光。

"晚饭后，我们就可以把帆布都掀开，让您看看菜地的全部。"队长自豪而又诡秘地一笑。

将军的眼光抓住了这一笑，心想：小东西，还有什么瞒着我呢。就说："好，我就在晚饭后来看。"

同行的秘书着急了："首长，不是定了赶回舰上吃晚饭的吗？"

将军当然不会忘。还是他自己定下的规矩：在这一海域，为了减轻岛礁上的负担，吃住必须返回军舰。但现在，他对随行人员说："你们乘小艇返回，我在岛上不光吃晚饭，还要吃明天的早饭。"

大家都吃惊。

秘书马上问队长："晚上岛上吃什么？"

将军白他一眼，"吃什么？战士吃什么我就吃什么。"

秘书更急了，"您的血压和血脂……"

将军挥挥手，"就这么定了。"问队长，"欢迎不欢迎？"

队长很矛盾，不太情愿的样子，"欢迎是欢迎，可您的身体……"

将军又问围过来的战士们："你们欢迎吗？"

"欢迎！"

将军点点头。他要住下来，可不是因为守备队长的那一笑。他是想，要是这种菜法子真能推广开，那对这一带的守岛守礁部队的作用可太大了。这种看上去的小问题，往往直接关系到部队的战斗力。

小艇终于走了。晚饭时，队长陪将军来到队部，办公桌上摆了好几个盘子，有罐头，也有几种鲜鱼，将军知道这儿的鱼不稀奇，也就没说什么，坐下来拿起了筷子。

就在这时，炊事员端来一个盘子，将军一看，脸色马上变了。

那是一盘小白菜。

"这是谁的主意？"

队长不知说什么好："大家的……"

"大家的？哼！"将军重重地放下筷子，起身，"我说和战士们一起吃，你劝我说我去了他们会拘束，我就听了你的。现在倒好！我问你，战士们有蔬菜吃吗？"

"一个星期吃一次。"队长声音小了。

"我问的是今天。走，去看他们吃什么！"

队长急了，"首长，您别去了，这盘菜您一定要吃下去，要不，您会后悔的。"

将军一愣，不知队长说的什么意思。

队长想了想，对将军说："您等一下。"他跑了出去。过一会儿，他又跑了回来，指着窗外，"首长您看。"

将军顺着队长指的方向看去——

那一片帆布棚已经翻开，露出了一大块菜地，那绿油油的一片，竟构成了一幅中国地图。

将军在心里一阵沉吟，凝视着那片绿色。

"全国的省份，有一大半有土在这里。岛上的战士知道您身体不大好，又上了年纪，一致要求务必让您能吃上蔬菜。他们每人从自己家乡的土上摘下一根自己家乡的菜，就凑成了这一小盘……大家不是把您看成首长，而是一个长辈。"队长在边上喃喃地说。

将军只觉得鼻子有些发酸，就别过脸来，刚好看见那盘青菜。他怔了一下，走过去端起来，大步走了出去。

饭堂里，战士们正在吃饭。见将军进来，都停住筷子。将军看了看他们桌子上的罐头，喉咙哽了一下，说："同志们……"停了一下，又说，"孩子们，我给大家分菜，每人一筷子。"

战士们怕烫似的马上躲远。将军没有追过去，也知道自己没法追，从战士们闪开的敏捷中，他看到了陆战队过硬的军事功底。他站在原地，一时不知怎么办才好。

终于，他眼睛一亮，看到了饭桌边上的一桶汤。他走过去，顺手把手中的菜倒进汤里，而后拿起汤勺，在桶里搅了几下。

这一切在几秒钟里完成，将军的动作也可以说是敏捷。现在，他舀起一勺汤。

没有人招呼，战士们自觉地围了过来。一勺一勺的菜汤舀到了战士们的碗里。将军看到不少人的眼角有些晶亮，自己的鼻子又开始发起酸来，本来想说些什么，脑子乱了，就张了张嘴……

清晨，将军离开了小岛，驶出海面好远，他忽然让快艇又绕回到礁盘的南边。这时，他看到那片绿色上面，一轮鲜红的太阳正在从北方升起。

他向着太阳，向着那片绿色，也向着小岛，行了一个标准的军礼。

通　道

那一年，一艘潜艇水下试航时触礁。大批的救生舰船很快赶到了出事地点，水上飞机也降低在附近的海面。

这里的海区不算太深，但也不浅。要把潜艇打捞上来修理不是很快能够办到的。这期间，撞坏舱室的裂口，在海底压力和急流冲击下，会蔓延到其他舱室。眼下最重要的事情，就是尽快让艇内的潜艇兵脱险。

按照操典，潜艇兵水下脱险的唯一通道就是鱼雷发射管。但这又是一个非常危险的求生通道。首先，你要把身上的衣服几乎脱光，戴上氧气面具，把自己塞进窄窄的鱼雷发射管。发射管中再一点点儿注上海水，当罐内海水压力和外面海底水压均衡后，你开始在这种强大的水压中蠕动，爬出八米长的鱼雷发射管。这样，还刚完成第一步。出管后，你千万不能马上出水，否则，水面和水底的压力差会让你的血管马上崩裂。你要在管口系上一根绳子，牢牢地抓住它，不要让强大的浮力把自己拉走，再顺着绳子几米一个疙瘩，每个疙瘩停一会儿，慢慢浮出水面。

整个过程必须进行得天衣无缝，你要是耐不住水压，或者有其他的一点儿失手，都可能毁于一旦。有几个难点不好把握：其中一个是吸氧。吸进氧气，再把呼出的气吐入海中，这要让嘴巴在两个口子之间替换，如果搞反了，吸进了海水，就可能把人呛住。潜艇兵和潜水员不同，对这种动作并不十分熟练。再就是出了管口，很容易在恍惚中脱手上浮。所以说，技术重要，体质重要，心理素质更重要。

轮机兵小王刚进发射管就让海水呛了一下，还好，管内水不多，挣扎着退回舱内。艇长赶紧过来问有什么困难，小王咳着摆摆手，"没事，没事。"艇长让他休息一下再走，就转身去指挥别人了。

潜艇兵们分三个发射管出来，一个一个浮出了海面。现场抢险指挥员紧张地数着出来的人数，可是，数到最后一个数字，他卡住了——有一位没有出来。经艇长核实，少的正是小王。

幸好，潜艇一出事就向水面抛出了浮标，浮标上有一个磁式电话。有了它，水上指挥水下脱险就方便多了。和艇内联系，还真有人接了，自然是那个轮机兵。

只要活着就好！赶紧问出了什么麻烦。轮机兵支支吾吾好半天，但艇长很快听明白了：他不敢再进那个通道。

的确，凡是从鱼雷管钻出来的，没人不心有余悸。那里面充满恐怖和危险。但是，你要是不从那儿出来，只有死亡。

艇长在船上气得直咬牙。他是最后一批离开潜艇的，只是没法儿和小王同钻一个通道。怎么能想到求生的路上也出现逃兵呢！

"这家伙，我在下面的时候他说没事，硬是把我骗过去了，要不，我非……"他不知"非"怎么好，这又不像别的，可以拉着他、拖着他、架着他出来。

一个个战友都抢着和小王通话，什么道理都说过了，对方就是不吭声。他认准了一个死理，要等着潜艇出水。

再跟他说潜艇出水要很长的时间，可等不到那时候，就凭裂口在不断渗水，也只有死路一条。

他还是不肯出来。

强大的抢险船队，只好在水面上等待着。

海上的天气瞬息万变，说话间就传来气象警报，强热带风暴即将来到。各救险舰船向指挥船请示撤离，按照惯例，只能这样了。

请示到舰队，正在做遥控指挥的舰队司令说："不能放弃，只要还有一线希望，就必须努力。"他以最快的速度又召集了一批潜水专家，一道乘水上飞机赶到现场。

司令员和水下亲自通话，把风暴要来的情况也做了重申。正说着，风浪已渐渐起来了，舰身摇晃，电话线就断了。

司令员叹口气放下电话，看看远处海天的乌云，叹了口气，找来那帮专家，问大伙还有什么高招。

早有人从美国、德国、英国的海难史论述起来，司令员摆摆手，要大家拿出个实招来。

终于，有人说："首长，我下去一趟。"

声音很平淡，却把大家吓了一跳。下去，就是说潜下水，从发射管再钻进去。这和脱险过程反着来，危险性却要增加好几倍。司令员细看，是潜艇学院的一名潜水教员。学院不归舰队管，他是主动要求跟司令员来的。教员说："这是我的学生，他出不来，是我没教好。"

听这话，大家都摇头。再说，这哪是自我批评的时候？起先艇长就要下去，说就是扇那小子耳光也要把他扇出来，因缺乏科学性而未被批准去冒险。眼下风浪越来越大，可不能再搭上一个。

教员说："第一，以一个老潜水员的名义，我保证自己不出危险；第二，为了中国海军潜水教员的名誉，我必须下去。我深信我和我的学生不会是不合格的。"

司令员看看他，沉吟。

教员急了："首长，风浪来了，没时间再耽误了！"

司令员没有再说什么，抓了抓他的胳膊。于是，他扶着摇晃的舷梯，很快潜入海中。

他一进入艇内，小王呆住了，从艇体的摇晃中，小王只感受到越来越强的风暴，而且，晃动也加快了裂缝的渗水。等两个人面对面站着时，海水已齐到胸口。

"老师，您怎么……您快出去，我不能害您……"

教员像没听他说，掏出了身上的潜水马表，说："你出去不出去不关我的事。"

小王一愣。

"我是为了我才下来的，向你讨回我的一样东西。"

"东西？"小王更傻了。

"是的，一个潜水教员的名誉。我没想到，我的学生会有在技术上不合格的。现在，我要给你补考。"

"教员……"轮机兵不知说什么好，"我技术上没问题，只是心里……"

"不对。从我多年的经验来说，只有技术不好的人才出不去。我担保，你的心理素质没有一点儿问题。看来，当年你结业时的合格成绩有假。"

"不……结业时我的成绩是真的。"这一点，小王还要较个真。

"那你证明给我看，补考。"教员重新扬了扬马表。

"可是，教员，我还是觉得……"

"考场里不许脑子走神，只有考试。"教员接着大声点了对方的名字，"王国华！"

"……到。"

"回答没有力量，重来！王国华！"

回答还是不满意。水已经到了教员的下巴，他的呼吸明显地急促了。但他竭尽了全力又喊了一声学生的名字：

"王国华！"

终于，学生短促有力地回了一声："到！"

"考试开始，听口令：一……"

学生看了老师一眼，按着口令麻利地开始行动。他进入了那个通道。

锚　地

那时候我在虎门炮台体验生活，就是林则徐销烟的那个地方。部队在山上有个招待所，上下山不便，但是安静，是个写东西的好地方。窗下正对着珠江入海口，左边海右边江，满目好景致。

有一段时间，就我一个人住在山上。下山吃完晚饭，我就在海边漫步，到天黑再回去。忽然，留神到一件蹊跷事：每当我上山时，就有一位四十岁左右的妇女迎面下来，天天如此。我就有些上心：我在山上时并没见有人，肯定是我下山后她才上去的。她是干什么的？从衣着看不像本地人。她到山上去干什么？偏偏要在我不在的时候上去？！

随之，就来了点儿警惕心。这天晚饭我没有下山去吃，待在房间里吃方便面。果然，我的推断没错，她又从山下上来了，还正是进了我们这个小院子。紧接着又上了楼梯，一直走到二楼我房间门口的外走廊上。这下，我还真有点儿紧张了，她到底要干什么？

她静静地站立着，向远处海面眺望。稍一会儿，她从手提包中掏出一个望远镜，举到了眼前。

她在看什么？我马上想到，不远处的海面上，驱逐舰支队正在进行锚训。

锚训是舰艇部队的一种训练方法，就是军舰驶离码头，在离海岸不远处抛锚训练，舰上的人可以看见陆地，却不能上岸，一训就是一两个月。

这位妇女难道要从望远镜中看出点儿什么情报？可想想也不对，训练一般是在白天，到晚上，舰上也就是文体活动，有什么可看的？不过，也不能掉以轻心。我决定先稳住，不怕她明天不来。

第二天一早，我特意赶到部队保卫科，找到保卫干事小刘。小刘是个文学爱好者，我刚来时，想去基层和战士们吹吹牛，他自告奋勇带队。谁料想兵找了一大批，都一个个面色严峻。直到有一回，一个新兵见我就掉泪，"首长，我确实什么坏事也没干。"这才弄清楚，部队出了个案子，小刘是专案组的骨干，他白天替案子找人，晚上替我找人。我赶紧让他开路了。现在，他还好像对我有意见，一听我说情况，就笑着夸我警惕性高，我一看就知道笑得不地道。果然他又说，山脚古炮台上有旅游点，那儿看海景的望远镜是高倍的，你知道香港那边为什么没人敢随地小便了？就因为那玩意儿在那儿架着。哪有这样的特务，舍不得去那儿花几毛钱，还费半天劲爬到你那山上去？

他的话确实有道理，但我心中的疑团还是没有消。当天晚上。我依旧待在房内，非看看事态朝什么方向发展。

还真的又来了。我看着她和昨天一样。看了一会儿，也没什么新内容，就有些耐不住了。觉得要是对方真的不是坏人，我老是这样偷偷看有点儿不地道。正犹豫着，没想到事态发展了。

她放下望远镜，伸开双臂在空中比画起来。

这是干什么？但我很快就发现，她使用的是海军的旗语，只是手中没有信号旗。我边看着她的手势，边翻译是什么意思。她用词断断续续，还尽是最常用的，却又看不明白，有点儿"密电码"的味道。好不容易，在其中我看懂了一句："舱里机组正常。"

这有什么意图？这信号发给谁看？而且，说的是关于我们的军舰！忍不住，我开门出去了。

她像是有点儿吃惊，却没有我想象的那种惊慌，倒是有点儿不好意思。但是，并没有中止她手中的动作。我站了一会儿，反倒觉得自己老这样待着不太自然，就下山了。

再找到小刘，正要把新情况和他通报，他倒先开口说："怎么，警惕性还是高，实话跟你说吧，你说的情况我早就知道了。"

这才告诉我，那妇女原来是太行山号导弹驱逐舰舰长老周的妻子。她是从东北老家赶来探亲的，没想到正走在路上，部队临时决定锚训，和丈夫就因为差一天，没能说上话。夫妻两个只能隔着这不远的几海里看个影子。她就在山下的来队家属招待所住着，明知道丈夫这次训练得五十天，在她的这个假期无法回来，可她宁愿这样住着。"我上军校前就在老周手下当信号兵，你小子，怀疑到我嫂子头上了。"

"怀疑这怀疑那，还不是你们的职业病。"我没好气，再想想，有一点不明白，"舰长不是早可以让家属随军吗？"

"是呀，道理上是这么说，可舰长家就他这个独子，两个老人都有病，她要是也来南方，家里怎么弄？"

我不再说什么，就把打旗语的事给他说了，他听了，叹口气："那还用问，给她老公通话呗，也真是呀，说不上话，人家打打手势，还不行吗？前几天，她才从我这儿找了本旗语教材，没想到这么快，就会了！"

我也感慨，想起了一句信天游：咱拉不上话话对首歌。唱的是情哥哥情妹妹在两个山头对歌，可眼前这老哥哥老妹妹，只能是拉不上话话挥挥手了。

可是，她的旗语是怎么打的？按理，她用的都是最常用的语句，量又小，在这几天里学会也不是太难，可她打的那些，我们一句都看不懂，她老公就能明白？我就把这些和小刘说了。他有些不相信，但还是不情愿地说："咱们去看看。"

等我们赶到山上，天有些暗了。按照平常，她也该回去了，可今天却没有走的意思，依旧在挥舞着手臂，也依旧是我们看不懂。不过，我又找出一句看懂了却不明白什么意思的："六八八升梯正常。"

她见我们过去，又是有些不好意思了，但没有停止自己的动作。小刘不干了："怎么嫂子，光想老公就不认识我了？"

她这才停下来。

她对我抱歉地点点头："对不起，这几天打扰你了……也没别的办法，也就这儿能看见那边。"

"就这儿。"我们俩都有些不明白。小刘伸着脑袋张望了一下，一拍大腿："我说呢，从山下看，太行山号正好叫松花江号挡住了。"

我赶紧表示态度说："嫂子，没事，一点儿也不打扰，以后你什么时候想来，尽管来。"

她笑了笑："不用了，明天我就要走了……"

"明天？"我们一愣，"不是说要住一阵子的吗？"

她说："家里来了电报，说他爸的身体又……"

我们俩一怔，一下子想不出说什么好。过了一会儿，我才反应过来："那那……你跟舰长的话……挥完了没有？"这个"挥"字用得勉强。

她又笑了笑："怎么说呢？要说，哪有个完？只是还没告诉他我就要走，总想拖到最后，让他晚知道一会儿……"

我看看天已变黑，她怎么挥那边也看不见了，就非常不安："都怪我们，这一打岔，害得你们……"

她连忙阻止："别这么说。这么多年，没打声招呼就分开也不是一回两回了。"

听到这些，更不知说什么好了，就问："大嫂，明天你什么时候的车？"

"中午。"

"那有了，你明天上午来这儿再挥呗！"

她摇摇头："那不行，训练时间我万万不能影响他。每天，我总是在晚饭后才来看他，看他在舰尾指挥全舰降下信号旗，再看着他走上舷边……"

好一阵沉寂，只听到山下的潮声阵阵传来。

她觉察到我们的难堪，诚恳地说："真的，你们不要上心。小刘知道，这信号旗的打法我也刚学了个皮毛，因为要急着走，就胡乱用上了，再多的话也没法儿说了。"

我觉得她说的也在理，不单是为了安慰我们，就顺势问："好些旗语，我们都看不明白，舰长他……"

她把脸扭向海中，看着那边："他会看懂的……"

我不甘心："那'舱里机组正常'是什么意思？"

她笑了："是场里的鸡和猪产量都增长了。"

原来如此，我有点儿想笑，但丝毫笑不出来。再问："那'六八八升梯正常'呢？"

她说："就是他老爸爸的身体在好转……"

原来如此！想必这些都是舰长最关心的，他怎么能看不懂呢？这些，不知道费了多少心思才琢磨出来的。我又不明白了："不是来电报说他爸爸身体……"

"有我在，不要他分心！"她这句话说得很果断。

我心里一热。就在这时，对面山上的信号灯亮了。对，信号灯！我一下子兴奋起来，大声对小刘说："伙计，快拿手电来！"

小刘也明白了，马上用随身的对讲机通知通信员，让他跑步送来了手电。

小刘举起手电，朝着大嫂说："我用这个给你发信号，有什么话就都说出来。"

"能行？"大嫂脸上露出了惊喜。

"和挥旗一样！"

就这样，那只手电以一个水兵妻子的口吻，向大海诉说起来。

很快，太行山号舰上也闪起了手电光。

"他看到了！"她兴奋起来。

我们也为这一对"老哥哥老妹妹"高兴。

就在这时，其他的军舰上，亮起了一点又一点的手电光，都是朝这边回信号。我傻眼了："坏了，都以为自己的家属来了！"

大嫂也愣住了，连说这怎么好。

小刘说："都乱点什么鸳鸯谱，我马上说明一下，让他们别瞎起哄。"

不料大嫂拦住："别……"

"怎么？"

"……只要他们能看懂，就让他们都看吧。"

海面上一片繁星依旧在眨着眼睛，看样子，是都看懂了。

升 腾

田水念小学时就听同学说过，有一种炮弹，打出去后，跟长了眼睛一样，你要它炸哪儿，它就飞到哪儿去。那时在田水眼里，这种宝贝和孙悟空是一个重量级。看战争影片，看到我军情况不好的时候。他就会在下边喊："飞弹，快用飞弹！"这是他自己起的名字。再长大一点儿，他知道了这种东西叫导弹。等到多少年后，他成了海军驱逐舰上的一名导弹兵，看外军资料，见到海外也有把导弹叫飞弹的，暗暗好笑：这帮人的脑子怎么跟我小时候一个样呢？

田水刚上舰时，看到导弹有些失望，这么个铁疙瘩，就算长了几个不大的翅膀，怎么会飞出自己想象中的神奇劲呢？但他是个聪明的小伙子，很快就从 ABCD 开始学会了他该学的东西，当了一名合格的导弹兵。

他管着两个发射架。部门长对他说："你是个'百万富翁'呢。"他一愣。部门长笑着说："这导弹，四五百万一枚呀。"他吓了一跳，于是他就明白了这个"富翁"是什么意思，看那两个铁疙瘩的目光也就有了异样。

很长的一段时间，田水对这一对宝贝有点儿小小的失望。当了这么长时间导弹兵了，可连一次真正的发射也没有见过。每到操练，他很熟练地摆弄着那些按钮把手，等到发射架抬起头打开盖子时，那两个玩意儿冒出红色的脑袋，部门长喊："两枚齐射！放！"他重复："两枚齐射！放！"那手指还真摁到发射钮上，可就是不见导弹出去——不是实弹射击，导弹电路没通。每到这时，田水就好像快跑时让什么东西突然挡住了，胸口发紧，憋着，又空空的，像失去了什么。在田水的感觉里，整场演习到他这里就卡了壳，而他那两个宝贝，自然是光吃饭不干活的懒蛋。于是，他觉得连自己也受到了牵连，好像大家的一大口气没喘出来都是让自己憋住了似的。

有时，他真想悄悄把那电路接通了。当然，他不会那么做，要不，几百万就轰隆一下出去了：几百万，乖乖，对几十块钱一个月津贴的田水来说，是个多大的数字？

就伺候着这两个宝贝，田水心里还真不是个滋味。为了出气，他给它俩各起了一个名字：大懒和二懒。没人的时候，他会拍拍它们的脑袋，数落几句；心里有了情绪，他会拍拍它们的脑袋，数落几句。心情好的时候，语句还轻一点儿；要是窝了火生了气，那就对不起了，非得让它们不好意思。那红红的弹头，在田水眼里，像两张羞红的脸。

田水不相信它们总能耐住劲儿，总得给咱哥们儿露个脸吧？他对它们还是抱着信心的，相信它们迟早会摘下"落后分子"的帽子，自己给自己争上一口气。

这一天，还真的来到了。

那是一次远洋航行。在公海，两架外国战斗机老是压着军舰掠飞。这不明摆着是在欺负人吗？舰长火了，命令导弹准备。只见发射架的盖子一下子都打开了，导弹都冒出了脑袋。你看田水手下那大懒、二懒，从脸到脖子都涨得通红，连眼睛里也充满了血，放出道道杀气。那架势，田水还真是头一回看到。那两架飞机看到这个阵势，呼地一下，跑得连影子也见不着了。田水冲着天上喊："喂，别走呀，再玩一会儿。"他是真心诚意地希望对方能够留下，和这大懒、二懒好好比试比试。

这时候，他才意识到给两兄弟起这么个名字是大大委屈了它们。就想着改名，可田水总是管着它们，好歹撂不下那个脸。想半天，就顺着原先那个音，含含糊糊地叫它们大拿、二拿。从此，他明白了什么叫真人不露相。它们就神气那么一回，自己的腰杆子也硬了，气也足了。

从此，田水对这两兄弟更是倍加关照，他能准确地看出它们的神态。没人的时候，他会摸着它们的脑袋，唠叨唠叨自己的心里话，有些话，战友之间班务会上还真不方便说。在这一对兄弟面前，就没了那么多顾忌，而且这些话一倒出来，心里总会有种说不出的舒坦和轻松。时间一长，田水都觉得自己快要离不开这两位知心的伙伴了。

有一天，部门长很神秘地把田水叫到一边，像田水摸大拿、二拿一样摸摸田水的脑袋，说："有你的好事了！"

"好事？"田水的眼睛眨了几下。

"你想了几年的好事！"部门长指指高高的发射架，而后右手夸张地挥出一个弧线，"我这个当'长'的也没碰到过几回呢！"

田水明白了，盼了多少个日日夜夜的实弹发射，终于来到了。他情不自禁地盯着发射架，真想马上把这个消息告诉猫在里面的大拿、二拿。好家伙，这两个小子可以狠狠地风光一把了，自然，它们打出了威风，他田水也可以好好地牛一把。部门长说的没错，这实弹发射，他田水还以为当兵几年不一定能碰上呢。他正在偷偷复习，准备报考导弹学院，考上了，自然还可以和部门长一样碰上几回；要是考不上，等到复员回家也没来回真的，回去后那牛皮怎么吹？

中午，宣布了明天要实弹发射的命令。整整一下午，田水做准备工作，一直伺候着这两个宝贝，兴奋得不行；对它们有满腹的话，只是工作时间不能说。

好不容易熬到晚上，他一个人很神气地来到大拿、二拿面前，拍拍它们，说："明天，你们得好好露露脸，拿个第一，回来，我好好……"说到这里，他心里咯噔了一下。

回来？回来？他这才反应过来，这两兄弟明天一飞出去，就再也回不来了。

田水一下子呆在了那里。没想到，这两个朝夕相处的好朋友，明天自己的手指一按上发射钮，就要和自己永别了。他觉得喉咙发紧，慢慢地，田水走过去，紧紧地挨个抱住它们，泪水，无声地流了下来。

"你不要难过，这一天正是我们早就盼望的。"

田水听到有人在他耳边说话，用心一听，才知道是他的大拿、二拿。

"你们也早就盼着？"田水纳闷。

"是呀，你想想，我们的存在，不就是为了有一天能飞出去吗？话说回来，正因为有了这一天，我们的存在才能被证明。"

"可是，你们是要被炸得粉碎呀。"田水嘟囔。

"我们能发出巨大的光和热，发出巨大的声音，到时你就会看到，那是多么辉煌的一瞬呀！"

"那也只是一瞬。"

"这一瞬，比躺在那里不哼不哈还白让人伺候多少年都要强。"

就这样，它们有着说不完的话。田水知道它们的话在理，可心里依旧是不能割舍。毕竟有了那么深的感情。

两兄弟看出了他的心思："我们走了，新来的导弹上，有着我们新的生命，到时候，你一样可以和它们，不，也是和我们谈心。"

田水重重地点点头。

第二天，田水看到它们飞出去的那一瞬间，果然是无比辉煌。他觉得自己身上有什么和它们一道飞向了海天，同时，它们又有什么留在了自己身上。过了好一会儿，他透过泪眼，看到天边的海面上，升起了越来越高的水柱。

他渴望自己什么时候也能这么辉煌一下。哪怕只有一瞬间。

潮　声

三十日晚上的月亮升起时，大潮已经退下了。几个不值班的兵赶海回来，给厨房送了一大堆石板鱼、海贝什么的，还有一条不小的章鱼。会餐餐桌上的香味是可想而知的了。开饭前，岛上的最高长官、守备班班长不得人心地在饭堂门口点名，让飘逸的鱼香引得士兵的喉结上下滑动。

班长说了一大堆元旦过节的注意事项后，强调一点：老规矩，十点钟在机房门口集合，收听北京来的慰问电。

有个老兵咽口唾沫说："别集合了吧？谁愿来谁来，十点钟电视晚会正精彩呢。"

又一个接着说："反正是那老一套。拼死拼活干一年，到头还算记得我们，来份电报。"

班长没有理睬他们，争下去会给新兵带来不好的影响。这帮老兵在嘴上这么说，执勤巡逻可从来不会含糊。也是，这儿离大陆太远了。十几个人窝在这零点一平方公里的岛上，也实在是憋得慌。有些怪话倒是正常，没人说，班长倒反而紧张了。

早先，供给能力达不到的时候，这个岛是荒无人烟。到二十世纪七十年代中期有了守兵。因为远，因为是最前沿的岛屿，每到年终北京都要来电慰问。班长还记得自己是新兵时，头一回听北京来电，那是什么劲头。为祖国把着门，北京都知道我们！现在的兵……那帮老兵倒也不见得真是牢骚，没准是在新兵面前摆摆谱吧！

晚饭的啤酒不敢多喝，怕查哨时误事，石板鱼也不敢多吃，那东西燥人。早早地走完这零点一平方公里，到机房换下报务员，都去看电视吧。这儿的电视节目要靠十几海里外的大岛上转播，平时看完《新闻联播》《天气预报》也就没了图像，今天过节例外，让大家听听新年钟声。

到了九点五十分，陆陆续续来了大半数的人。在机房门前柳树下排成一溜，班长知道有几个老兵没来，也就睁一只眼闭一只眼，戴上耳机打开了机器。

最后十秒倒计时：十、九、八、七、六、五、四、三、二、一，开始——众人屏住气，班长听着，听着，咦，耳机里没有反应。再等等，还是没有。

是机器有问题？班长出了一身汗，不会呀，刚才还查了又查呢。他只好继续等待着。

依然没有。

"也许是什么出了岔。"班长轻轻地放下耳机说，像对自己，又像是对门外的兵们。等众人陆续散去了，他依旧是那么痴坐着。

"怎么回事怎么回事？"

"电报没来？"

班长惊醒，见是那几个刚才没来的老兵。他没好气地说："没有什么，刚好遂你们的愿了。"

那几个你看看我，我看看你，再不敢吱声。好一会儿，有人怯生生地问："不会有什么意外吧，多少年了不都是准时吗？"

班长想的也是这个问题：难道是我们今年什么没干好让上头不满意了？他心里一沉，再看窗外，刚才散去的也都聚了回来。他们无声地看着他，眼睛里都在期待着什么。

他觉得没法儿交代，仿佛都是自己的过错。这种事，又不能问上级为何不来电慰问。急中生智，他想到了在营部当通信员的老乡。北京的电报也是一级一级下来的，最后一站是中心大岛上的营部。

他赶紧拎起磁石电话，摇了好几圈，终于接通了。虽说电话里的声音因刮着西北风听不清，但老乡的嗓子还能辨出来。趁着线路还好，他羞涩地提出了自己的问题。

"简单：今年起电报发给白砂岛了。"

他重复这句话后，大家都沉默了。白砂岛也是这一海区的一个小岛，比这儿更小，离大陆更远，以前供给能力弱，够不着它，虽说属于我国领海，却无人驻守。上个月，去了六个海军陆战队士兵安营扎寨。

从现在起，这儿的小岛已不是最前沿了。

班长无言，众人也无言。班长眯起眼睛朝白砂岛的方向好一阵张望，岛是看不见的，但月色下的大海风平浪静，秀色宜人。看着眼前肃立着的士兵，他觉得该说些什么，但无从启齿。胸口窝着什么，不知道是得到还是失去，是骄傲还是嫉妒……

电视机里喜剧小品伴着阵阵笑声传来，众人就像是没有听到。也许这时，这台电视机是全中国唯一开着又闲着的。

还是班长打破了沉默，他打开保险柜，拿出了一沓纸，说："这是进驻岛上以来，北京发来的全部电报，一共十八封，我提议，今天我们宣读这些电报，同意的举手。"

"唰"的一声，一致举手赞成。

班长清清嗓子，念几句，有些沙哑，再清清，还哑，也就这样念了下去。

众人静静地听着，听着。班长也真有点儿奇怪，以往真的来电报还没有这么认真呢！读着，往事潮水一样涌上心头。慢些，慢些，他嘱咐自己。让大家多回味一会儿，再多一会儿。

潮声随着清悠悠的风儿过来，像是伴奏。

终于念完了。那十八封，就一下子完了？班长捏着最后一张电报怅然若失，众人好像还等待着什么。

"中央人民广播电台、中央电视台在这里代表全国人民对坚守在边防海岛的解放军指战员表示亲切的慰问。"电视机里传来熟悉的声音，紧接着，新年钟声敲响了。

"解散吧——"班长轻轻地说。

鱼 儿

鱼儿还是胚胎的时候，他娘做梦见着一条大鱼。第二天部队就来人，说是一艘潜艇在海下让什么卡住，鱼儿爹就潜了下去。后来潜艇上来了，鱼儿爹再也没有上来，娘听罢吐血后没几天，鱼儿就提前一个月来到人世。

娘非要起这个名。

那时他的亲爹本在休假，该下海的是战友小杨子，那几天他刚让女友蹬了，领导放心不下，鱼儿爹替他穿上了潜水服。半年后，小杨就成了鱼儿的后爹。

鱼儿的弱智是他学语时发现的。娘让他喊小杨爸爸，他就喊，可看见其他穿海军服的也叫爸爸。娘和小杨的心里都不是滋味，耐心地教他该叫别人叔叔，可他看见小杨也叫叔叔。娘眼泪汪汪地同小杨商量，小杨说："就这样叫吧。"从此，家里只有"叔叔"的叫声。

两年后待鱼儿的弟弟出世，就出现了麻烦，随着弟弟学会叫人，他脑中早已无影的"爸爸"二字，再一次出现。他又见人乱叫了。一回，娘和小杨刚出门，见一帮孩子在草坪上围着逗他："鱼儿，叫我爸爸。"娘气得发抖，冲过去举着胳膊犹豫半天，终于打了鱼儿一个响亮的耳光，揪着他耳朵拖到家。小杨夺过鱼儿抚着他脸，第一次冲他娘发了火："你打他，他懂什么？要打打我！"鱼儿娘一愣，顺手扇了小杨一嘴巴。小杨倒让她打蒙了，也愣了愣，说："你要是好受些你就再打吧，要不是我，他爸也不会死，他也不会这样……"娘忽然像从大梦中醒来，扑到对方怀里，捉着小杨的手捶自己，而后，夫妻俩抱着鱼儿默默流泪。

自此，不许弟弟当鱼儿面叫爸爸，偶有不慎弟弟漏出一两声，鱼儿竟不再学舌，反而害怕地颤着身子。

鱼儿念了四年一年级后，就不再学舌。先由弟弟领着玩，后来也能单独行动，虽说时有淘气的孩子欺负他，但"爸爸"二字他再也没有叫过。如此下来十多年，鱼儿也有了一个高大的个子。

这天，和往日一样，鱼儿穿一套后爹的旧冬装在基地院里背着手闲逛。不同的是，后爸老杨到南方执行任务，棉帽没带走，他戴上了，上边还有一颗帽徽，走着走着和基地司令正好对面。将军看见一士兵没有领花肩章还背着手，居然还对自己熟视无睹，很有些恼火，喝令："你站住。"

鱼儿吓了一跳，继而看见一张不大友好的面孔，马上撒腿就跑。将军带兵几十年，哪见过这么刺毛又胆大的兵，偏要较这个真儿，放弃了练就多年的首长步伐，拿出早晨练长跑的劲头，追了上去。这一跑一追，马上引得路上不少人驻足。不远处巡逻的几个卫兵闻风包抄过来，把鱼儿截住。

将军喘着气大怒："哪个单位的？！姓名？！"

鱼儿惊悸未定，呆呆地看着将军，见这么多人围着他，竟觉得有些好玩，傻笑起来。

将军愈加气愤，要把鱼儿带走。这时，围观的人多了，自然有人认识鱼儿，忙说："这是个呆子。"

将军一怔，看鱼儿的目光，果然有些独特，也就有些尴尬。命令卫兵："去把他家大人找来，怎么让他穿着军服出来瞎逛，太不像话。"

鱼儿娘正好出来寻他，让哨兵领了过来。

将军见是个女的，又不是军人，忍了忍没有发作，但声音依旧严厉："他爸爸呢？！"

娘说："他爸爸早就沉在海底了。"

将军一愣，问："什么时候？"

娘指指鱼儿："这孩子还没生……"

将军不再说话，似乎在想什么。

鱼儿看看母亲，再看看将军，冷不丁冲他叫了一声"爸爸——"，也许是多少年不叫，像幼儿学语那样音不太准。

娘又气又恼，一把拉过鱼儿。

有个积极的卫兵吼道："瞎叫什么！"鱼儿赶紧躲到娘的身后。

将军喝住了卫兵，而后慢慢地走向娘儿俩，伸过手来。在鱼儿头上轻轻抚摸着，抚摸着。

娘说："首长，实在对不起，他不懂事。"

将军轻叹一声，声音有些沙哑。他咽了几口唾沫，红着眼圈对鱼儿娘说："我就是那个潜艇的艇长。"又抬起头，像是对自己又像是对众人说，"有时候，军人献出的，不仅仅是自己的生命……"

他没有期待别人说什么，对鱼儿说："孩子，我送你回家。"

娘没有作声，慢慢地跟在他俩的后边，有一点她弄不明白：那潜艇艇长她认识，在后来一次海战中已经牺牲了。

莫非还活着？

潜　浮

小说稿子写出来以后，我找到的第一个读者就是舰队司令。倒不是拍马屁，手头这部反映潜艇部队的东西得以写成，这位中将确实帮了不少忙。有他说句话，体验生活、采风乃至创作假都遇上了绿灯。其实，他并不是对我情有独钟，他钟情的是钻了二十多年的潜艇。

中将破例在家里给了我一个小时，谈他连夜看完稿子后的看法。"昨晚他翻了大半夜的身。"老伴在一边表示了对我的不满。于是我非常感动，连忙掏出了笔记本。

临到谈话结束，司令顺手又翻了翻稿子，再合上，看一眼而后不经意地问："就用这个标题？"

我点了点头。对这个题目我是非常得意的——《沉浮的国土》，拿这个来比作我们的潜艇，最贴切不过了。

"我提个建议，能不能把这个'沉'字改成'潜'字？"司令依旧是随意说说。

我没有吱声，想了想说："我觉得还是用'沉'字好。"

"'潜'字也不错，让人一下子看出这是写潜艇的。"大概是见我没有点头，又说，"我这只是参考意见，还是你们作家定吧。"

我也赶紧说："我回去一定认真考虑首长的指示。"

"不是指示，是意见，仅供参考。"司令更正道。

话虽这样说，回去后我还真是费心思琢磨了半天，想来想去还是觉得用"沉"字比"潜"字好。首先，"潜浮"不符合一般读者的语言习惯，拗口。用"沉"字感觉上比较凝重，不仅表现了潜艇的运行状态，也喻示了新中国潜艇事业发展的坎坷历程。换了"潜"，是可以很快让人明白写的是潜艇生活，但这恰恰是小说题目的大忌，没有了悬念和想象的空间，自然失去了应有的诱惑力。而且作品的文学气势也要受到影响。

"要是真依他改了，没准书的征订数要下降。"

看来，只能用原来的题目。

可是，司令那儿怎么交代呢？

编辑笑了："你也真是个实在人，你以为他那么大一个司令整天闲着没事，老是惦记着你这个题目呢？他那样说，不过是表示一下对创作的关心，再则，也显示一下他在这方面不是外行罢了，这种事兄弟见得多了。你放心好了，他在军事上是天才，在文学上就比你差远了。"

于是我有些脸红，觉得自己过于自作多情了。是呀，一个舰队那么多兵，那么多舰艇，每天有多少事他都忙不过来，哪里还会有空儿惦记着我这本书的题目？退一万步，即使他果真还记得，改了也没什么了不得，他不也是说仅供参考吗？

原来还想多让几个人看看提提意见，算了吧。就这样，稿子进了印刷厂。

大概是半个月之后，编辑突然来电话，说小说的题目变了，"沉"字改成了"潜"字。我吃了一惊，忙问是怎么回事。

原来，司令亲自给出版社的头头打了一个电话，就是为题目上的那个"沉"字。他依旧是提出那个参考意见。可是社里不敢不认真地"参考"，马上通知改变书名。

我不由得倒吸一口凉气，没想到这老头子会在这件事上较上劲，何苦？这么大的首长，这样干未免有些太那个了嘛！终于我明白了：他开了口，我却不尊重他的意见，事情虽小，却确实有个面子问题。只是他这样做……

我也是个有个性的人，自此再也没去找他。书出来了以后，也没给他送。当然，出版社自然会给他寄的。看着这封面上的那几个字，我心里总像塞了什么似的。

半年后，一位潜艇艇长到北京出差，顺便来看看我。他说那本书他们都看了，反响不错。还说，他们的老首长，舰队司令都说这个作家怎么不见了，连书也不送一本来。

"首长惦记着你，你有机会到舰队去看看他。"艇长说。

他这么一讲，我更是气不打一处来，一激动就把改题目的事讲了出来。

"当然是用'潜'了。你知道不知道，自从一次潜艇触礁下沉后，潜艇兵都不再说'沉'字，就像舰艇兵吃鱼时不说'翻过来'，航空兵不说'一路顺风'一样。"艇长说。

我一愣，好半天说不出话来，幸好没用那个"沉"字！

"他怎么不跟我讲明呢？"

"你也不想想，这些忌讳都是没有科学根据的，他那么大的首长，怎么能说呢？"

瞄　准

　　射击训练在海军陆战队新兵训练中是最后一个科目了。连长把新兵们领到靶场时，站在队列前问："同志们，前面是什么人？"队伍里稀稀拉拉地答道："是连长。"连长很遗憾地摆了一下胳膊，"不，前面是侵略者，你们要勤学苦练，坚决彻底把他们消灭光。"

　　有哧哧的笑声。锤子没有笑，他觉得打枪对一个当兵的来说实在是太重要了。上了战场，你打不准别人，那只有让别人来打准你了，前面的队列操练"立正、稍息、一二一"才是花架子呢。他决心让自己变成个神枪手。自然要吃点儿苦，好好练。他二话不说，趴在地上就"三点一线"地瞄起靶来。刚瞄了个把小时，他才知道这不是个好差使。首先是脖子酸，接着是两个肩膀麻，再后来，胸膛、腹部、大腿让硬邦邦、冷飕飕的地面硌得又疼又胀，还不时透过一股股寒气。就算是最舒服的姿势，要一直保持也是一件很难受的事，更别说这姿势本来就不舒服。这样下来，那个竖着的脑袋能不犯晕发昏？这些还好办，咬咬牙挺得住。问题是要瞄准目标呀。靶子、准星、眼睛三点一线，说起来很简单。起先锤子还纳闷，有了准星，瞄就是了，怎么会打不准呢？练起来才知道，那枪虽说在地上搁着，却不时随着握它的双手颤抖。你想，枪口歪出一点儿，那子弹要偏出去多少？还有那准星，在太阳光下竟会冒出厚厚的虚影，一是瞄不准，二是那反光刺眼。时不时，眼睛里就会赤橙黄绿青蓝紫，那远处的胸靶持着彩练当空舞了。一天练下来，反倒觉得还不如没练时瞄得准了。

　　总觉得不是个办法。看《新闻联播》时，他悄悄问连长："这瞄准有没有诀窍？"连长赞许地看他一会儿，很友好地说："要说诀窍，早上在靶场我已告诉你们了，好好想想。"而后，用那只布满老茧的右手摸着锤子的青皮光头，满怀期望地说，"小鬼，好好练吧。功夫不负有心人。"

第二天端起枪，他首先把昨天连长的话复习了一遍。他把前方的靶子果真当成了侵略者。侵略者也是在电影、电视上见的，就是八路军打的鬼子兵和志愿军打的美国佬，好像还有烧圆明园的八国联军。这样一想不好了，那目标变成一幕一幕的连续剧，根本没法练习了。他只好抓住第二条"勤学苦练"，硬着头皮，一动不动地趴在地上。

别人休息，他练；别人晚饭后打球、看电视了，他看看太阳还没落山，扛着那支打不出子弹的旧枪，又去了靶场。

一练就是五天。

到第六天下午，他觉得右眼有些模糊，眨几下，还是看不清，仔细感觉一下，好像有沙子在里面。没办法，只好去找卫生员。

卫生员翻着他的眼皮吹了好一会儿，终于叹口气："去团里的卫生队吧。"

医生让他测了测视力，竟会从一点五一下降到零点四。得出的结论是用眼过度，角膜发炎了。

只好在病房住下了。护士给了他几支红红绿绿的眼药水，规定了一日点几滴。眼看射击练不了，锤子心里能不着急？他找医生商量：能不能让他出院，一边点眼药水，一边瞄靶。医生想了想说："可以是可以，只怕再瞄一两天，你那右眼的视力不会高于零了。退兵的条件你也不是不知道。"

锤子想想也是。脱了这身没有帽徽领花的军装被退回家，恐怕也没有枪打了，于是只有老老实实点他的眼药水。

不过，这眼药水也不容易点。仰起脸，右手举起药水管在眼睛上方一尺处，一捏，一滴亮亮的东西就落了下来。马上，脸蛋上凉凉；再一捏，额头上凉凉。打一圈外围，才有一两滴落进眼眶，不到一天，那眼药水差不多用光了。

到第二天下来，误差就大大减少了。

第三天，基本上没有什么差错了。

如是，锤子每天优雅地滴着他那红红绿绿的眼药水。

大约是第七天，锤子发现一件很有意思的事情。他的眼药水在脸的上方，根本不用瞄准，随手一点，总会落到眼中。于是，他故意把脸移一下，那药水还是落到眼中。这是什么道理？哦，其实那脸动的时候，手不知不觉地随之而动，在心里，早把两者维系在一起了。

闭着眼没事，他就老是琢磨其中的道理。

怪不得神枪手拔出枪不用瞄就指哪儿打哪儿。看来，瞄准不光要用眼，还要用心，用……还有比眼睛看得更准更远的。

一年以后，锤子成了全海军的射击标兵。

歇　着

无名岛的最大特色就是小。零点零几平方公里，小得好像不值得有个名字。岛上给航标塔施工的工兵班，倒是有点儿名气，先进事迹还上过报纸。所以，得知其其要分给这个班时，班副担心地对班长说，会不会一条泥鳅把一缸黄鳝都折腾坏了？班长不以为然，他不相信有那么严重。再说，把其其比作泥鳅或者把这一班弟兄比作黄鳝都不合适。

交通艇送施工材料的时候，也把其其送了上来。这家伙原是基地警卫连的哨兵。想当机关兵没有如愿，脸就阴了下来。还真有点儿让班副说着了，这家伙老是吊儿郎当，在哨位上恨不得要拿自动步枪当拐杖支。有一回，拦住出门的司令员，问将军手上的表几点了。军务处长说："太愣头青了，先让他到艰苦部队锻炼锻炼吧。"

于是请他到工建处报到。处长政委想了半天，觉得从他的成长出发，无名岛是个比较合适的去处。

下了艇稍作安顿，他朝铺上一横就要睡觉，说是头痛，晕船晕的。班长也不好说什么，就给他关好了门。到战士们收工回来吃晚饭，其其才让被子蒙住的脑袋探出来。刚好班长端来病号饭，他二话不说接过来，一大碗面条一会儿吃个精光，包括碗底的两个荷包蛋。

第二天，其其又睡了一整天。

到第三天，班长坐到了他的床边，大哥哥似的给他掖好被子，笑眯眯地问："怎么样，该上班了吧。"

他头一扭，"我不舒服，去不了。"

"那你总不能不干活呀。"

"我有病。谁来我也不怕。"

"也没谁叫你怕。这岛上又没老虎，鲨鱼也上不了岸。"班长笑得更欢了，"不过，可不能随便下海，没设防鲨网。"

"反正我病了。"

"那你打算歇多长时间呢？"班长不但没有生气，还好像挺同情他的。

"那不好说，没准儿。"其实，他也没想过自己到底要歇多长时间。只是觉得自己要是一上岛就老老实实干活，那就太没面子了。

班长依旧没有生气，想了想说："这样吧，在无名岛上你就不用干活了，一直到施工结束。"

其其一愣，这起码要一个半月。老让他歇着，哪有这样的好事？看看班长的脸，倒没有捉弄他的意思。那也不行，到时候一下岛告我一状，说一个多月不干活，自己有嘴也说不清，不挣个处分才怪呢！

他有点儿心虚了，"我确实是不舒服，你可别跟处里……"

班长又笑了，"你看我像那种人吗？"

其其想想也是。既然这样，他也没有必要客气了。

"就这么定了！"班长站起来，"不过，你也得答应我一个条件。"

其其心里一紧，不由张大了嘴巴。

"是这样。你歇着就不要跑到工地去，免得影响别人。"

这当然好办，其其满口答应。看着班长出门的背影，他有些庆幸了。没想到这无名岛成了他的快乐岛，这个班长也真宽厚，面对这么个老实人还真有点儿不好意思！

其其拿出带来的"随身听"，听起刚买的那盒《潇洒走一回》。

这一天的日子应该说是相当快活了。那盒磁带潇洒地听了两个来回后，他又去海边捡了一堆珊瑚。晚饭后别人都去工地加班，他一个人守在电视机边把十二个频道按钢琴键一样按来按去。等大家收工回来，他已在鼾声的伴奏下，好梦一个接着一个，做成系列片了。

第四天太阳晒到屁股时，他从铺上伸起了懒腰，到厨房要了碗稀饭，边喝边拿起了"随身听"。听了一会儿，觉得那曲子已不似昨日听得潇洒，倒有点儿像嘴里没就咸菜的稀饭。他就去海边转一圈，还是只有珊瑚可捡，原来，这玩意儿岛上有得是，连岛都是珊瑚的。昨天的收获，一早已让打扫卫生的战友当作垃圾扔了。下水赶海倒是挺有意思的，刚把鞋子脱掉裤管挽起，就想起班长的话。班长不可怕，但鲨鱼可怕。

其其一下子没了兴致。他顺着海边瞎逛，没走多远他想起班长给他的规定，不由收住脚步。莫名地，似乎自己和他们不是一回事，心里有些空空的。这岛真小，回去看电视，十二个台都是大雪纷飞的画面。其其出了一身冷汗，莫非电视机昨晚让自己弄坏了？问过炊事员，才知道这儿的电视是靠附近的大岛转播的，播放时间也就是晚上三个小时。

他对炊事员说："要不要我帮忙？"炊事员抹一把脸上的汗珠问："这一大锅菜你能行？"他有些惭愧，"那我帮你洗菜吧。"

炊事员像被什么蜇了一下，"千万别，这淡水都是大陆上运来的，每天都有定量。你有病，还是安稳歇着吧。"

讨了个没趣儿，其其心里更不是个滋味。

好不容易熬到天黑，电视也没心情看了，早早地上了床。可一直到别人加班回来，他还是烙饼一样身子翻个不停。不一会儿，屋里鼾声四起，他的身子也翻得更频了。待他床上的吱嘎声把有的鼾声打断时，上铺和邻床的兵都探过脑袋来，"兄弟，能不能帮帮忙安静一会儿……"

他不好意思了。众人是不可得罪的，这样一想，连大气儿也不敢出了。这晚上比白天还要难过。

其实，第五天的日子更不好过。没事干却越来越觉得浑身没劲。其其开始怀疑自己是否真的有病了。

可不能再这样歇着了。

晚饭时，他找到班长，不好意思地说自己想上班。

班长也不好意思地说："恐怕不行。我和大家都说了你有病，要休息一个半月。你这一去，我不是骗了大家吗？你也不是不知道。像我们这样的先进班，重要的一条就是干部要讲信用。你说呢？"

其其还真说不出什么来。

这一天恐怕是他有生以来最难过的一天。躺着想坐，坐着想站，站着又想躺，现在才知道什么叫"热锅上的蚂蚁"。

远处隐约传来的号子声、敲打声越来越听得真切，犹如有一个极大的诱惑，近在咫尺，却又无法走过去。做梦也不会想到，一个人不干活是这样痛苦。让你干，不珍惜；不让你干了，才知道它的珍贵。

其其不知什么时候出现在了工地上。班长忽然发现了正在搬石头的其其，惊讶地问："你怎么……"

其其小心地看看四周，压低声音，一字一句地说："千万别让我走，等一会儿休息时我给大家做检讨……"

他觉得自己的喉咙像被什么哽住，眼睛里模糊起来。

海　骚

启航的日子随着大风警报一拖再拖，在等候的时间里，电视新闻后的天气预报和台风警报成为我一天的中心内容。在北京看电视时我始终认为它们是累赘而忽略，想不到在此还账。要命的是对晕船的恐惧一天比一天强烈。去西沙几十小时的航程，对于我这个从未出过海的海军军官来说，无疑是一场劫难。关于晕海这样那样的说法，在我脑中也日渐狰狞。什么多少年的老水兵也一样吐出苦胆、吐出胃血，有的慰问团上西沙都是让担架抬下，甚至有的新兵实在不堪忍受只想跳海自杀，云云。站在窗边看着海上白白的浪花一直卷到天边，真不知这辽阔无垠、风急浪高的太平洋会如何收拾我呢！略知航海的兵告诉我，海面上看见白点，浪高就有两米五以上。近海如此，远洋呢？舰队临时调来一艘新出厂的运输船，性能好、航速快。顶风出航，倒不是为了我们这些搭船的，而是要再不出发，西沙的守兵要饿着肚子过元旦了。接到启航通知，有一天时间做准备，而半天时间我都是在四处奔波寻找和比较各式"晕海灵""眩晕灵""乘晕宁""苯海拉明"等，如同乱抓几根稻草，药拿在手里又不知吃什么好。临到上船又听说海军医院新出一种晕海胶囊，连忙坐个体户的摩托车赶去，像个没头苍蝇一样全院乱窜。院里从上到下都说没有，我急得满头大汗，可怜兮兮，苦苦央求，对方让我缠得没法只得给我两小袋。我揣在内衣口袋如获救命仙丹。到军港时，运输船的汽笛已经拉响。照顾我是北京来的，让我住在船体中部的舱位。接待我的副船长说："船是前后摆动，这中间摆动幅度小，晕船晕得轻。"他说到晕，我的头顶顿时生起旋涡，赶紧掏出胶囊偷偷扔口中一枚，生怕别人跟我要去。再看舱内的其他几位，都各自掏出珍藏的"灵丹"朝嘴里送呢！看来还未离岸这舱里的气氛就让人晕了。我赶紧走上甲板，吹吹新鲜的海风。转到楼梯口，只听背后有人喊："借光让一下！"我回头看是一光头炊事员，端着一脸盆面条等我让路。我顺口问："开饭？"他努努嘴，"这就是你们的！开船半小时后你们到饭堂来吧！"我看脸盆中顶多只有三四个人的口粮，而我们搭船的有上岛安雷达的、采访的及陆军参观的二十多人哪！就问："就这一点儿，够吗？"他笑笑说："这你放心，绝对够了。一晕船都趴下了，谁还吃得下？告诉你，即使有几个勇士能把这点儿吃掉，肯定要连本带利吐出来。"我马上一阵恶心，仿佛那盆里就是我刚吐出来的。

看来舱外也不宜久留，我就回去躺下。刚上床，眼皮就开始发沉，觉得不对劲，掏出口袋中的胶囊细看，竟是"速效感冒"，弄半天是扑尔敏的作用，真不知道那医院里究竟……竟睡着了。

也不知过了多久，迷迷糊糊中觉得身子腾在云里雾里，上下左右翻个不停。以为是做梦，胸中却一阵阵地发闷，努力了几回终于将眼皮撑开一条缝，见整个船舱晃悠来晃悠去，铺上的人也都滚来滚去，柴油机声和海涛声混合在一起凝成一股怪声，直朝我耳孔里钻。呵，船已经脱离了近海，驶入真正的大洋了。

想见识见识舷窗外面的风浪。刚起身还未立稳，后脑脖子根便如被谁掐住，紧接着一股恶心，从腹中到胸部都翻腾着一串冲击力，像要把我的牙齿撬开，两边腮帮也跟着发酸。我心里有一团火在烧，呼吸困难，脉搏也急剧加快。我本能地抓起身边一瓶矿泉水朝喉咙里灌，命令自己：千万千万别吐！别的不说，刚吃进去的药片也不能吐掉呀。偏偏这瓶水如火上浇油，体内的那股力量越加汹涌，坚持不住了，坚持不住了，我在心里喊声不好，赶紧爬上梯子，跌跌撞撞、摆摆晃晃奔向卫生间。

刚到卫生间门口，一股水柱迎面喷来，纷纷扬扬弄得我一头一脖子。我以为船帮上有一个窟窿，漏水了，吓出了一阵冷汗，瞬间连晕船也忘了。定下神见是舷窗开着，外面的浪不时打来，从好几米下边跃上，"哗哗哗"一道道白色朝舱里袭来，地上已积了一层差不多到脚脖子的水了。随着船体晃动积水涌来涌去，这眼前翻腾的"小海洋"更加剧了我的恶心，"哇"的一声，我半蹲半跪着吐了起来，双手用力撑着门槛，从每一口吐出的瞬间获得解脱和快感。我真希望一直这样呕吐下去没有止境。就这样吐着，先吐午饭，再吐早饭，再吐昨天的存货，再后来是酸水，再后来，只吐出一口一口的空气，直吐得肚皮贴背心，感觉却还有好多东西没有出来，不仅仅是涌动，而且翻江倒海。看水中，还游动着鱼样的物什，细看，像是刚才盆里的面条，不知已在哪几位肚中侦察完毕，到这儿集合了。

我不敢逗留，立起身已是满头大汗。顺势看窗外的浪，一排高过一排，不光有几米高的浪，还有几十米的涌，我看几眼不敢再看，赶紧扶着舱壁踉踉跄跄回去，刚要下梯子，忽听到"吱吱"的叫声，凄厉而悠扬。循声见是一只老鼠，趴着两条前腿，一口一口地朝外吐，好像肚里也吐完了。两只无神的鼠目可怜地看着我，我也用无神的眼睛予以回报。正要取得相互理解时，忽听有人骂："苏小明真胡扯，什么海浪把战舰轻轻地摇？死命摇，船摇我，我摇胃……"我正要佩服他的勇敢，不料胃阻止了他的幽默，令他速速奔卫生间而去。

我连舱也不敢回了，却又不知何处可以安身，晕晕乎乎挨着梯子坐了下来。又不知过了多长时间，忽听有人哼着小调过来，谁还有这闲情逸致？我睁眼见是个水兵，他摇摇晃晃摆着八字步，两只手一只掌着饭盒，一只拎着一个小桶，走几步哼几声朝桶里吐一口，像完成一种差使，到我面前他说："借光让一下。"我翻翻眼皮看一眼，却无力起身，我看他吐我又想吐了，他说："快点儿，船长还没吃饭呢。"见我躲让迟钝，竟从我面前跨过，小桶几乎挨着我的鼻尖。

呵，船长。他居然还有胃口，他居然不吐，居然还驾驶着这条船。说不清为什么，我跟在他的后边，也一步一步朝船头挪去。随着接近船头，脚下的颠晃越来越大，眼前的海面是那么宽那么远。四周茫茫一片，只见白浪滔天，狂风怪叫着从天空，从海面掠过。一个巨浪过去，紧接着是一个大大的漩涡，又一个浪，远远地追了过来。我心里明白两边几十里甚至几百里没有一块陆地、一个小岛，这就是南海。平时看来那么高大的船头，让海浪掀得上下翘动，不时还有一个一个的狂浪翻卷着盖上船头。偌大的船在海上简直是一片树叶，我这个人又算得了什么呢？脚下的感觉不再是晃动，而是有股力量把我朝空中抛。无奈和恐惧带着眩晕朝我袭来，我死命抓着栏杆，真不知道能不能回得去，会不会就地晕下……

这时我看到了船长。

准确地说是他的背影，他穿着一件短袖海魂衫，一只手端着饭盒，边吃边用筷子朝操舵兵下着指令，他说得很轻松很平静，像是在跟谁聊天闲谈。就这样，这么一条大船随着他的一个手势一个短语，乖乖地摆来摆去，摆得极富有灵性。你看，一个巨浪过来了，船首勇敢地冲上去，如跃上一座高高的山峰，呵，山峰让它压垮了。随着轰然一声巨响，海浪翻着泡沫漫向四周，还没来得及漫完，又让船首一劈两半；紧接着又一个巨浪迎来，船首就又冲了上去，一次也不犹豫也不退缩。每冲上一次，脚下的压力加重，我的躯体内都像鼓足了劲头，似要参加搏击；每压下来，我的身体随着船体落下，在降落的失重中，我浑身的经脉都舒展开来。什么恶心、头晕、呕吐，统统得到解脱，代之是领略胜利的愉悦，冲一次，渴望着下一次，再下一次……

呵，船在人的手中服服帖帖，海在船的下边服服帖帖。原来大海并不可怕，当你战胜它、降服它的时候，你会渴望风浪来得更猛烈些。哪里还会晕船？

好，来了！又来了一个更高更大的海浪。

舷　窗

三十多年前的一场著名海战中，舰长在受伤的舰体下沉时，站在齐腰深的海水里坚持指挥战斗，击沉了敌舰一艘，撞沉了一艘，自己借助于一只空木箱漂流数日后得以生还，舰长也由此出名。要不是干休所领导介绍，我无论如何不会相信眼前这干巴老头就是那位舰长，唯有额头的一条疤依稀闪烁着当年的光彩。

几天里，他嘟嘟哝哝地讲，我迷迷糊糊地听，采访本上的语句和他的口齿一样断断续续，前言不搭后语，直到我的耐心几乎消失，希望仍是渺茫。想放弃这个目标，却又舍不得已不可再得的线索和数百元的旅差费。

挨到第五天，我在半梦半醒之间想起了一个不是办法的办法，到当地部队政治部寻出大大小小一大摞关于大海和海军的图片，试图以此唤起什么。当我屏住呼吸在床头展开一幅惊涛拍岸的照片时，老孙头呆滞的目光掠过一丝亮光，嚅着嘴想说些什么，但是没有。好一会儿，他终于说："不像。"

这是彩色照片放大的，怎么会不像呢？我怀疑起他的思维了，心里一沉：别是看到海他受了刺激，这么大年纪了……

"舰上的海是圆的……"

圆的？这叫我很纳闷。

我敲开了几个邻居的门，终于找着一位老水手，他露着开窗的牙笑我："这都不知道？舷窗呗！"

我一下子振奋了，掏钱买了两包"红塔山"，让木工加了个班，下午就扛了个圆形的窗框走进老人的卧室。把图片铰圆放进框里，干这个我是行家里手，别看我人模人样是个作家，也就是放映员放幻灯出身。

老人挣扎着要坐，我扶他起来，看着舷窗外面的海，老人异常兴奋，口齿也渐渐伶俐起来，他讲一段我记一段，配合得十分默契。等差不多了，我再换一幅画面。整个下午我一直处于一种兴奋状态，时不时还插上一两句笑话，逗得老人呵呵直笑。

真庆幸我寻到了这把"钥匙"。

晚上在招待所我开始整理笔记，整着整着，忽然觉得有些不对劲儿，但不知为什么，也没有在意，等到刷完牙收拾明日要用的图片时，不由得吓了一跳。老人的叙述受画面启发不假，但也就是围着那些画面转着圈聊来聊去，说到底也就是个高级一点儿的看图说话。

是啊，让我牵着鼻子，又怎么能让老人的心扉走向海洋，让海洋走进他的心灵深处呢？

接下来的几天，我失去了信心和兴趣，我们的交谈也就有一搭没一搭。有时，我停着笔痴坐，忘了听老人说些什么。想想这样总不是个办法，也就想告一段落。这天傍晚，我寻了一个兵，让他去帮我把墙角一大堆圆圆方方的画片搬走。

老人猛地侧过身，叫道："海，海！"声音有些颤抖，眼睛直盯着墙角。

我知道老人舍不得我走，也舍不得这些海的画面。相处几日，还真有点儿感情，我喉咙一哽，对兵说："把这些留下，你走吧。"

不料，老人依旧叫"海"。

我这才发现，他在盯着那兵身上的一件海魂衫。

我脑海中闪过一道亮光，来不及多想，赶紧找来了一件海魂衫，让它圆圆地绷在舷窗后边。我正在往墙上固定它，耳边忽然响起了脚步声，惊疑地回头，老人已扶着床头颤巍巍地立到了我的身后。

　　他两眼死死地盯着那件海魂衫，腰板硬硬地挺着一动也不动，仿佛要在那蓝白相间的道道中寻出什么，我无法理解这简单的图案他何以要琢磨这长时间。我侧脸看他的眼睛，见瞳仁上也是蓝白道道。我明白这是光学上的成像，但看着，总觉得还有其他我看不到的什么。渐渐地，老人脸上的神色古怪起来，两道泪滴顺着脸上的沟壑淌了下来。

　　冷不丁，他身子一歪，我吓了一跳，以为他要摔倒，赶紧扶住，不想他手上的劲那么大，一把将我推得老远。他不理我，摇摇晃晃像个醉汉在屋里走着，但每一步都扎实有力，看那架势，好像地面在摇摆不停似的。他一步比一步重，但是一步一回头，眼睛依旧盯着舷窗。

　　"你记。"他说。

　　往事如潮水一样，随着老孙头的脚步在我的采访本上漫溢开来。我记着、听着，忽然闻到了一股奇特的气味，有点儿像煮熟的螃蟹，但又不完全像。我耸耸鼻子，疑心这是自己的错觉，却是实实在在的有，我用鼻子搜寻，终于发现这腥味来自那舷窗，再看窗中，那蓝白道道不知哪儿去了，代之的是滚滚波涛、朵朵浪花，还有凌空飞翔的海鸥，还有飞驰而过的战舰，还有……正看着，我感觉胸口一闷，脑袋跟着打旋，直恶心得要吐。我连忙捂住嘴巴，这才注意到，脚下的地面真的摇晃起来。

　　"吐吧，晕船吐了就好！"老人说。他话音刚落，我就"哇"的一声呕吐起来，弄得脚下一塌糊涂。等我喘口气再次抬头，真正吓了一跳，我和老人已在一只船的舱内。舱外是无边无际的一片汪洋，烟波浩渺，不见边际，汹涌的波涛使得船身越晃越厉害。我都几乎立不稳了，赶紧扶住墙壁。很快，一片惊恐弥漫了我的全身。

但是，我很快镇静了。因为我看到那摇摇晃晃的步子依旧是那么刚健，静下心来，看远方海天相接处，飘浮着好大的一片晚霞。

水 兵

古运河出我老家的那个小镇，南行五六十里便到这个江南小城。河水进了市区反倒阔了许多，也慢了许多。河滩本不稀奇，在乡下只有聚集坟堆、安顿死鬼的份儿，进城却变成了宝贝。滩上把围墙一拉再挂上个木牌，就叫作运河公园，还摆出些最新研制出的历代古迹。小伙姑娘要寻地方亲热，先得在公园门口买票。水道上南来北往的船帆免费看去不少新鲜。

我高中三年就在这城里上的。三年寒窗，两耳不闻窗外事，一心只为高考忙，从未进过公园的大门。多少回看见男女们勾肩搭背进进出出，却无暇嫉妒。一九八〇年八月的最后几天，我才头一趟去运河公园。

那天天气很好。我和皮皮约好去河边照相，相机的光圈定在8，快门1/125。其时我俩都拿到了大学录取通知书，我是海军工程学院，他是上海交大。这小子说话气人："小鬼，到队伍上要好好干。我大学毕业了造个新式军舰给你开。"我肯服？说："你牛皮什么，我学的也是造船专业，我们海军自己能造。"他翻翻白眼作潇洒状："这很好。那我设计你造吧！"

有治他的时候。我从小三子那儿借来一套水兵服，小三子是我老师的儿子，也在海军工程学院学习，现正在家过暑假。那时候学员都是发水兵服，皮皮把衣服翻翻说："这很好，照相时我也穿穿。"给你穿？我肚里冷笑。你不是比海军牛吗？老子明天出门就穿在身上，你还能让我剥下来？眼热眼热吧。那会儿陆军空军的服装式样还属于红军风格，也就海军的水兵服讨人喜欢，有顺口溜说，"朴素的陆军，威武的空军，漂亮的海军"，可见一斑。

早上临出门，母亲叫住我，拿出一件真丝短袖衬衫，"原想留着你走的时候再穿，既要照相就提前吧。"我有点儿来气，这衬衫半年前就买了，是一个亲戚从香港带来的，母亲一直藏着说考上大学再给我穿。我对衬衫稍作深情状，说："还是留给弟弟努力吧。海校里要穿军装，里面都是海魂衫。"母亲张着嘴巴半天没有声音，终于说："那今天一定要穿了。离报到还有个把礼拜，就穿个新头吧。"我看看刚拿出挎包的水兵服，叹口气说："今天我是穿军装照相。"母亲更加着急："那到公园换上它照几张吧。"我想那还行？脱下水兵服不是正好让皮皮钻个空子？再看看母亲那双眼睛，也就不说什么，接过来装进了挎包。至于后来弟弟没有考上大学，并不能因此怪我。

走到街上，像我预料并希望的那样，有许多目光落到我身上，我浑身马上很不自在，衣服里似埋伏不少针尖麦芒。一切都因为这水兵服。我穿它，我却不是水兵，说我冒充水兵，可我将要变成水兵。我知道穿这水兵服不合规矩，可我觉得自己总有几分道理。只是害怕碰上熟人，这一害怕，竟觉得路上遇到的面孔大多似曾相识，是不是认识却横竖想不起来。于是就越加心虚，只想赶快走进公园。都说公园里非军人穿军装照相的时常可见，什么国民党、东洋人的黄皮子，钢盔也冷不丁露一下面。比比，我这身水兵服只有理由穿，没理由不穿。

也就是离公园大门几十步远处，我已瞪大眼睛寻皮皮，这家伙说好在门口等我却不见踪影。忽听一声喊："喂，过来。"我循声扭动脖子，见树荫下立着两个海军，一个穿水兵服，一个是戴大檐帽的军官。我知道他们看错人了，这两人也是，穿水兵服就认作熟人，不等于看见白胡子就叫爷爷？我倒是好心，不想让他俩尴尬，佯装没有听见快步走开，好让他们自己觉悟。可刚走出几步，又听到一声怒吼：

"站住，你还想跑？！"

我吓了一跳，呆愣着想不出自己哪儿惹了他俩，想不出又越加着急。细看二人臂上都箍有一道红布，才想起城外四十里处有一海军的机场，此二人是纠察无疑。莫非，发现我这个水兵是冒充的？这问题是什么性质，严重不严重我吃不准。只好老老实实硬着头皮过去。

"你是哪个单位的？"

哪个单位？我也只能说出海校的名字。

"哦，"那军官口气稍稍缓和，"把帽子摘下。你自己看看，头发这么长，哪像个兵。"

我想自己看看，可看不见自己的头发，只能把目光落在他俩的头上，二人果然头发不比和尚茂盛多少。我可不知道当兵在头发上还有个规矩，赶紧说："我不……"本想说我不知道，马上觉得这无疑自我暴露，赶紧改口，"我不是有意的。"

"不是有意的？"两人沉吟，像在努力理解这话的含意。忽然那水兵愤愤道："你们学校也太不像话了，这样子还培养军官呢。"好像海校校长归他管，"把你的名字告诉我们。"我马上紧张。人还没去报到，状倒先告去了，这学校再稀里糊涂追查，我不是要穷出洋相？急中生智，我扯出了皮皮的名字。那水兵还真用心，一笔一画记下来。我暗暗得意，迈步要走，却又是一声："站住。"

我又紧张了：要是发现我欺骗他们，二人岂能善罢甘休？这苦头吃定了。

水兵从身后拿出一只木盒，盒里掏出一把理发推子。他指指路边花坛的水泥墩，"坐下，我给你理发。"

我开始感动，真难为这一片热情。可我哪敢在这儿长待：皮皮在公园门口等得着急事小，万一有个熟人过来让我露出马脚，怎样收场？我连连谢绝："不好意思麻烦你们了，你的心意我领了。这么热的天……"

"少油嘴滑舌！你老老实实把头发剃掉。"

我这才知道"理发"是什么意思！哪里还敢动，老老实实坐下垂首恭候。觉得有些窝囊，但很快就想开了：反正穿上军服就得有这么一下，迟早不都是一样。嘿，还真不一样。全院进去那么多新兵，这样剃头我要算头一个吧。只是担心叫熟人看见面孔，把脑瓜压得低低，叫掌推子的手腕和我的脖子费去不少精神。

好不容易熬到进公园大门，皮皮正贼头贼脑地盯着我，过了半天才阴阳怪气说："哟——都说海军伙食好，一吃就胖。想不到你刚穿上水兵服还没尝那伙食，脸上也胖了不少。"

这狗日的，头发剃了能不显脸胖吗？我看看他那吹得油光闪亮的一头长发，友好地说："我们兄弟俩谁也不吃亏，这军服回来时你穿。"

"谢天谢地，我刚才都看到了。我要留你那样的秃头，到上海进了大学，怎么陪姑娘去外滩？"

"我也是好心，让你穿上也胖一下。看你瘦得皮包骨头的。"我真希望把他的眉毛也刮了。

话这么说，两人还是转了许多地方，照了许多相。而后在河边的太湖石假山上坐下，观摩河里小舟上一对对情侣如何恋爱。皮皮人小，见识却不少，稍加审视便给我讲解：这一对是谈"利害"，这一对是谈"怜爱"，云云。

眼看着一对男女本在舱里搂得好好的，却也要照相。女的作妩媚状亭亭玉立于船尖，男的端相机蹲在船尾。那男的转转镜头说了句："还太近。"女的就扑通一下跌进了水里。

运河里船上掉人落水是常事。再说正是夏日，只听得一片"救命"声，却不见人下水。我正踌躇着，忽然觉得不对：所有人的眼睛都在盯我、催我。

我这才注意到这身水兵服。

是啊，我这个水兵还不下去，谁下？可我虽说在运河边长大，也能在水中游来游去，顶多是个狗刨式吧，水中救人可不会。再加上这几年拼着性命为高考，体质变得很弱。常有这样的事，水里救人反让被救的抱住，一道沉入水底。好不容易考上大学，可别弄出个三长两短……

众人依旧在喊，且呼声阵阵急。我不能不动身了，这不仅仅是朝我呼救，也是向水兵呼救。谁让我穿这一身水兵服呢？已不容多想，我马上蹦入水中。

我很快游到那女的身边。她正在水里一冒一沉地扑腾，我一伸手，她就抓住，接着把我拦腰死死抱紧。我马上咽了两口脏水，想弄开她的双手，竟死活拗她不过。这回完了，我张口要喊救命，未出声又是两口脏水。这后两口比刚才味道还浓，呛得我喘气困难。

多亏了这一呛，引出了我的思路：这水面一扑腾，河底的存货就上升，可见河水不深。于是定下神来，竖直身子朝河底探去——嘿，触到底了，半个脑袋在水上，水面在两个鼻孔处上下波动。事后想想能寻到这一条活路，首先要"感谢"运河两岸致力于环境污染事业的工厂。工业垃圾倒入河中顺水南下，到这儿河面宽水速小，垃圾都顺势在河底集结，也就义务垫高了河床。

我抱着那姑娘朝岸边走去。等整个脑袋露出水面，便听到喝彩声："啧啧！到底是海军，在河里踩水如走平地，还带着人呢！"走着，我浑身很不自在。这姑娘穿得本来就很凉快，在水中这一番折腾，身上的模样早已超过了我们的想象。

赶紧要松开双臂，却听耳边一声喊："抱紧抱紧，千万别松手。"

我扭头看，正是刚才在船尾端相机的家伙划着船焦急地追在身后。我闭着眼咬着牙一口气走到岸上。

早有人叫来了门口纠察的两位，说一定要部队领导好好表扬一番。二人连连点头，已现出要和我"长期合作"的模样。我又紧张起来，用目光向皮皮求救。皮皮也就这一回做事像个人样，二话不说端起相机朝那姑娘"喀嚓"一下，又朝我"喀嚓"一下，而后说："我是报社的。"马上有人说："那一定要好好宣传。你可是都看见了呀。""那当然那当然。"皮皮点点头，又朝两位海军，"你们看我先找他谈还是你们先谈？"两位赶紧说："记者同志你先请。"

"这很好。"皮皮指指假山边的小树林，"咱们去那边，不受干扰。"走几步又回头，"你们不要跟着，先去关心一下那女同志。"

到没人处，皮皮把嘴一撇："怎么连救人也不会？一把抓住她头发朝岸上拖就是了，就像我们抓兔子要拎耳朵，咳……"

我正在换穿那件真丝衬衫，一听火冒三丈："别胡扯，你为什么不去？"

皮皮一脸尴尬："哎，我等着你喊救命呢——不过，你这头发还没法儿抓……"

我真想给他两个嘴巴子，忽听树林外有人说："咦，这两人哪儿去了，会不会去厕所换衣服了？"皮皮一下来了精神："还不快走！"我只好暂时老实，跟着他仓皇而去。

鸽　子

"海在哪儿呀？"

下了火车，你是第四回问身边的班长了。现在，驮着你们的大卡车，喝足了汽油憋足了劲儿，沿着盘绕在山腰上的公路扭来扭去爬行，还不时呼哧呼哧地喘几口大气。你老家狗子村四周也有这么多高高的大山。山上有喷香的花、好看的鸟；山上的树、山上的草，也是这样绿得发黑，黑得透亮。呵，对了，山的头顶也有一个和军服一样雪白的日头。只是狗子村没有公路，也就没有汽车，那儿的日头像爹的旱烟袋那样成日慢慢悠悠晃荡，不像眼前这个，盯着你们卡车的屁股跑得飞快，远处的山们也跟着它打起转来。

"你呀你呀，要看大海这么性急？快了快了，过了这座山就是。"

班长笑眯眯的声音让你心窝发痒，痒痒里你打了一个小小的格愣：这么一座大山，怎么会快了呢？狗子村边上的狗子山也是这般高、这般大。县城就在山的那边，可长到十七岁你从未去过。串村的货郎就是县城来的，你在货郎担上看到不少花花绿绿的纸头，花纸头上画着不少新鲜稀奇的东西。那会儿你看到纸上的卡车还以为撑死了才水牛一般大呢！你跟爹嚷嚷着要去县城，爹说他年轻时去过一回，远着呢，远着呢，得在路上走两天歇一夜。那会儿逃荒年没办法，而今有吃有穿何苦去爬那么大的山？

七岁那年，爹给你捧回家一只洁白的小鸽子，鸽子叫起来咕咕咕咕真是好听。每天它这样咕咕咕咕飞出去，咕咕咕咕飞回来。你把谷子放在手心，它红红的小嘴啄得你手心有点儿疼、有点儿痒，痒得舒服，疼得痛快，像一根羽毛在你心头轻轻拨动。春天，家里的粮食紧了，一天两顿红薯，你却藏了两小口袋谷子，喂得它直打饱嗝儿。小白鸽壮了，渐渐大了，也渐渐飞得远了。有一天，你看着它飞得很高很高，最后飞过了山头，再也没有回来。晚上你抱着剩下的半袋谷子哭了，哭得好伤心，哭声里你听到一种咕咕咕咕的声儿。一连好几日，你把谷子摊开，那谷子在日头下像金子一样灿烂，放出一股诱人的奇香。这食还不够好的吗？这儿的山还不够好看的吗？小白鸽，小白鸽，你干吗要走呢？你痴痴地看着头上的一片蓝天，等着它的归来。爹叹口气说："别犯傻了，兴许早让人家捉去吃了。"你哭着摇头："不会，它准在哪个地方飞着呢！"终于有一天早上，你睁开眼发现枕边的谷子袋儿不见了，灶屋里还透过来那种奇香，你的身子竟半天动弹不得。你知道，小白鸽再也不会回来了。

现在你十七岁了，高了，壮了，结实得像屋后的那棵桑树的树身。队伍上要招潜水兵，村主任就让你到乡里去验身体。走在去山腰的路上，你听到心口跳得比脚步还响。"潜水兵好，"爹好像早知道似的，"钻到水底下，能和东海龙王见面握手呢。"

乡政府在狗子山山腰的一个大村子里，村子里有一所小学，那小学就是几间茅草房。有一年表叔他们几个也来验身体，你远远地跟在后边。他们进了小学的一间屋子，那屋子的四周门窗挂上了草帘子。帘子吸引着你过去，让你踏上一块石板，把眼睛凑近缝隙。你看到表叔他们都光着身子排成一行，规规矩矩让人量来量去。你很高兴，想起表叔老是欺负你，把你的裤子扒下，让别人围着嘻嘻哈哈。你要到狗子村把表叔让人脱光衣服的事告诉大家，好好羞他一顿。正当高兴，小屁股上"啪"地响了一巴掌："偷看什么。"你听到的是一口京腔，赶紧张大嘴巴回头看，一个当兵的神情很凶地吼着你。你跳下石板，像只树梢上受惊的小鸟轻快地逃开了，身后响起一串笑声，追得你很远很远。

你进的也是那间屋子。一个穿着白大褂戴着眼镜的小伙子，让你们脱光衣服。你的心跳得更加快、更加重，不好意思脱，不好意思不脱。你看看同来的几个，那几个也看你。你知道表叔他们这么干过，兴许山外边的人都是这样，你就咬着牙脱了，露出一块块卵石一样溜光坚实的肌肉。你在抬起手臂的一刹那，看到卵石与卵石挤压咯咯作响。你垂下热烘烘的脑袋，大姑娘似的在脸上飞上两朵彩云，比每天日头落山时的晚霞红出许多。

回狗子村的路上，你的步伐是那样轻松，心口是那样平静。当不上兵，你也要到山那边去看看。

要出山口了，大家把帽子的风带扣上。班长对卡车上所有人叫了一声。

　　你回过神来，取下头上的水兵帽。帽子里垫了半张旧报纸，取出报纸你才看到黑黑的松紧风带。在火车上时，不少人就把风带扣上。忽然你觉得风带叫谁扯了一下又松开，"噗"的一声弹得你脸腮有点儿疼，有点儿痒痒，叫你想起了小白鸽啄你手心中谷子的感觉。于是你也弹别人。在车厢的尽头你看到一个水兵打开水杯正弯着腰，这机会很好，你伸手扯了一下那人的风带，"噗"的一声把那兵的玻璃杯扫落在地变成晶亮的碎片。这时你看清那是你的班长。

　　你冲着水兵帽发了一会儿呆，忘了把风带拿出来。汽车一阵晃动，你差点儿一个趔趄。

　　你们乡就验取了你一个。验身体后没有几天，你真的在路上走了两天两夜。到县人民武装部，穿上军服你浑身竟会不舒服。海军的衣服原是这个样子的，裤子前边怎么没有开口呢？这么大的汉子们为啥要在脑后挂两条长长的辫子？最叫你眼睛难受的是那帽套，水兵帽的帽套真白，白得强似冬日里落在屋顶的新雪。你不喜欢白颜色的帽子，谁都知道戴白帽子是为了死人。爷爷去世的时候，家里扯了二尺白布做了六顶帽子，兴许是白布不够，你的小帽子又紧又小。在爷爷的坟前磕头烧纸钱，妈妈要把白帽子都放进那火苗苗里。奶奶拉住了，说留着她去世的时候还能再用，省得又要扯布又要花钱。那时你跪在青草地上咬着小指头想，那样奶奶的帽子可以让你戴了，不会再把脑袋勒得又涨又疼。戴白帽子的还有就是医生，狗子村那个成日穿双破皮鞋的赤脚医生，他头上也裹着一块皱巴巴的白布。村里人得病上西天，都是他来送行，他送得很认真很热心。

　　班长看到你捏着水兵帽，不肯往头上戴，叫你到屋子外面。他给了你一支香烟。你很感动，长到十七岁，头一回把那东西衔在唇间，于是你吸了一口。喷出的白白的烟雾，告诉你一下子长大了许多。

他说这帽子像什么？

像什么？你愣住了，咦，这不像小白鸽吗？这时你有点儿丧气：你的帽子还没有帽徽，不像班长那顶，红红的星儿正像鸽子的小嘴。

小白鸽？哦——是有点儿像，不过我说它跟大海里腾起的浪花一个模样。对对对就这么抽，把烟头夹在食指中指中间，不要用拇指。你肩上的披肩白通通、蓝通通，是海上涌起的层层波浪。没见过大海？以后要天天和它亲热了。你听听海的声音。班长从裤兜里掏一串钥匙，链条带着一个坠儿在空中飞了弧线。他把坠儿放到你的耳边：听听，这是贝壳。

你听到了阵阵轻轻的呼唤声，像妈妈在呼唤着什么，那声音十分遥远，却又十分凝重，在你心头压下什么。班长拍了拍你的屁股，你很羡慕他能让嘴里吐出的烟雾钻进鼻孔；再由鼻孔里喷出来，喷得远远、逸逸。

班长看你不作声，取下了他自己头上的水兵帽。他用手比画着：你知道为什么帽子上面是平的下边却是弯曲的吗？这样帽子戴在头上风吹不走。气流遇到平面和曲面产生的压力不一样，就把帽子朝头顶压，这在流体力学里讲过，你在中学里学过吗？

你惭愧地摇摇头。中学？你乡里没有。你上过两年小学，狗子村的小学在村子西边的牛栅，每天那儿可以看到日头落山。老师是一个十六岁的小姑娘，她在乡里小学念到五年级，现在教书记工分挣口粮。有一回在课上，你拿出一个捡来的酱油瓶底在桌上玩耍，西下的夕阳洒在你脸上，也洒上了你的瓶底。你看到瓶底放出一道光亮，把屋顶照出一个美丽的圆环。你惊喜这别人扔掉的东西会像村主任的手电筒一样发光。于是你的光亮射向那裂了缝的黑板，射向老师的脸。老师睁不开眼，发现你在捣蛋，一把将你拖到讲台边上："你知道你是什么行为？"那女孩教师满脸通红，红得漂亮极了。是什么行为？你肚里翻开了泡泡，你看着那双瞪得圆圆的眼睛心里犯急。回答不出来你真是不好意思，可你连行为是什么意思也弄不明白。最后你的目光变得可怜兮兮又不无歉意。"流氓行为！"那女孩用劲叫了一声，那声音清脆悦耳。这时你沮丧起来：这四个字怎么从未听人说过？小脑袋慢慢垂下。又过了几天，你撕了作业本上的白纸做纸鸽子，又让她拖到讲台边。这是什么行为？还是那种问法。你故意不吭声，你喜欢看她脸蛋红得漂亮，你越不响她脸越红。终于你得意地叫了一声："流氓行为！"你要告诉她别以为你不知道这个新词儿。后来你的"流氓行为"多了，爹用桑树条条抽得你在床上躺了三天之后，你再也没有上学。

你慢慢摘下头上的帽子，左手压着帽子顶部的平面，右手轻抚着下边的曲面。气流？平面曲面？流体力学？这些新词都会在这小小的帽子里？既然它是大海的一朵浪花，那大海是什么样子的？大海里该有多少新鲜词儿？你想你知道了肯定会记住，奶奶常夸你记性好，说小狗记得千年事。

汽车猛地转了个大弯，全车的人差不多都跳了一下，相互碰撞。"海，大海！"有人叫起来了。你吓了一跳，不知道兴奋还是害怕，你竟不敢看。好一会儿，你还是没有弄清海在什么地方。你看到头顶是湛蓝的天，山下也是一片湛蓝的天，山下的天空比头顶还要蓝出许多。你惊呆了，常有人说远在天边近在眼前，地在这里到了尽头，不就是天边吗！大股的风吹过来，让你脑后的飘带扬起，猎猎作响，那风里掺有一种奇异的香味，香得你鼻孔发痒。

突然，你的头部一凉，一个白乎乎的东西从你头顶跳到了车后的公路上，像一只轮盘在地上滚动。你什么也没想，轻轻一纵身扑向车外，扑向那个白白的东西。那东西滚下了公路朝山下飘去。你的身子竟然也没有落到公路上，追着飘向山下。

你的身子舒展成一个"大"字形，像一只翱翔的雄鹰。喷香的风一阵阵向你拥来，抚摸着你的脸你的脖，在耳边轻轻呢喃。你的衣服，你的裤管鼓得好似老家屋顶的葫芦，葫芦里挤满了滑腻腻的风，你感到了从未有过的舒服。那个白白的东西，引着你朝天空飞去——呵，那是小白鸽，你的小白鸽。它飞出狗子山这么多年，原来在这儿等着你，等着你。你叹息刚知道人原是可以飞的，要不七岁那年你就跟着小白鸽飞过家乡的那座大山，飞到海边天边来寻找气流压力、平面曲面流体力，当然，肯定还会有更多的别的什么。

小白鸽离你越来越近，蓝天离你越来越近，它们在等着你，拥抱你。

飞呀，飞呀！你轻轻地起降，惬意地呼吸。

你笑得十分甜美。

橡　皮

小林调到舰队司令部机关没有两个星期，就让副参谋长和处长分别训了一次，都是为一些说不上的小事。要命的是他还想不通自己哪儿出了差错。另据老乡传来的消息，一般参谋也有对他看不惯的。没想到这基地机关可比他当连长那会儿难弄多了。在连里只有他训别人的份儿。他心里突然一紧：千万别办公室里屁股没坐热，又让撵回海岛，丢人不说，和门诊部的她也只能到此为止了。

得赶紧寻找对策。这天中午在机关食堂买菜时，他特意让处里的中校参谋吴胖子插了一个队，然后两人坐在一起。话赶话，小林就虚心地向他请教，怎么他老吴总是让领导表扬呢？特别说明，他不是为了争表扬，只要少受批评就谢天谢地了。

老吴笑眯眯地看他一会儿，忽然说："要我教你可以，但你必须得先答应我一件事。"小林张大嘴巴，不知他要出什么难题。老吴说："别紧张，小事。把你的自行车跟我换着骑骑吧，一个月。"

小林倒是刚买了一辆车，骑去跟她约会还挺神气。现在她人都快丢了，还舍不得车？其实，老吴的车看上去也很新，换着骑一个月不算什么事。他马上答应："一句话。"不过心里还在犯嘀咕：这老吴一把年纪了，还在乎骑辆新车风光风光？总觉得有什么圈套。

老吴掏出钥匙和小林交换。小林让他传授秘法。不料老吴说："也是一个月后，我还你车的时候。"小林急了："那这一个月我……"老吴用他肥胖的手拍拍肥胖的胸脯："我包你没事。"

只好如此了。小林出门刚要骑老吴的车，老吴像想起什么："还有一点，我这车你尽量不要捏刹车，要不，钢圈橡皮都要受伤。"一个大男人说这些，小林想笑。但他只能点头答应。

这一点头麻烦就来了。第二天早晨上班的路上，他看见吴中校正在前面慢慢吞吞地走着。他怎么没有骑车？小林蹬几下追上去，想拍他一下。幸好没拍，近了才看清那人肩章上是颗金星，原来是舰队副司令。赶紧捏闸，等心里稍稍平静，绕开才往前骑。眼看到办公楼了，毛主席挥手的玉石雕像后面开出一辆摩托车。他当然不敢和它较劲，只好捏闸。

存车时他直摇头：不用刹车，能行吗？

不料下班时，老吴竟然跟在他屁股后面，找到那辆自行车，还弯下腰，摸摸刹车上的橡皮，再摸摸钢圈，一脸的不高兴："你还不止捏了一次闸，把我的话当耳边风。再这样，我可不管了。"

小林没想到这个老吴这么小气，心里开始有点儿瞧不起他了。可偏偏，像是为老吴助威似的，下午为一个电话通知，处长又给他上了一课。

小林连忙找老吴，这胖子还拿起了架子，说："谁叫你不听我的？”

小林这才老实了。骑上车速度不能过快，同时要注意前面几米远处行人的速度，人家要是慢了或者停下，小林就要赶紧停脚，等车自然减速。要是路口，更是要眼观六路耳听八方，最好是先停下看看，再动身。出了院子上大街，学问更大了……根据各方的情况来调整自己，哪儿有事你都得变。没想到这个吴胖子出的题目还真难，照小林的脾气，早把车子都扔掉了。现在是没办法，只好磨自己的性子，越用心名堂还越多。

到后来，他也渐渐习惯了，骑着也有了点儿潇洒的味道。

很快就到了一个月。他把车交给老吴时，老吴又是那副没出息的样子在车上摸来摸去，完了说：“你看我这车，五六年了，钢圈橡皮还跟新的似的。你以后还要这么骑。”

小林现在觉得也不是什么难事，痛快地答应了。

老吴擦擦胖手就要走，小林急了：“你还没教我呢……”老吴依旧笑眯眯的：“还要我教？你最近还挨批吗？”

理　发

老周转业到地方已有三个年头了。三年里，每到理发的时候，他都要忍受老婆没完没了的唠叨。全是为了他头上的发型。不到一寸的短发，从当兵起他就是这样理的，在脑袋上站立了快二十年了，现在已站出几根花白的。老婆偏要叫他变一变，留个长发，再吹一吹风。说是要跟得上时代，别整天像工农干部似的。说归说，每次她还得老老实实拿起推子，像随军以前收拾麦茬那样把丈夫的头发收拾好。有时，老周都觉得好笑，嫌我像工农干部，当初人的最高理想还不就是当工人吗？现在跟我扯起跟不跟得上时代来了。

老周不肯改掉那头短发，倒不是不忘本或者不想跟上时代，没想那么复杂。他班长、排长、连长一直到营长，工作的主要内容之一就是捏一把推子，嚓嚓嚓要给战士们理平头。还记得有个新兵不愿意理，从一楼的窗户飞身而出，光给他们讲军容风纪条令要求自然不够，老周费了不少心思，还说出了这短发如何如何好看。说着说着，心里想想还真是那么回事，理出那么多好处，转眼自己倒变了？虽说战士们看不见，自己总觉得不厚道。

"短发好呀，你看那个日本的杜丘，都说是一条汉子。"有闲心时，老周逗她一逗。

"拉倒吧。人家脸上是一道一道肌肉，你呢……"

老周生气似的绷起胖脸，不再理她。你爱说什么就尽管说什么，只要不误了给他倒洗脚水，不误了给他晚饭温二两，尽管说。当然，老婆不敢误了给老周理短发。

不觉到了结婚二十周年，金银铜铁，老周也弄不清是哪个婚。二十年前的时光让他胖脸泛红。想了好几天，觉得要让老婆惊喜一下有难度，终于咬咬牙说："我要留长发了，给我吹一吹。"

老婆张大嘴巴呆了好半天，等发现这老东西确实不是捉弄她时，满脸绽开了花。其实老周给她出了个难题，他头发是该理了，也只是比平头长一些，就是加化肥，也到不了吹风的地步。

可老婆顾不了那么多，她要的是政策。连着好几天，拿儿子的铅笔头在纸上画来画去，说是设计发型呢。老周等得没耐心了，催了几次，说头上痒死了，还不快理。老婆说别急别急，趁长势不错，再坚持几天。

老周没办法，看看她画的发型，也看不明白，问："那个方框，麻将豆子上五点一面的是什么？"

"你的脸呀。"老婆深情地说。

老周心有灵犀一点通，明白了那个方框上的五点是他脸上的眉毛眼睛嘴。

终于，老婆拿起了推子，在他头上细细修理着，还不时瞄一眼那纸上的图样。老周叹口气："你应该放个大样才好呢！"

说归说，接过镜子，他不能不赞叹老婆的手艺，不长的头发还真弄出了一波三折，像那么回事。老婆说是"乘风破浪"式。

老婆不认识似的盯他看半天，接着过来继续修理起来。忽然，老周觉得有些不对头，忙看镜子，竟发现又变成了小平头。惊呼："你这是搞什么名堂？"

老婆也吃了一惊，看看他的脑袋，眼角有些发亮："我也不知怎么回事，光想着咋不见了我的老周……"

（摘选自《解放军文艺》《青年文学》等）

航海长

中国海军走出第一岛链，是二十世纪八十年代。一个彩霞满天的傍晚，西昌舰率编队驶入了巴士海峡。

第一岛链，粗略地说，就是从日本列岛到中国台湾岛再到菲律宾群岛，一连串大大小小的岛屿，形成一个链条，把中国内海和西太平洋隔开了。新中国成立三十多年，中国海军还没有走出过第一岛链。

这次中国军舰编队出访，西昌舰是指挥舰。在驾驶舱里，见习航海长林之江很纳闷，听到编队正在突破第一岛链的报告时，编队指挥官、航队司令员肖远并没有像大家一样自豪，古铜色的脸上突然变得凝重。肖远是西昌舰的老舰长，多次参加过海战。他的许多传说在全舰队、全海军中流传。

对肖远，林之江的感觉非常复杂。他在舰艇学院读本科时，肖远任他们院长，在一次全院的航海知识竞赛中，坐首长席上的肖远，显然提出了一个怪题，让他们与冠军失之交臂。作为舰艇学院的新一代研究生，半年前他被分配到了舰队的航海处当参谋，跟着也是刚当上舰队司令的肖远下过两次部队。发现这个传奇式的人物，除了沉默寡言、不怒自威之外，没有别的神奇之处。记得第一次到了支队看完部队午餐，餐桌上摆了几个凉菜。肖远道："给我来碗米饭。"大家都以为首长饿了，先吃碗米饭垫底。很快，米饭就上来了，很快，肖远就着凉菜扒拉着吃完了。大家还等着热菜上来，正式开餐时，肖远筷子朝大家一扬，"你们慢吃"，自顾自地走了出去，在场人面面相觑。自此，每到一站，饭菜都很简单了。林之江发现，肖远并不是像别人说的那般做样子之类，他只是不想在吃饭上费时间，肖远平常吃饭也吃得很快。林之江是个有点自负的人，但对这样的首长，他还是敬重的，当然是敬而远之。

没想到这次出航，他被临时调到西昌舰，给航海长和副航海长当助手。军舰上有航海、机电、通信部门，还有各种武器部门，航海长领衔的航海部门，负责导航和制定航海路线。所以，航海部门也被大家称作军舰上的第一部门。航海长每天要带着林之江在驾驶舱值班，肖远常来驾驶舱检查工作或者在驾驶舱后部的海图室和他们交流海情，这下林之江想"远"也"远"不了了，只好留住"敬"字。

一周前启航时，肖远得知林之江是舰艇学院第一代研究生，肖远注意到了他，常常问他一些对舰艇学院现在的教学模式改革和研究生的培养情况。虽然两人级别差距大，在大学里林之江也许只能"遥望"，但现在，逼仄的舱室让林之江时常清楚听到肖远的呼吸声。这让他觉得首长并不像想象中那么威严，于是讲话也放松了。昨天早上经过第六海域，林之江兴奋而又崇敬地问肖远，当年海战后游回海岸的故事是不是发生在这儿。确实，林之江就是通过这个故事第一次听说肖远的名字的，他也知道那场海战，无论是从史学角度，还是从战略战术研究角度，他都特别希望能听听亲历者的讲述。

二十世纪六十年代初，肖远还是一艘鱼雷快艇上的机电兵。敌人的几艘大型驱逐舰组成的编队突然来袭，那时我军的大型军舰很少，距离又远，但是我军还是在当时仅有的条件下果断出击。他们的鱼雷快艇在炮艇的掩护下，迅速出击，驶入了敌舰的射击死角，而后发射鱼雷，击中了敌人的指挥舰，但敌舰在下沉前，还是发射炮弹击中了他们撤离的快艇。快艇被炸毁快速沉没，艇上的战友都不幸牺牲了，只有肖远在海上漂了两天两夜游回了大陆。

听完林之江的提问，肖远的目光冷冷看了他一眼，没有吭声，转过头去看着海面。林之江顺着肖远的目光看去，大海一望无际，舰首像一把利剑，把浪花分开。他不知道自己说错了什么，心上一直忐忑，眼前的肖远和那场海战一样，变得遥远而又模糊。

就在这时，通讯部门长报告，北京有电报。肖远拿过一看，马上让通知编队首长到会议室开会。

看着肖远离去，林之江赶紧把航海长拉到一边，问肖远为什么不愿意讲到那场海战。肖远在西昌舰当舰长时，航海长是舰长的新兵，后来还和肖远一起参加过另一场海战，两人感情肯定不一般。

航海长叹口气，压低声音告诉林之江：那次海战中，肖远还在水中挣扎，突然有人喊他。他循声一看，不远处艇长正抱着一个木制的炮弹箱，身边的海都红了，显然受了重伤。肖远赶忙游过去，要抱住艇长。艇长艰难地说："别抱我，抱着箱子，保存体力，我不行了……"说着就要撒手，肖远又赶紧抱住了。艇长失血过多，很快变得虚弱，他斩钉截铁道："听话，要不我俩谁也回不去。记住，一定要回去，一定要开上国产的大军舰，一定要当上航海长。"说完用尽全身最后的力气把肖远挣脱，很快在海面消失。肖远大呼艇长，失声痛哭。就这样，按照艇长的吩咐，肖远抱着炮弹箱子游了回来。很长时间里，别人赞扬他这段悲壮历史时，肖远总是沉下脸说："能游回岸的海军，算什么海军！"

林之江明白了，说："他是怪那时我们舰太小太落后了，是不是？"

航海长敲了一下林之江的脑袋，"你还真聪明，有一次我陪老舰长去游泳，见我游得比他慢，骂我故意让他，命令我必须游过他。上岸后两人躺在沙滩上晒太阳，我见他心情不错，就大胆问他：'我今天终于知道你这个游泳马拉松冠军了。'他摇头说：'什么冠军，那时我刚入伍，是个旱鸭子，艇长一定要我当上大军舰航海长的嘱托，让我咬着牙撑到了岸边。好几次，我都快绝望了，想到艇长最后的声音，才挺过来了。'那时的老舰长知道，舰艇已经接到通知，到舰艇学院参加舰艇长航海长的培训班，要不是这场突发的海战，他早就去报到了。"

林之江听了心里像被拨动了什么，"航海长"三个字沉甸甸的。忽然听得航海长说："你看！"林之江顺着指向看去，右侧海面上出现了三艘军舰，再一看，来自三个不同的国家。它们和编队拉近了距离，顺着这边的航向，像是伴随航行。

林之江心里一动，上级的研判真是英明，我们第一次出岛链，看热闹的肯定不少。

"这一段由他们'护送'了，真是盛情难却呀！"航海长说。

舰长参加完会议，回到指挥舱，正式通知，上级批复，在出第一岛链后的第一个清晨，指挥号西昌舰举行升旗仪式。完了对航海长和林之江道："升旗时间就看你们的了。"

林之江兴奋地问："北京同意太阳升起的时间升旗了？"

因为军舰是变纬度航行，每航行一段都会变换时差。那么准确测出明天早晨军舰到达点的太阳升起时间，或者说精准测算出太阳升起时军舰的到达点，才能在航行中让国旗和太阳一起升起。

关于升旗时间，在今天已不是难事，有北斗卫星导航，随时能确定舰艇的所在位置。

而这时候，我们的军舰出航，靠的还是传统的惯性导航，通过高速陀螺的运转，测地球磁场的方式确定军舰的位置，从而把握航向。测算人员的经验和能力，直接关系到测算的精确度。当然，如果近海航行，通过岸上无线电测算，可以辅助校正。当时，不少民用船只开始装上 GPS，但军舰的特殊性，决定了只能等待着我们自己的卫星导航。

舰长告诉大家：北京同意升旗时间由我们编队定。考虑到这是第一次远航出访，会上也有一种意见，减轻军舰的工作量，把军舰的升旗时间固定下来，用北京时间，统一为六点三十分。肖远和编队政委意见一致，出岛链的这个清晨，升旗时间应该用当地的日出时间，因为全世界都知道我们一直按日出时间升旗。如果变了，可能会让对方觉得我们不能准确测定航线。

针对有人担心万一测不准，肖远说："第一次嘛，就算测不准也没关系，关键是我们努力了没有。即使将来有我们的卫星导航使用了，这传统的方法也不能丢。当年，我能游回大陆，靠的就是看天上星星，估计方位和时间。"

很快，肖远也来到了指挥舱，他专门问了航海长有没有把握。航海长当然非常优秀，在内海航行时用惯性导航测定每次都很精确，表示可以保证日出升旗。林之江就更兴奋了，的确，出航前，就做了这方面的准备，他和航海长已经演算过多少次了。现在听到肖远的话，忽然心里一动，对航海长说："为了确保万无一失，咱们去测一下六分仪吧。"航海长点点头。

天已经黑了，他们拿着仪器朝后甲板走去。忽然，听到前面有女孩的声音："……就在这时，渔船的舱门突然开了，有一个蓝精灵，正悄悄地走过来，这是一只恐怖的海怪……"

他俩一愣，马上松了口气，相视一笑，这是随舰出访的文工团的舞蹈演员，躲在一起讲拙劣的海怪故事相互吓唬。林之江是见习航海长，到了出访国还兼着她们的翻译和合唱队员，就和她们渐渐地熟悉了起来。航海长想打个招呼，林之江把他拦住，坏笑了一下，顺着对方的故事情节，发出了一阵古怪而又低沉的叫声。

五个女孩子吓得尖叫起来，回神一看是林之江，嚷嚷着要冲过来想要揍他，碍着航海长在，又不好意思地迟疑着。

航海长笑着说："谁勇敢就冲出来，小林还没对象呢。"

这一说，几个女孩子都笑着跑开了。

甲板上马上清静了，只剩下轮机的轰鸣声和哗哗的海浪声。

满天繁星，北斗星很亮。他们马上对着北斗星勘测起来。通过对恒星的勘测，也是一种有效的定位法，可以对惯性测算进行验证。勘测结果再一次证明了他们测算的准确。

海面上依然有几艘外舰在伴随。

航海长把明天的升旗时间报了上去。很快，通知到各个部门，明天上午北京时间五点十五分起床，五点四十五分升旗。按照测算，升旗的目的地纬度向西，要比北京时间晚半个多小时。

熄灯时，有一艘伴航的友好国军舰朝西昌舰发来信号："晚安，中国海军。"

来而不往非礼也！听到报告，肖远也让西昌舰用灯语回了一个问候信号。

林之江特别关注信号员回复。他还特地看了一下对方发信号的时间，正是这边测定的当地时间九点三十分，舰队例行的熄灯时间。对方的军舰是装有 GPS 的，看样子这边惯性测量是相当准确。不，应该是相当精确了。想到这儿，林之江有点小小的得意和自豪。

回到自己的舱室，林之江见同室的其他三位都睡着了，便蹑手蹑脚爬到了上铺，命令自己必须马上睡着。海上起了小小的风浪，舰身也有些摇晃，他的舰室在三层，位置较高，摇摆度也大了点。林之江刚刚想到"海浪把战舰轻轻地摇"这句歌词，很快就自己真的"头枕着波涛，睡梦中露出了甜美的微笑"。

……急促的起床铃，把全舰唤醒。林之江和战友们赶紧起床穿衣，去卫生间洗漱。他知道，半小时后就要举行升旗仪式。按惯例，提前十分钟要在后甲板列队完毕。时间紧，所以去洗漱时，大家都穿上了一身雪白的礼服。还没进门，见门口站着一位身着作训服的士兵。

是谁？把服装穿错了，抬眼一看是老朋友小雨，是舰上的广播员，衣服没穿对，还站在门口磨磨叽叽让你让他的。他赶紧跑过去，一把拉住小雨道："快去换礼服，来不及了。"

广播员说："快别操你的心了，我不参加。"

林之江急了："为什么不去？多难得的机会，快换军装。"的确，林之江也想在这位好友面前小小地自豪一下。

广播员道："我要值班，录下早上六点半的中央人民广播电台《新闻和报纸摘要》节目。等你们仪式搞完了，我好播放。"

说到每天早上六点半的新闻，林之江心里一动，因为这个时段的《新闻和报纸摘要》节目他是每天收听的。就因为在舰艇学院的时候，那一次参加全院知识竞赛，他们学员队和航海系学员队得分并列第一，评委们正商量着是生个"双黄蛋"还是临时加试一题。坐在首长席的肖远院长打断了评委们的讨论，表示自己此刻就加试一题，决定今天的冠军归属。考题很简单："M团舰艇编队昨天到达哪个海域？"结果航海系学员队一名学员竟然没打咯噔就答了上来，冠军奖杯就此旁落。一打听才知道，当天早上六点半《新闻和报纸摘要》刚刚播报过这条新闻。在研究生期间，如果说《新华文摘》是一月时政文史哲的小型图书馆，那么早上六点半的《新闻和报纸摘要》就是一天时政要闻的集萃。偏偏因为准备这场知识竞赛，错过了早上六点半中央台的《新闻和报纸摘要》节目，没想到偏偏哪壶不开提哪壶……从此，林之江更加注意这个节目的收听。

自从调到西昌舰，担任见习航海长，林之江常常因为值班不能收听六点半广播。为此，他找到广播室，请广播员每天给他录播一早的《新闻和报纸摘要》节目，他很快就和广播员熟悉了。

见广播员磨磨蹭蹭打出那么多提前量，林之江又好气又好笑："这不才五点多吗？升完旗来得及！"

广播员说："不是说有时差吗？你们忙来忙去算个不停的。"

林之江提醒他："这军舰朝西开，再有时差也是推迟。"

广播员道："我可分不出东西南北，我就用笨办法，每天录下来，起床号后半小时播放。听说昨天就有时差，咋没感觉出来呢？"

林之江说："对，昨天比北京时间晚三十八分钟。"刚说完，心里猛地一震，冒出一身冷汗，扭头就朝后甲板跑去。

宽大的后甲板上，已经有不少人在列队，水兵的队伍都已经列好了。文工团的演员们也着装整齐，排好了队。军乐队还在忙着试音，一会儿升国旗时他们奏国歌。

林之江满头大汗找航海长，怎么也找不到，急坏了。昨晚对表时，他和航海长对的是北京时间，而计算今天的时差，用的也是北京时间，也就是说提前了三十八分钟。

像是在预热，伴随着大家的集合，军乐响了，是一曲舒缓的《我爱这蓝色的海洋》。而林之江现在心中的海洋和黎明前的大海一样，沉沉的铅灰色。一个低级错误，让全舰提前了将近半小时起床，关键是要提前半小时升旗。

后甲板在舰尾，而舰尾正对着东方。此时，东方丝毫没有要日出的意思。他看了一下启明星的位置，更加确定了自己的错误。这怎么是好，神仙也变不出个太阳来，整齐的白色队列和舒展的"蓝色"音乐，让林之江喘不过气来。怎么办？让队伍解散，让军乐停下来……他一样也做不到。

他又看了一下右舷边不远处的海上，那三艘外军的军舰依然在伴航，依然睡着似的，丝毫没有关心这边的反应。

林之江心里明白，看似睡着的军舰里，有多少双好奇的眼睛在注视着这边的一举一动，他们肯定有些摸不透中国海军为什么起这么早。

可怕的是，一会儿我们升国旗，时间错了，还差那么多，有人怕是牙都会笑掉。林之江心里沉吟一声，这个错误犯得太大了，自己的军旅生涯也许就此到头了。

"立正！"值更官一声口令。

林之江不由心头一紧更是一凉。

就在这时，肖远和编队指挥部的领导从左舷大步走上了后甲板。舰长、政委跟在后面，航海长走在最后一个。

"稍息！"值更官口令。肖远站到了指挥官的位置，其他人也在各自指定的位置站定。

林之江知道，一分钟后，值更官就要再一次喊"立正"，而后跑过去报告，升旗仪式正式开始。

千钧一发，不能再等了。林之江大喊一声"报告"。

全体在场官兵都很诧异地寻找这个声音的出处。

"出列！"值更官下达口令。

林之江出列，迅步跑到肖远面前，报告自己测算时间上误差的三十八分钟。在场的人都听到了，空气仿佛凝固了。

肖远那古铜色的脸上在渐渐变弱的星光下看不出表情，这让林之江更加紧张，心脏像是要从喉咙里跳出来。他无法想象，自己要是肖远，听到这个突发情况，会怎么反应。

肖远沉吟了，一听，很快不紧不慢开口，声音里透出一丝少有的轻松："嘿，既然起了个大早，就不能赶晚集。"

林之江吓了一跳，他知道肖远说过第一次出航，错了也没关系，但就这么将错就错提前三十八分钟升旗？那也太离谱了。他结结巴巴地说："首长……不能……"

肖远没有理他，向乐队指挥招招手，指挥马上跑过来了。

肖远看了一下表，说："已过去两分钟了，给你三十五分钟，搞个军乐联奏，留下一分钟调整，而后奏国歌升旗。"

指挥马上说："首长，开始联奏要在一分钟后。"

肖远道："那你掌握时间，反正升旗比原定时间推迟三十八分钟，提前一分钟做好准备。把乐配好，有困难吗？"

指挥的回答干脆利落："没有！"

马上，军乐响了起来，第一首协奏曲按惯例，是《人民军队忠于党》。跟着肖远，全场人员都大声唱了起来："雄伟的井冈山，八一军旗红，开天辟地第一回，人民有了子弟兵……"

忽然，歌声小了。林之江一回头，乐队演奏起一曲他不太熟悉的军乐。歌声没刚才响亮了，只有文工团员和一些老兵在唱。这歌他会唱，歌名却怎么也想不起来。跟着哼了几句，熟悉的旋律带出有些模糊的歌词，蓦然想起这是老电影《赤峰号》插曲《等待出航》：

> 银色的月光映照着无边的海洋，勇敢的水兵焦急地
> 等待着出航，到那水天相连的远方，去打击敌人保卫
> 国防……

林之江不由得想到，肖远参加的那次海战，和《赤峰号》的故事极其相像，就是鱼雷快艇的故事。那时候，组建不久的人民海军不是很强，那场海战时大型舰艇没有赶上参战，我军硬靠炮艇压

制敌人火力。炮艇的炮弹无法击沉对方，而鱼雷快艇就在炮艇的掩护下冲过去发射鱼雷，干的就是"董存瑞"的任务。想想那时的艇长，多么希望有自己的大军舰，发射鱼雷、发射导弹。这时候，林之江更加能体会到肖远的艇长牺牲前的嘱托，也更加理解了肖远能坚持游回大陆，坚持当上了航海长。

极目远望，月亮在天边的海上，正是银色的月光。林之江鼓起勇气，把目光投到肖远脸上。肖远嘴里还在轻轻哼唱，脸上却没有一丝表情，却又分明看到，肖远的眼角，闪烁着一丝晶莹。

这首歌，本是这次出访的合唱演出节目，先由文工团领唱主歌，副歌由大家合唱。那深情的旋律响起，熟悉的副歌到了，大家都唱了，林之江提高声音唱下去，特别动情："啊威武的舰队，啊人民的海军，我们骄傲地航行在海上……"

也许，这正是肖远此刻最想让他那位牺牲的艇长听到的吧！现在国产的现代化舰艇编队正威武地航行在远洋大海上。

一曲《人民海军向前进》，结束了联奏。

东方既白，甲板片刻宁静。

"敬礼！"值更官口令。

后甲板上的所有人，都转向东方，仰望着舰桥上的主桅杆。

国歌响起，庄严的五星红旗徐徐上升；几乎同时，一轮太阳从天边海面上跳了出来，冉冉升起。那么鲜艳，那么火红。

林之江再也控制不住，任由眼泪哗哗流了下来。这回没错，严丝合缝一秒不差。

国旗升到了旗杆顶，猎猎作响迎风飘扬，这响声是自豪的响声。

整个海面，已洒下了金色的阳光，连艇身也闪耀着金光。

仪式结束，航海长拉着林之江站到肖远跟前，要请求处分。肖远摆摆手，走过来拍拍林之江的肩膀："见习航海长，你可让我又见又习啊。"

林之江非常惭愧地说："首长，我差点酿成大错。"

肖远说："嗨，我刚当兵那会儿，文化水平低，把罗马数字Ⅳ看成了Ⅵ，让快艇方向偏了三十度，多亏艇长及时发现，纠正了过来。那时我还不如你，你是自己发现的。不，还是你自己报告的。我看，这次出访结束，你就不用回舰队了，就在这西昌舰干下去，把'见习'二字干掉。"

留下来，当上航海长，肖远的话说到了林之江的心里。多巧啊，他也是刚刚萌生起这个念头……林之江百感交集，不知说什么好。

这时，昨天发来信号的外军军舰，又发来了信号。

肖远和林之江都看得懂："致敬，精确的中国海军！"

肖远看着林之江，脸上露出了少有的笑容："你看，精确，他们也很精确，他们的精确是因为卫星导航。而我们的精确，是因为勇于自我改正。"

说着，他仰起头，深情地回望高高飘扬的国旗，说："回信，祝大家都行驶在精确的航线上。"

这时，整个海面上也洒满了金色的阳光。肖远、航海长、林之江，所有水兵的脸上，都闪烁着金色的光芒。

（原载《解放军文艺》）

竹楼海

一

一片大大的白云轻纱一样飘过，老乔看到了他的礁盘。从天上看，他忽然发现礁盘像一片小小的荷叶，荡漾在无边无际的海面。今天涨潮，珊瑚礁盘在水面下膝盖深处，呈淡绿色，在大片深蓝的海洋里，显得很清秀。

绕过又一片白云，直升机开始下降，那片荷叶也越来越大。在南沙守礁十多年，老乔还是第一次在飞机上俯瞰礁盘。他感情复杂地打量着荷叶上让太阳照得熠熠闪光的三粒珍珠，那是礁堡、竹楼，还有一座航标灯塔。珍珠越来越清晰，飞机朝着最靠近荷叶凹口处的那粒叫礁堡的珍珠下降。半个篮球场大的礁盘平台就是停机坪，上面着落标志已经清晰可见。

"你们七号礁礁堡最好找了。"飞行员说。

"是啊，就在潟湖边上。"老乔得意地说。那荷叶凹处是潟湖，现在已经改成了一个小小的港池，码头就连着礁堡。别看整个礁堡只有一个篮球场大，孤零零地扎在水中，还承担着机场和军港两大功能。因为把礁盘看成了荷叶，他脑中也不由把自己所坐的这架直升机想象成了一只绿色的蜻蜓。他欠起身体，张大嘴睁大眼从舷窗朝下寻找到飞机的影子，看它是怎样在这荷叶上爬行的。

忽然机身一晃，猛地上升，在空中一个紧急盘旋。当，老乔与舷窗碰了一下，差点咬着舌头。

飞行员叫了一声："有鸟！"

老乔赶紧再朝下看，发现从竹楼里飞出一只小鸟，已接近飞机的降落航线。

"怎么搞的！"飞行员狠狠地长吁一口气。

老乔认出那是一只海鸥，更是心里一惊：小黑怎么还在？他既自责又后怕。他知道，飞机起飞和降落时，撞上鸟是很危险的。直升机飞得慢，情况要好一些，但在这海上，也是很危险的。

海鸥让飞机气浪冲得坠落在礁盘上的水面。直升机再次下降，稳稳降落到礁堡上。

老乔跳下飞机，马上吼道："李冬冬，李冬冬，你给我出来！"

"来了，礁长。"礁堡下面传来回答。老乔扭头一看，新战士李冬冬正浑身水淋淋地从礁盘上朝礁堡台阶涉水走来。因为涨潮海水没过了膝盖，行走速度不快。他怀里，正抱着那只海鸥。

老乔气不打一处来。要知道，机场防鸟是有一套规矩的，这礁堡平台虽说是最袖珍的机场，但也是有它的管理制度。礁堡上一年来不了一回飞机，来这一回还是送自己的，偏还出这么大洋相。他再三向飞行员道歉，表示事故征兆的责任在礁堡，一定向上级报告。

飞机起飞了。

回过身来，李冬冬已抱着海鸥站在身边。

"小黑怎么还在礁上？"老乔厉声问李冬冬。

"它刚才让飞机气流冲到水里了。"李冬冬答非所问。

"它不掉水里，我和飞机就掉水里了。"老乔火气更大了，"我离开时不是再三嘱咐，补给舰来礁堡，一定把它带回西沙永兴岛吗？"

李冬冬第一次守礁，刚上礁堡也就二十多天，明显没有觉察到事情的严重性和老乔的火气之大。放下手中的海鸥，他对老乔说："看飞机把它吓得。"尔后对海鸥喊，"小黑，礁长回来了，快去抱抱。"

海鸥已在李冬冬的安慰中定下神来，很快认出了老乔，它摇摇晃晃快跑几步过来，用翅膀抱住了老乔的腿，还把头靠在老乔的膝盖部位蹭蹭，以示亲热。老乔心中涌起一丝暖暖的感觉，火也就发不出来了。对李冬冬说："赶快把它送回竹楼，快去快回。"

二

竹楼，就是南沙各礁盘上的第一代高脚屋，老乔当新兵时就住在里面。那时候，整个礁盘就五六个兵，挤在这十多平方米的屋子里。整个屋子用上好的毛竹搭成，做工真结实，到现在已经十多年了，还是好好的，一直矗立在那儿。这竹楼和礁盘相距二十多米，有一条竹栈道相通。本来还有个第二代高脚屋，是用铁皮制成的。现在这个礁堡建成后，因铁皮屋妨碍警戒观察视线，拆除了。为了和礁盘外的大海区分开来，官兵们把礁盘上这片水面叫竹楼海。竹楼和礁堡虽说不远，但见证了老乔由士兵到士官，再到军官的成长历程。当然，现在的礁堡上人也多了些，七号礁现在就有十六名官兵。

李冬冬是机电兵，主管礁盘上的发电和电器维护，也负责灯塔的管理维修。二十天前，老乔带着李冬冬正在灯塔熟悉设备情况，突然海面上刮起一阵怪风，他们赶紧朝礁堡涉水返回。礁盘上有大大小小不少裂沟，就像落叶上的弯弯曲曲的纹路，竹楼和灯塔之间直线距离只有三百多米，因为中间有一条两米宽的裂沟，绕开它又要多走六七百米。这条裂沟，李冬冬昨天第一次见到就要直接跳过去，老乔不同意。说在水中跳远和陆地上大不同，助跑、起跳要技巧。特别是落地更险，礁盘上凹凸不平，容易扭脚摔伤。有一条老乔还没说：万一掉进裂沟，下面有八百多米深，很危险。老乔有经验，想等李冬冬的脚在礁盘上涉水行走找出感觉来，再练起跳。

看着风大，李冬冬想抄近路跨过那裂沟，老乔怎会同意？拉着他绕路返回。

刚刚绕到竹楼脚下，又一阵狂风在水面上翻滚着追了过来，两个人赶紧抱住竹楼下的支柱。这支柱是用槽钢做成的，特稳。

一股大浪劈头扑过来，浇两人一身。忽然，李冬冬喊了一声"不好"，老乔马上看到一只小海鸥从竹楼顶上掠过，直接砸到了水面。小海鸥艰难地扑腾两下，没飞起来，很快被浪打进了那条宽裂沟。

喊声未落，李冬冬已追着海鸥跑了过去。

老乔喊声小心，马上追着李冬冬，奔到了那裂沟边上。海鸥在裂沟那边，紧贴着一块露出水面半人高的大型砗磲化石。显然，它受了伤。

又有狂风过来，裂沟里涌起了不小的浪，眼看海鸥要和砗磲化石撞击，李冬冬起身跃过裂沟。但是他太不了解水中的弹跳，又是顶风，落地时一只脚踩了空，身子斜着倒向裂沟。

就在这时，一只有力的大手拽住了他的右臂，把他拉到了礁盘上，倒在了水中。

是老乔，他在李冬冬起跳时就觉察到危险，紧跟着也跳起越过裂沟，在腾空中把李冬冬拽起。当然，这一招很难，特别是在大风中。一般人很可能抓不准，更可能让李冬冬把他反拽进裂沟。

但是他成功了，因为他是老乔。大家叫他老乔，不是因为他年纪大，而是因为在这南沙礁盘上，他的资历没几个比得上。

把小海鸥抱进礁堡，发现它的左翅膀受了伤，好在伤不重。卫生员赶紧给伤口做清洗和包扎。

老乔正琢磨这小东西怎么安置时，李冬冬提出这只海鸥由他来看护。老乔不同意，说你刚上礁，自己还要别人带呢，好多地方还要适应和训练，还是让老兵来管。看这伤，一星期也差不多了。十天后，有补给舰过来，让它跟舰飞走。

李冬冬让老乔放心，他说自己从小就喜欢鸟，在老家浦东读初中时就参加了护鸟队。

老乔还是有些迟疑，说你那护的上海的鸟，和这海鸥是一回事吗？

李冬冬咧嘴一笑，说他们护鸟队每周末都有人到崇明岛去护鸟，崇明岛虽说是在长江里，但在入海口，有时也有海鸥前来歇脚。他们护鸟，主要防止有人捕捉，特别是鸟类繁殖、迁徙的旺季。护鸟队员来自上海各个地方，各种职业的人都有，忙的时候都倒休换着班去看护。他忽然眼前一亮："我还会鸟语呢！"

老乔气不打一处来："我还会花香呢！你以为我老乔在礁上待了十一年，就是十一岁的智商？"

李冬冬却很认真："真的。"说着，他冲着海鸥叫了一声，那声音还真像海鸥叫。不可思议的是，那小海鸥一下子有了精神，起身不顾伤痛扑了一下翅膀，朝李冬冬叫了一声。

李冬冬又叫了一声，海鸥更精神了。

老乔赶紧晃了晃脑袋，以为自己是做梦了。好半天，问李冬冬："你这是从哪儿学的?"

李冬冬认真地说,崇明岛东滩附近有个村民也参加了护鸟队,那村民就会各种鸟语,说是祖传的。他父亲原先用这口技帮一些鸟贩子捕鸟,特别是学母鸟叫,招呼小鸟来入网,很残忍。后被人举报判了几年刑。释放回来后不久,得了场重病。他说自己是作孽太多,让儿子参加了护鸟队。李冬冬是跟他儿子学的。

老乔有点信了:"那你这刚才叫的是啥?"

李冬冬说:"我是说'要开饭了',哦,就是'要喂食了'。你看,它张着嘴等着呢。"

老乔信了,对卫生员说:"快去开个罐头。"

卫生员把海鸥抱走了。

老乔问:"你会多少个鸟语单词?"

李冬冬红了脸:"海鸥在崇明岛上不多见,待的时间也不长,我就学会了'开饭'这一个词。"看老乔失望的表情,又补了句,"崇明岛上白鹭多,我会白鹭的叫声,哦,单词学了不少。"

"好好好,希望南沙哪天能飞来一只白鹭。"老乔虽然脸上露出一丝遗憾,但还是拍拍李冬冬的肩,算是同意了,吩咐一会儿把它送到竹楼上住着,在这儿会影响部队工作训练。

"那个竹楼上条件太差了点吧?"

"太差,我刚当兵那会儿,在上面住了两年呢。"

李冬冬伸了一下舌头。

过了两天,风浪小多了。老乔寻思借着前天那股劲头,可以开始训练李冬冬跨过那条裂沟了。他先领着李冬冬在礁盘上涉水练助跑,再练起跑、落地。一切都很顺利,李冬冬很聪明,要领掌握得也快,一个上午全都搞定。下午,老乔让李冬冬飞越一条一米的小裂沟,李冬冬一下就过了。向那儿目测了一下,他跳出了三米多宽。要过那条两米宽的裂沟,看来一点问题都没有。

但是，到了那条裂沟面前，李冬冬刚助跑了几步，就停了下来，走到那裂沟边，看了看摇摇头："我过不去。"

老乔一愣，马上急了："你怎么过不去呢？刚才都跳一个半裂沟远了！"

李冬冬问老乔："礁长，这下面有好几百米深？"

老乔一怔："没那么回事。"每次新兵训练，怕有心理障碍，跨越完成前，都严格保密这数据。看来这密保不了了，又补了句，"是卫生员告诉你的？"

李冬冬没有正面回答："我还以为自己救了海鸥一命，没想到是你救了我一命。实话跟你说，这是我第二次遇险。我七岁那年，在河里游泳，一个猛子扎到了岸边一长溜木排下面，一下子出不来了。幸好有人水性好，把我找到救了出来。送到医院抢救了好一阵，我才苏醒过来。"

老乔无语了，他非常理解李冬冬。他知道这裂沟，虽说水面只有两米宽，但礁盘下面会越来越宽，人掉进去，就像掉进木排下面一样，很难出来。看来得另找法子，帮他训练。老乔沉吟一会儿，对李冬冬说："那算了，这裂沟你不用跨了。这段时间你集中精力把灯塔全面维修一遍，也把海鸥养好。"

李冬冬不相信自己的耳朵，看老乔的神色，不像是说气话。

第二天，海测船就来了他们七号礁。

因为老乔熟悉礁上的地形和周边海况，上级让老乔做海测大队向导。老乔一下忙坏了，礁堡、测量两边管，也没有精力来注意这只海鸥了。

连着好几天，没有值班的官兵们都喜欢坐在平台上，看着竹楼那边。他们总能看到两个身影，一只海鸥和一个水兵，那是李冬冬在训练他的部下小黑。

小黑这名字还是老乔起的。李冬冬说不怎么文艺，但老乔非要坚持这么叫，李冬冬也就没和领导争执。

这儿的测量作业原定五天，到第三天晚上，上级紧急通知有较强的土台风来袭，让测量船进潟湖避风。测量队队长很着急，因为眼下还没到台风季，也没有预报台风，土台风没有在原计划内。在这儿避风五天，其他还有几个礁盘的测量任务完不成了。拖下去，再过二十多天，就是台风季了。等台风季过去，完成任务的时间要差好几个月。不能按时完成任务，就要耽误大事。

老乔给他们出了个主意，紧急转场到离这儿较远的礁盘作业，避开风头。他还提醒，土台风来无影去无踪，要防止这种情况下再有变化，到了那几个礁盘，也要因地制宜，抢风头，赶风尾，打好穿插。队长马上把这个意见上报，上级很快通知同意，并让老乔跟着测量船一道转移到三、四、五号礁盘，帮助掌握海情。七号礁长先由舰队来礁上挂职的一位参谋暂时代理。老乔苦笑着说："提了个建议，把自己搭进去了。"说归说，做归做，他还是痛快跟着测量船转场了。

海测船离开时，海鸥正围着竹楼飞翔。起航前，老乔又站在舷边，隔着跳板再三嘱咐李冬冬，土台风过后几天有运输船过来送台风季补给，一定让海鸥跟着运输船飞到永兴岛去。他特别强调，再过一个月，漫长的台风季节快来了，不会再有船只到这一带。看气象，土台风过后有三天风雨，一定要让海鸥顶着风雨飞几次……

测量船多亏老乔跟着去，土台风果然也捎带刮到了那几个礁盘，老乔带着他们打了几个穿插，没怎么耽误作业。等土台风一过，老乔搭进去十多天了。指挥礁堡派出直升机，抓紧把老乔送回。因台风季快要来了，他得先回去部署防台。

三

晚饭后，等李冬冬从竹楼喂完食回来，老乔把他叫到礁盘平台。

"我叫你把小黑让补给舰带走，你为什么不执行？"老乔口气很严厉。

"那天下着雨，雨还很大，我怕它在雨中飞不动。"李冬冬口气有点理亏的样子。

"海鸥不就是跟着船飞吗？二十天前，它那么小，怎么能从南半球飞过来，有船跟着怕什么！"

"那它不是也让风吹得受伤了吗？"李冬冬有点不服。

"那是因为它犯了自由主义错误，脱离了队伍。"老乔抬高了声音。在南沙礁上这么多年，每年都能看到海鸥的迁徙，这方面他确实有发言权。再远的航程，再坏的海情，海鸥只要跟着航船，肯定没事。就怕落单。

李冬冬没有吱声，看来知道自己理亏了。

老乔说："真难为你，也就会了一句鸟语，就是'开饭'，就是'吃吃吃'。现在好了，吃这么胖，还飞得动吗？我问你，这二十天，它会自己下海觅食了吗，它会顶风斗浪了吗？时间一长，这海鸥不就废掉了吗！"

李冬冬嘟囔一句："怎么不会飞呢？海鸥生两个翅膀不就是天生会飞的吗，哪一只海鸥不是搏击风浪？我是看它还小，伤又刚好……"

老乔打断他："你知道我为什么给海测船提议赶风头、抢风尾，在大台风中间穿插作业吗？"

李冬冬张了张嘴，看着老乔。

老乔说："你说我们海测船顶风硬杠行不行？"

李冬冬说那哪行呀。

老乔又说："我们躲台风要是不知道台风走向行不？"

李冬冬说那也不行，这次不就是因为你熟悉海情，怕土台风测不准，才让你跟着作业的嘛。

老乔说:"海鸥搏击风浪也是这样,并不是硬冲到浪里去,那样会让海浪打落淹死。小黑掉到海里,你不是亲眼见过么。海鸥最大的本领就是敏锐捕捉大浪的浪头浪尾,在波涛之间自由穿梭。这不是靠它的鲁莽,恰恰是凭它的敏捷。你看看现在这小黑,还有这个能力吗,你让它到风浪里练了吗?这能力,它天性里就有,让它飞几次就激发出来了。你这十几天,反而让它退化了。你老实说,它是不是比刚受伤的时候还不如,就知道吃吃吃了?"

李冬冬又嘟囔了一句,退了就慢慢练,在礁上待着就行。等我轮休下礁时,再把它带走。

老乔一下子火了,脸上皮肤黑看不出,但他脖上的青筋梗起来了,他喘了几口粗气,忍住了。想了想,说:"走,你跟我来。"说着,拉着李冬冬走下礁堡台阶,上了栈桥,不一会儿进了竹楼。

海鸥正靠在门口栖息,看到他俩,兴奋地扑腾起来,要和李冬冬拥抱。看来,这段时间,李冬冬和海鸥的感情很深了。这也难怪,李冬冬救了海鸥的命,而李冬冬又差点为它丢了命。

李冬冬摆了一下手势,海鸥乖乖到一边去了。老乔抚摸着竹楼结实的竹门,把目光眺向远方的海面。

夕阳将海天相连之处都染得血红。

老乔看看那夕阳说:"我刚当新兵时,我们都住在这儿。有一天早上一开门,飞进来一只小黄鸟,当时看外面风浪大,我们就没轰它走。没过几天,大家发现它变形了,翅膀也变成黑色了,原来是只小海鸥。大家本来叫它小黄,后来都改叫它小黑。这小黑在礁盘上待了半个多月,就会飞了。就在这时,台风季来了,我们带着它守在这竹楼里。第一季台风一共刮了二十多天,到第十二三天,小海鸥在屋里憋得受不了,满竹楼乱蹿乱飞。当时风很大,整个竹楼都随着下面的支柱摇晃,像在一只船上。大家都晕得不行,顾不了它,也没法顾它。后来,它要出去,开不了门,它用脑袋撞击竹门，那撞击声很响。"

老乔用拳头敲打着竹门，发出"叭"的一声，李冬冬听了身子一震。老乔又敲了一下，李冬冬身子又是一颤。老乔连着敲了起来，李冬冬受不了了，一把抓住老乔的手："别敲了，别敲了。"

老乔停了下来。

李冬冬怯生生地问："后来呢？"

老乔说："我虽然晕得不行，还是挣扎着起来，在台风的间隙，把竹门开了，它飞出去了。那风真大，要不是礁长拉着我，把我也刮跑了。"

"再后来呢？"李冬冬问。

老乔没有回答，依然在看着那轮夕阳，正在慢慢进入海平线。李冬冬看到老乔眼角闪着明显的光亮，他不再吭声，眼前也模糊起来。

不知过了多久，老乔回过头来，问他："台风季还有十多天就要来了，你想让小黑一直关在竹楼里吗？"

李冬冬急了："不不不！那，那怎么办？"

老乔说："明天起，你的任务，让它赶紧飞起来，瘦下去。别的我来想办法。"

李冬冬连连点头，说你可一定要想出办法呀。

四

第二天一早，老乔告诉李冬冬，他联系了上级。海测船完成那边任务后，要在台风到来前，返回西沙永兴岛，把最后一站安排到我们七号礁，作业两天后把海鸥带走。老乔很认真地说："从现在算，八天，你只有八天时间！"

虽然不舍，但李冬冬还是坚决地点了点头。他有些不好意思地问老乔："为这事还要麻烦海测船专门调整计划，为一只鸟，上级会同意为一只鸟？"

老乔黑黑的脸上看不出表情："为一只鸟就不行？我刚当兵那会儿，有一只鸽子落到了竹楼上，应该是遭到猛禽袭击受了伤。我们看它脚上有一个铜环，但不认识上面的字母。上报后，上级告诉我们，这是一只国外参加比赛的信鸽。也是在台风到来前，让补给舰带到大陆养好伤放飞了。"

李冬冬听后沉默良久，他把目光投向了更远的海面。

按照老乔的要求，当天就断了小黑的"伙食"。李冬冬把它抱到灯塔那边放下，让它自己觅食。没想到，他刚返回，小黑已经飞到了礁堡上，冲到李冬冬的房间，直接叼住了床头的一包饼干。

李冬冬追到平台，从小黑嘴里扯下那包饼干："你居然做起强盗了，给我走。"他抬高声音，做出很凶的样子。

海鸥呆呆地看着他，像不认识似的。李冬冬摆手势叫它走。小黑也就后退了几步，又停住了。

李冬冬抓抓头皮，不知怎么办了。

这时老乔出现了，他端着一支枪，拉开枪栓，对准小黑，大吼一声："回灯塔去！"

李冬冬吓着了。他真没想到老乔会拿出了枪！

小黑明显也被吓着。它不是被枪吓着，是被老乔的吼声吓到。小黑呆在那儿，仿佛不知自己该怎么办。但它很快缓过神来，认出老乔，摇晃着又想抱他腿。

老乔又拉了一下枪栓，压低枪口，对准小黑。小黑一扑双翅一下抱住了枪管，还用脑袋在上面磨蹭，仿佛那就是老乔的腿。老乔也有点沮丧了，显然这小东西压根就不认识枪，以为那是自己递过去的玩具呢。

他想了想，回到了礁堡内的食堂兼学习室，拉开柜子，翻开了一沓碟片。找了找，找出一部枪战片，打开电视，放了起来。老乔让李冬冬带着小黑坐在他边上。

屏幕上的枪战开始了。海鸥还是没有太注意，还在没心没肺对着李冬冬撒娇，很快又过来抱住老乔的枪。老乔把电视音量调到最大，又把窗帘都拉上，画面的冲击力马上凸显出来了。

很快，屏幕上一团团枪口冒出的火花伴随着阵阵枪声，让小海鸥明白了，小黑一下子放开了枪管，跑到了门口。老乔看到海鸥失态的样子，有些不忍，但他还是举起了枪，用枪口对准它。

海鸥马上飞离了礁堡，飞向属于它的竹楼，在竹楼上空盘旋。

李冬冬赶紧从栈道跑过去，在竹楼里招手叫海鸥过来。也许是惊魂稍定，也许是飞累了，也许是老乔不在，海鸥落了下来。李冬冬过去把它抱住，下到礁盘上，涉水把海鸥送到了灯塔的基座。小黑显然是饿坏了，刚才李冬冬给它挖的海藻和小贝类还在，它马上吃了起来。不一会儿，小黑吃完了，李冬冬本来就故意准备的量少，没打算让它吃饱。它冲着李冬冬叫几声，还想要。李冬冬没有理它，把它丢进海中。小黑扑腾了两下，飞了起来，在水面上开始寻找。很快，它一头扎下去，咬住了一块海藻，边飞边吃了起来。再一会儿，它又扎了下去，看准了另一排浪尖的海藻，但是没有咬准，叫了一声，又飞起来盘旋。

"你看，它什么都会，这段时间你喂罐头喂废了。"老乔突然出现在李冬冬的身边，他是跨越裂沟抄近道过来的，李冬冬没有发现。

李冬冬有些惭愧："不光罐头，还有剩菜。"

老乔又好气又好笑地看他一眼："什么剩菜，你是不是老把自己的菜拨一半给它，自己吃罐头？"

李冬冬很惊讶："这你也知道！"他明白了，老乔和自己一样关心小黑。

老乔没有回答他，动情地说："我看你不是护鸟队的，是宠鸟队的。要是谁家孩子这么宠着，不废了才怪呢。"

海鸥看到老乔来了，飞得远了一些。

李冬冬说："小黑怕你了。"

老乔表情复杂地说："它是恨我了。"

五

当天夜里，突然起了风浪，凌晨还下起了雨，这应该是台风季到来的前奏。一起床，李冬冬找到老乔，请求今天能不能停一天，风雨太大。

老乔很诧异，说这不是大好的机会吗，我还怕这风起不来呢，他问李冬冬："以后它离开了我们，风雨天就不飞了？那还叫海鸥呀！"

李冬冬知道是这个理，无奈，顶风冒雨把小黑又送到了灯塔的基座处，而后朝空一抛，让它飞了起来。

虽然在海面上晃晃悠悠的，但还是能勉强飞着，扑腾了十来分钟，海鸥飞回了基座，如此几个来回。李冬冬也就放心了，涉水回到了礁堡平台，但他没有进屋，冒雨看海鸥不时在海面上迎风逐浪扑腾。

不一会儿，风加大了，雨打在脸上生疼。李冬冬找到老乔，说天气海情都有点复杂，是不是可以让海鸥先回竹楼多待一会儿。

老乔跟李冬冬走出礁堡，顶着大雨看灯塔方向，见海鸥的飞翔更加艰难，有点像没放起来的风筝。忽然一个大浪过去，海鸥再也不见飞起来了。又一个大浪打了过去，过一会儿还是不见海鸥。

李冬冬大喊一声："小黑！"就赶忙沿着栈道顶风奔向竹楼，从竹楼下了台阶。

老乔喊："没事，李冬冬回来。"没喊住，就赶紧追了过去。等他下了竹楼台阶，心一下子悬起来。李冬冬没有绕道，径直奔那裂沟而去。太危险了！

老乔赶紧冲过去，刚跑几步，停住了——他看到了李冬冬弹跳起，那刚刚腾起的姿势告诉他，李冬冬过关了。

这一跃，李冬冬轻松地跳过了那条裂沟。这一跃，李冬冬从竹楼到灯塔的路程缩短了三分之二。

很快，海鸥又从风浪里飞了起来，李冬冬也原路返回了。看到裂沟，迟疑了一瞬，还是轻松地跨过了。

两人都进了竹楼。李冬冬抹了一把脸兴奋地说："没事，这小东西狡猾，躲到了灯塔的那一边。"

老乔说："喊你都没喊住，就这点风浪，它又没受伤，对付不了还叫海鸥？哎，刚才那裂沟你怎么过去的！"

李冬冬说："嘿，刚才急着去救小黑，哪还有心思想它有多深，放下了，也就过去了。"

老乔说："回来的时候，又差点放不下？"

李冬冬想了想，感慨地说："是有点，但放下过一次，还在乎第二次吗！"

老乔擂冬冬一拳："放得好！走，赶紧回去洗个澡。"

"洗澡？现在淡水太紧张，擦擦就行了。"李冬冬虽说来礁时间不长，也知道淡水太金贵了。

"不，就洗淡水澡，洗个痛快！"老乔大声说，用手指指天空。李冬冬马上明白了，兴奋得仰天大吼一声。

两个人都回到礁堡。除了值班员，老乔把大家都叫到平台，官兵们把衣服全部脱光，欢叫着冲进大雨，面对大海的汹涌波涛，尽情地享受着老天赐予的淡水。风吹来，雨打来，好久没有这么痛快洗过一个淡水澡了。不久前下的那场雨，因为礁堡淡水短缺，平台用作搜集雨水，没人敢出去。礁堡上的淡水资源太紧张，平时没谁舍得用，下海作业用的服装也得用海水洗。

一道闪电从空中掠过，李冬冬有些害怕，脖子缩了一下，看周围没有人当回事。他们在礁上待久了，太习惯了。

忽然有人大喊一声："竹楼海的雨，下得再大些吧！"

六

风雨三天后才走。李冬冬也完全放手了，吃、飞，都由着海鸥靠自己。风雨过后，小黑飞得更轻松了；每天去检修灯塔，李冬冬也快多了。检修完，都会守着小黑在那嬉闹一会儿。

礁堡里的老乔每天都看在眼里，心中也有些不平静。再有几天，海测船要过来，也许海鸥飞走后，再也见不到了。离别的时刻就要到来，李冬冬会怎样，小黑又会怎样？想着想着，他心里发紧。这天，他终于下定决心拿起那杆枪，走到了竹楼，向李冬冬招手。

李冬冬很快跑过那条裂沟，上了竹楼。

老乔把枪递给李冬冬："端好，对着小黑瞄准。"

李冬冬糊涂了："礁长，这是干啥？"接过枪，像发现新大陆似的，"你这是啥枪，怎么和我的不一样？"

老乔说："要不，怎么叫你练呢。"

"噢。"李冬冬端起枪，瞄了一会儿，说，"这准星太虚，瞄得不准。"

"那是你不熟悉这枪。别放，继续瞄。"老乔说，"就要你瞄不准。"

"为什么？"李冬冬放下了枪，偏不瞄了，"瞄不准让我瞄啥！"

"瞄准你不就打中小黑了吗？"老乔说。

"怎么，真要开枪，打它干什么？"李冬冬一下瞪起了眼珠。

老乔告诉冬冬：这是一杆驱鸟枪，是他们这个"小机场"早就配置的，主要是在飞机起飞降落时，防止鸟群撞击引起事故。这枪可是特地研制的，这枪的枪声很响，弹头火光很亮，伤害性不大。就是为了吓鸟，这枪还能防止流弹误伤人员。特别这海上渔季渔船多，安全要求高。

"不管什么枪，都不能对小黑开枪。"李冬冬的眼珠快要跳出来了。

老乔叹口气，说他也不愿这样做。现在的问题是，就怕小海鸥舍不得离开礁盘，半道上不跟船飞，又飞折回来，那在海上就是死路一条。因为几天后台风季就要来了，这海测船是最后一班，如果飞行中没有舰船栖息，只能淹死。他问李冬冬："你愿意这样吗？"

李冬冬摇摇头，又说："让船员把它带到西沙不行吗？"

老乔说："我都想过。这儿到西沙三十多个小时航程，船员们哪有精力管它，就算锁在舱室里，也有可能出其他意外。要是到了西沙，它还是铁了心往这儿飞，那就更糟了。所以，必须在船驶离两海里后，请船员在后甲板把海鸥放开，它肯定要朝礁堡飞，只有开枪，才能帮它飞回西沙。"

李冬冬半天没有作声，终于说："真要开枪啊，那打中了怎么办？"

老乔说："那你就好好练，保证打不中！"

李冬冬还是不忍心："要是真得开枪，还是你来，你熟练。"

老乔说："它要飞回来冲的是你，只有你开这一枪，才能让它死了心，放下这儿。"说完，他心中一阵呻吟，没人知道自己也舍不得这海鸥，不仅如此，那天看过电视，海鸥已经怕他了。其实，当时他就想当着海鸥的面开一枪给它看看，但担心在礁堡上距离太近，枪声和火光太大，吓坏了它，变着法让它看了电视。

李冬冬好半天没吱声，老乔帮他把枪端好："好好练吧，只有你放得下，枪才能拿得起。只有拿起了，它才能放得下，也才有生路，也才有更加广阔的海洋和天空。"

李冬冬艰难而又坚决地点点头，端起枪眯起一只眼睛，认真瞄准起来。

七

告别时刻终于到来了。

傍晚，海测船起航前，李冬冬把海鸥抱起来递给拥上平台的守礁战友们，他们挨个抱起小黑用脸颊亲一下，一个个传递下去，最后又还给了李冬冬。老乔在室内没有出去，他知道小黑怕自己，于是默默地看完这一幕。

接着，李冬冬把海鸥交给海测船上的水兵。他轻轻拍着海鸥翅膀说："小黑，到了永兴岛，就不要乱跑。等台风一过，我到永兴岛找你，别让我白找。"说完，再看小黑的眼神，他觉得它像是听懂了。

很快，海测船驶出了潟湖改成的港池，驶入了海面，海面上阴沉沉的。

礁堡上的所有官兵，都站在平台上，紧张地盯着那渐渐远去的海测船，盯着后甲板上那抱着海鸥的水兵。

终于，水兵用力一抛，海鸥飞上了天空，在海测船上空盘旋了两圈，扭头就朝礁堡直飞过来。

老乔马上拉动枪栓，把枪递给了李冬冬，让大家闪开，好让海鸥看清开枪的是谁。

李冬冬举枪瞄准，忽然他退缩了。海鸥似乎看到了枪，转身朝竹楼飞去。

老乔急喝："快开枪，要不它追不上海测船了。"

李冬冬对准设定的方向，扣动了扳机。他看到了一团金色的火球，在海鸥的下方炸开，紧接着传来一声巨响。

海鸥也许被火光吓着，也许被火星烫着，一声惨叫，急速升空。在空中，它盘旋着，像是要清清楚楚看看这块荷叶一样的礁盘，看看它曾经拥有的竹楼和灯塔。

但是，它很快改变飞行方向，直冲礁堡，它似乎要看清楚开枪的是不是李冬冬。

李冬冬感觉自己要窒息，有些不敢正视，但他还是命令自己马上直视了。当他感觉到自己的目光和小黑的目光相碰时，浑身如电击一样。

海鸥也像被电击了一下，在空中大叫一声，追着军舰飞奔而去。

叫声撕裂了灰蒙蒙的夜空。

李冬冬在这叫声中头皮发麻，心头发颤，他清楚地记住了这叫声。他想，等这次守礁任务完成后，他一定要休假回趟上海，去东滩问问那鸟语人，海鸥最后对它说的到底是什么。

不知过了多久，老乔拿过他依然举着的枪，拍了拍他肩膀，说："等台风一过，咱俩去永兴岛，看小黑。"

李冬冬使劲地点点头，又摇了摇头，努力不让自己的眼泪掉下来。

礁盘上灯塔亮了，照亮了铅灰色的海面，也照亮了竹楼海。

（原载《解放军文艺》）

舰　桥

　　肆虐了三天的强台风刚刚过去，留下的台风尾巴还在海面上搅动，东方号导弹驱逐舰接到了紧急出航的命令。舰长江伟看到电报，身体像一下子被掏空了。来电通报：观通团副团长兼银沙岛观通站站长贺毅为抢修航标灯，被大浪卷进琅琊礁石区，请求紧急救援。

　　军舰马上启航，顶着风浪，用最快的速度驶出了防风锚地。江伟离开舰艇指挥中心，踩着起伏摇晃的甲板冲到舰桥上。舰首不停地被大浪覆盖又冒出，江伟心潮澎湃。不应该啊，贺毅是海上老手了，怎么会在台风中出来抢修航标灯？

　　第一次见到贺毅是二十世纪八十年代，他刚高中毕业考入海军舰艇学院。报到那天，他跟着学员队队长走进新生宿舍，一开门就看见有个人在上铺伸出大半个身子，用手拨弄头顶的大吊扇扇叶。

队长喝道："贺毅，你这是在干什么？危险！"贺毅笑着下床："嘿，我琢磨着，这风扇叶和军舰的螺旋桨旋转有啥不同呢。"说着就接过江伟的行李放到了下铺。

过了几天，队长把江伟叫到队部："听贺毅说，你也学过美术，就你俩吧，今天抓紧把队里的黑板报弄出来。穿上了新军装，刚入学，也是刚入伍，表表决心，壮壮士气。"

听队长这么说，江伟心里有些不快。他确实自小喜欢画画，还学了好多年，但考上高中后，就把这个特长隐藏起来，怕老师叫他出黑板报，耽误学习，影响高考。昨天，刚换上了新发的军装，全宿舍都特高兴，一个个对着镜子和窗户挤眉弄眼。贺毅最夸张了，拿出了速写本，追着给人画速写，也不管对方愿不愿意。江伟躲不过，也让他画了一张。可能是自己这张脸线条比较规范，特征不明显，画得不怎么像。江伟看了苦笑，忍不住拿过来改了几笔。贺毅睁大了眼睛："你会画画？"江伟赶紧说："不会不会，瞎划拉。"

今天早操，队长让会画画的举手。贺毅忽一下举起手来："我会。"还扭头看看江伟。江伟赶紧躲开目光，装没看见。没想到这小子还真是嘴快，把自己也给拉上了。还是怪自己定力不够，看人家画画就手痒痒。

两人的第一次合作就这么开始了。江伟觉得贺毅爱出风头、爱显摆，有点儿烦他。黑板报报头先是江伟画的，是一个水兵头像，水兵帽后边飞舞着两条飘带。中午吃饭回来，不知道哪个臭小子把飘带改画成了两条辫子，学员们看到了就起哄，说他们想女朋友了，弄得两人都不好意思。贺毅说："算了，咱改画军舰吧。"江伟想想也是，军舰上总不能画辫子吧，不过也有些担心："这军舰咱能画好吧？"

贺毅说："没问题，画军舰我最拿手。你说，驱逐舰、护卫舰、登陆舰、扫雷舰，画哪一样吧？跟你说吧，我从小就喜欢大海、军舰，在中学是航模小组骨干，还参加了省里的航模比赛。我上这舰艇学院，就是向往大海，想着有一天能驾着军舰去远航。"

江伟觉得这贺毅真有意思。谁不是从中学过来的。中学里高考就是指挥棒，吃香的是参加数理化竞赛拿奖的。像航模这种兴趣小组，求他参加还躲不及呢。他就说："当舰长，必须是学航海专业的，这专业现在只在水兵里招，我们这些地方生的专业都是纯技术类，毕业去向是工程师、军代表。要想驾驶军舰，你恐怕够呛吧。"

贺毅边画边说："唉，地方大学可以改专业，不知道我们学院能不能改，看机会吧。"忽然，他用粉笔点了一下黑板，"这就是我的目标和梦想。"

江伟已经习惯了他一惊一乍的举动，斜眼看了一下说："这是驾驶舱？"

贺毅说："什么驾驶舱？这叫舰桥！你看你，都当海军了，不能再说外行话了，真是的。"

舰桥和驾驶舱有啥区别吗？江伟懒得和他啰唆。

贺毅还真有点儿神。有一回吹了熄灯号，队长进屋查铺，走到他的铺前吓了一跳，只见一个黑乎乎的人影在上铺床头静静坐着，一动不动，还似乎念念有词。队长怕是梦游什么的，不敢叫他，就把下铺的江伟拉起来，两人在床下等了十多分钟，才见这家伙长叹一声睁开眼睛。队长把他拽到队部一问，他说自己在与飞碟对话。队长一听就火了，说他骗人，把领导当傻瓜，好一顿训。其实，江伟知道贺毅没说假话，近几天这小子在捣鼓一本飞碟杂志，上面有篇文章还让江伟看过，说在深夜间向太空发放意念，会产生特殊电波能和外星人沟通。江伟当时只是笑了笑，没想到他居然当了真。想帮着解释几句，又怕说不清楚，只好作罢。

东方号已经驶出海湾，进入了开阔的南海。海上巨浪滔天，军舰在涌浪的冲击下左右摇摆，凭感觉江伟知道舰体左右摆幅已超过了三十度，不时地有海水穿过舷窗打进舰桥。江伟知道，像这种海情，一般军舰是不敢轻易出航的。上级派出东方号，就因为这是最新型的国产导弹驱逐舰，有很强的抗风能力。海水打到脸上，他没有躲，也没有擦。身边的操纵兵已经开始晕船，有的吐了好几次，可他们就像吐了口痰似的，抹抹嘴继续操纵。这就是真正的水兵，水兵也不是不晕船，只是晕船时依然会坚守自己的岗位。江伟想起了和贺毅的第一次出海，第一次晕船。

在舰艇学院三个月的新生入伍训练中，安排了十五天的出海，其中有十天遇到了大风浪。全区队二十个新生个个都是旱鸭子，晕船晕得昏天黑地，呕吐得把胆汁都吐了出来。当时黑压压的天空和黑压压的海面，像巨大的山头压在江伟的胸口，仿佛要把他的心脏挤出体外，他体验到了从没有过的痛苦和恐惧。贺毅躺在江伟身边，吐得脸色发黄嘴唇发青，这小子有毛病，居然还用诗一般的语言安慰大家："航海的机会真难得啊，痛苦是人生最大的财富。"大家要不是躺在舱里浑身发软，没准儿会把他扔到海里去。

那回晕船，个个伤得不轻，每人体重都减了十多斤。上岸几天了，江伟还是晕晕乎乎的，两脚像踩在棉花上，仿佛地球都在摇晃。几顿红烧肉下去，大家脸上刚显现出一点儿红润，队长就把他们全区队二十个人集合起来，宣布了一条重要决定：为了给我国未来新型军舰下水储备人才，提高航海长的文化层次，上级决定，把他们这二十个高考分数最高的地方学员，由计算机专业改为航海专业。

大家都愣住了，一张张脸顿时褪去红润，重返青黄，有好几个张大嘴巴忘了合上。

队长没见到预期的热烈反应，又加重语气提示："没想到吧？这可是天大的好消息，你们可以劈波斩浪，驰骋海洋了，也就意味着将来你们中间要产生舰长、舰队司令、海军司令。"

大家仍然反应冷淡。忽然贺毅大叫一声："太好了，我做梦都盼着改专业，这回终于可以实现自己的梦想了！"马上引来无数道愤怒的目光。

散会后，宿舍里的几个学员把门关上，发起了牢骚。江伟没有吭声，三个月的入伍训练让他明白了自己是个军人，服从命令是没有条件可讲的，但是内心里，改航海专业他是一千个不愿意。在海上航行，别的不说，单晕船就让他心惊肉跳。对大海，他原来是在诗里、画里了解，觉得浪漫壮美，可现在真正领教了它的厉害。如果改了专业，毕业后成天漂在海上，简直是无法想象的。

有个学员说："这明摆着不公平，把我们从技术专业改成了指挥专业。你看人家陆军学院，指挥专业的分数比技术专业的分数低二十几分呢！"另一个说："是呀，高考二十分是多大的价值，花我老爸五年的工资也买不来，上面说改就改了。"

这话都说到了江伟心里。自己报考军校的理由简单而又现实，就是因为军校不用交学费，吃穿国家全包。他早就想在经济上独立，撇开父母的管教。选中海军舰艇学院，则是因为海军军服潇洒、漂亮，非常符合他的审美口味。计算机专业是舰艇学院录取分数最高的，毕业去向除了留校、进研究所，就是进军工厂当军代表，都不错，可没想到说改就改了。

大家你一句我一句之后，一位同学对江伟和贺毅说："不能就这样说改就改了。我们应该集体给院长写信，找些理由，说清楚我们不适合这个专业，也不愿意改这个专业。"另一个学员说："没看队长那口气，好像还是我们捡了个大元宝似的。江伟和贺毅是笔杆子，这信还得你们来写。"

江伟吓了一跳，他当然赞同写这封信，但自己不想出这个头，又找不出推辞的理由。贺毅却态度鲜明："不行，不行，我不写。我坚决拥护上级这个决定。你们也真傻，能改成航海专业，是盼都盼不来的好运气。你们没听队长说吗，我们将来能当舰长，当舰队司令。我劝你们别做傻事。"说着扭头出门了，气得几个同学直翻白眼，纷纷骂了起来，好像这回改专业是贺毅给他们改掉似的。江伟也讨厌贺毅这个劲头，都什么时候了，还说这风凉话。

大家都让江伟赶快动笔。他没法推了，就让大家你一句我一句凑了一封信，写给院长。至于文笔如何，说理怎样，他也没有太动脑子。不过，他也留了个心眼，不想留下自己的笔迹，写的字用了仿宋体。

这信寄出去后，也不知道到了哪里，基本没什么声息。很快，他们改成了航海专业，开始了紧张的学习。此后，贺毅在学员中间显得有些孤立。江伟和他是上下铺，仍然一起出黑板报，却不敢和他搞得太近，以免遭受池鱼之殃。贺毅本人倒好像没觉得什么，学习劲头特别大，成绩还一直在全区队的前面。

到年底，第一个学期快结束了。一天晚饭后，队长找江伟到海边散步，唠了几句家常，突然问："改专业那会儿，有学员给院长写了封信，你知道是谁写的吗？"

江伟吓了一跳，赶紧说："我不知道。"

队长没有看他："当时院长把我一顿好训，我是从舰上破格提拔为这个队长的，院长说他对我抱有很大期望。没想到，我一上任就出了这事。"

江伟心虚地说："院长让查了吗？"

队长摇摇头："没有。院长说你们都是好苗子，是我没摸清下面的思想，工作方式简单，一件好事办成了坏事。"

江伟连连点头："对对对。"

队长掏出一张纸："你看看，这是谁写的。"

江伟伸头一看，脖子马上缩了回来，正是自己亲笔写的那封信，心里怦怦直跳，支支吾吾不吭声。

队长说："你不说就不应该了，你应该是最清楚的。"队长看了他一眼，"其实你不说，我也知道。"

江伟脑子一时短路，心想完了，不知道哪个王八蛋把他出卖了。他刚才已经说了不知道，现在争取主动也来不及了，只好坚持到底："真的不知道。"

队长不高兴了，抬高声音："我问过你们宿舍的人，都说是贺毅写的。这回找到信件一看，果然，除了你和他，谁能写出这么漂亮的美术字。"

江伟心里一宽，马上觉得自己这个念头很卑鄙。可要揽到自己身上来，真没那个勇气。他还是嘟囔了一声："没准还有别人会写这种字体……"

队长摆了摆手："不可能，我调查过了，这种字体，能写这么好的，只有你们俩。"

江伟再也不敢说话了。

之后，学习和训练紧张起来，这件事似乎也就过去了。江伟本来很怕航海出海，随着教学训练，一次次出海，也逐渐适应了。贺毅学习一直不错，总在全区队的前头。在江伟看来，贺毅这个人确实有爱出风头的毛病，但人很真实，绝不像有人说的那样口是心非。所以这事虽然似乎过去了，但江伟心里总有一种摆脱不掉的内疚感。

急促的警报铃声把江伟从往事中惊醒，航海长报告：前方海域出现小规模台风，请示是否改变航线，避开台风中心。江伟马上下令：航向不变，迎风前进。凭经验判断，这种没有预报的台风是南海上常见的土台风，一般跟在强台风后面，规模不大，但由于规律不好掌握，容易产生危害。看来这土台风就是从银沙岛过来的，贺毅肯定是中了它的招。航向不能改变，一是因为救人要紧，不能再增加航程；更重要的是台风是动态的，你顶着它航行，很快就会过去，躲着它，反而被它撵着走。

东方号很快切入台风，舰身摆幅越来越大，凭感觉已经超过了四十度，这种状况，小型军舰是无法承受的。东方号舰桥里的人已经站不稳了，紧紧地把着身边的固定物。江伟身上让打进舷窗的海水浇透了，航海长劝他到军舰心脏部位的指挥中心去。东方号的指挥主要是靠指挥中心，那里有全方位大屏幕视频，指挥员不用上舰桥。江伟摇摇头，这时不是舰桥需要他，而是他需要舰桥。

外面，一只只海燕在巨浪中间滑翔穿行。风小的时候，这些海燕喜欢一直跟在军舰后面，遇到大风浪它们就特别兴奋。和东海相比，南海更加辽阔，风大、浪大、浪高，海情复杂，就连海水的颜色，也蓝得特别凝重、特别苍老，往往航行十几个小时遇不到一块陆地。海燕飞累了，就可以在舰尾栖息；风浪来了，它们又去翱翔搏击。这些海燕在巨浪中划出了一道道黑色弧线，把江伟的心绪又牵到了舰艇学院，牵到了他和贺毅最后两次合作的时候。

毕业出海实习，江伟和队长住在一个舱里，好几次听到队长在嘀咕："你们都快走了，其他队长到三年都提升走了，有的两年就提了，我还是这个样子，唉，都是你们改专业那会儿闹的。"

江伟觉得队长说的也不见得对，但又不好说什么。

毕业分配公布了，全区队二十个人，十五个分到了舰艇上，两个留校，还有三个分到了观通站。

江伟分到了东海，离老家近，气候生活也比较习惯。贺毅的分配却完全出乎他的意料，去了银沙岛观通站，那是南海上离大陆很远的一个小岛。

散会回到宿舍，没有见到贺毅，找了半天，发现他一人还待在阶梯教室里。江伟走到门口远远地看着他的背影，不知怎么办好。他知道这个分配决定对贺毅意味着什么。倒不是因为银沙岛观通站生活条件艰苦，而是他再也不能上军舰，再也不能实现在海上航行的梦想了。他心里呻吟了一下，鼓起勇气走过去，喊了一声："贺毅。"

贺毅回头看了一下江伟，脑袋上像沾了什么似的甩了甩，笑着站起来："走，咱们把黑板报最后一期毕业专刊出了吧。"

江伟觉得鼻子发酸。

两个人站到了黑板报面前。贺毅问："刊头画什么？"

江伟可不想在这个时候提起什么军舰、航行的，赶紧说："就画海燕吧，大家都要飞向海洋了。"

贺毅："画舰桥吧。"

江伟心里咯噔了一下，啊，舰桥，向往舰桥的贺毅，与舰桥再也无缘了。

贺毅眯起眼睛，像追寻什么记忆似的："我要换个角度，画舰桥的内部，从里往外看，再画上你说的海燕……"

江伟点点头，贺毅开始画了起来。他画着舰桥内的磁罗经、电罗经、操纵盘……看着他认真而又深情的样子，江伟努力不让自己的眼泪流下来。

不等贺毅画完，他找到了队长，请求把自己和贺毅换个岗位。

队长刚刚接到命令，由实习舰长提升为副舰长，正高兴着，听江伟这么一说，像看到外星人似的看他："你是不是疯了，这工作岗位是开玩笑的？说换就换，这是上级研究决定了的。"

江伟说："我觉得贺毅比我更适合，他喜欢航海，能干出一番事业。"江伟说的是心里话，他反正也没有在部队长期干的打算。

队长打量着他："干工作不是凭喜欢，看人也不是凭嘴上唱高调。谁适合干什么，谁人品怎么样，我这当队长的跟了你们四年，都白吃干饭了？"

江伟说："我知道你是说当年那个写信的事，这事你冤枉了贺毅，信是我写的！"

队长一愣，叹口气说："江伟呀江伟，你这个人太善良了，但是原则性太差。分配工作岗位是上级的决定，和写那封信没有关系。再说，去观通站也是非常重要、非常光荣的。这事你不要再提了。"

江伟没法再说下去了。

第二天，他们离开舰艇学院，奔向各自的岗位。

东方号穿过了台风，风浪渐渐小了。前面到了银沙岛海域，江伟的心马上提到了嗓子眼儿，不知道贺毅现在怎么样了。四年前，他第一次在银沙岛见到贺毅之前，心情也是这么紧张和激动，也正是那次见面改变了江伟的人生。

贺毅在南海，江伟在东海，十多年里两人都没有过联系。江伟也到南海海域执行过几次任务，但遇到的同学，也都说同贺毅没有联系。这也难怪，那个岛确实太远了。这些年里，从实习航海长到副航海长，从航海长到副舰长，江伟一路很顺，工作岗位也都在舰桥里。不过，他的脑海里常常会浮现出贺毅的那双眼睛，特别想知道贺毅的情况。

不久前，他通过全训考核，被任命为导弹驱逐舰副舰长。公布命令后，他认真地思考了好长时间，总感到自己不是当舰长的料。这么多年，虽然海上艰苦，却也适应和习惯了，而且每次业务考核都在前头。可他总觉得，自己也许可以当一个好船长，但作为一名真正的舰长，自己身上似乎还缺某种东西，他找了十多年都没找到。既然没有当好一名舰长的信心，他就不想耽误部队也不想耽误自己，决定当一段时间副舰长后就离开部队。家乡海事局对他的经历和业务水平很感兴趣，他到地方依然可以航海，发展的空间要更大一些。有了这个想法，另一个念头就越来越强烈了：离开部队前去趟银沙岛，看看贺毅。

巧了，没多久，他们舰在南海执行任务时遇到了特大台风，上级命令他们到银沙岛附近抛锚避风。台风过后，江伟建议舰长，军舰靠到银沙岛码头补给淡水。码头上，江伟果然见到了贺毅。

贺毅见到江伟也很是惊喜。两人互相打了一拳，都说对方黑了。可不，十多年了，海风吹、海浪打，原来的小白脸都变成了古铜色，只有牙齿和眼球更白了。江伟心里内疚，问贺毅在岛上怎么样？

贺毅情绪不错："挺好，挺好，我在这儿当站长已经三年了，这三年我们站年年都是全海军的先进。你别看我们这个岛小，可它是你们军舰的眼睛。和你说呀，我现在把它看作南海上一艘永不沉没的战舰。我对我这帮弟兄说，你们天天都在出海，站长也就是你们的舰长。"

江伟心里一阵酸楚，拉着他："走，看看咱们国产的驱逐舰。"

"好呀，好呀！"贺毅跟着江伟上舰。

进了舰桥，环视着里面的各种设备，贺毅一会儿摸摸这里，一会儿敲敲那里，非常感慨："离开学校后就再没进过舰桥了……真好，真好，真为你高兴！"又拍拍舰长椅，"咱们同学，有八个当上了驱逐舰航海长，两个当上了护卫舰副舰长，正儿八经当上驱逐舰副舰长的就你一个，什么时候把这'副'字去掉，我都等不及了。"

江伟不自然地一笑，没接话茬。他没法开口告诉对方，自己下一个目标是要离开海军，到地方工作。这会儿，他真希望能和贺毅掉个个儿。他说："老贺，这是舰长的位置，上去坐坐，下个命令，感觉感觉。"

贺毅一愣，然后走了过去，刚要坐下去，又站直了："不了，我不能占了你的先，等你坐上了，我再来。这样吧，你跟我上岛，先看看我的舰桥。"

　　江伟虽然有些纳闷，却没多问，跟贺毅上了岛。岛很小，平地很少，顺着台阶一直走到山腰上一排平房前。贺毅指着最东头的一间说："这是我的宿舍。"说着便打开了门。

　　进去一看，江伟呆住了。这确确实实是一个舰桥，除了睡觉的床以外，其他地方都布置得和军舰上的舰桥完全一样。

　　贺毅大步坐到了舰长位置："江伟，我这'舰桥'和你的舰桥差得很远，但是我可以在这儿指挥我们这艘'战舰'。每天早上，我都在这里看太阳从东方升起，感觉到我这艘军舰向着朝阳启航……看看我这个'舰长'当得怎样？"

　　江伟看到窗外一群海燕在飞翔，阳光下，它们湿漉漉的身躯闪耀着金色的光芒。

　　突然，电话铃响了，贺毅听完电话，对江伟说："走，跟我看看去。"拉着他到了山顶的观察点。贺毅趴在高倍望远镜上看了一会儿，然后把位置让给江伟："你看，台风走了才多会儿，又来挑衅了！"

　　江伟凑上去一看，是一艘外国的驱逐舰，就在我们的领海边上。

　　贺毅说："在银沙岛，这种挑衅是经常的，凭什么，不就凭他们实力强吗？"

　　江伟半天没说出话来。

　　到了队部，墙上挂满了各种各样的奖状、锦旗，都是近几年的。江伟很意外，夸奖说："没想到你干得这么好！"

　　贺毅说："是我的战友们干得好。"

　　江伟问："这地方这么艰苦，这么偏僻，你怎么让他们扎根安心的？”

贺毅说："也没什么高招，最主要的，是和他们做过一道算术题。我们有三百万军队，中国有十多亿人口，平均每个军人可以摊上三百多人。三百多人，不就是我们经常打交道的亲朋好友加起来的人数吗？有个山西兵讲，在他们那里，没出五服的亲戚都不止三百多人呢！这样一算，大家都说，我们保卫祖国，保卫人民，其实做的就是在保卫自己的亲戚朋友。"

这种说法很实在，却触动了江伟的内心深处，让他感觉到某种纯净和崇高的东西。忽然间，他心里有一股强烈的冲动，要把憋在心里多年的那些话说出来！

在随后的几分钟里，他说起了那封信，说到了队长对贺毅的误解，也坦诚地分析了贺毅为什么没能被分配到舰艇上的原因，向贺毅深表歉意，希望得到谅解。

贺毅听完，像被电击了一下，呆在那儿。

江伟不敢正视他，张了张嘴，什么也说不出口，他真希望贺毅这时候能冲过来，狠揍自己几下。

贺毅缓缓地背过身去，整个身躯像患了风寒似的轻轻战栗。

江伟心如刀绞，鼓起勇气叫了声："贺毅。"贺毅回过头来，眼里含满了泪水。

一群海燕欢快地叫着从头上掠过，呼啸的海风吹打着两人的脸颊。贺毅喉咙像被什么哽住了："你答应我件事吧！"

江伟连忙点头。

贺毅说："答应我，争取当上舰长，当个好舰长——我的梦想，就拜托你来替我实现！"

江伟泪流满面，他紧紧抓住了贺毅的手。

军舰起航了，银沙岛渐渐远去。江伟觉得自己的心留在了这个岛上，又觉得从岛上带走了好多好多……

东方号进入了银沙岛东南侧的琅琊礁石区，这里暗礁丛生，航道狭窄，涌流复杂，曾经发生过多次触礁事故，非常危险。江伟明白，上级派他来执行这次任务，是对自己的极大信任。江伟被调到南海还不满一年，已经被人称作"活海图"，对琅琊礁石区的暗礁，他也烂熟于心。他沉着冷静，指挥军舰巨大的身躯在礁石的缝隙间轻盈地穿行。能在这么狭窄的航道上航行的舰长，全舰队没几个。

在银沙岛与贺毅分别后，江伟考入了指挥学院，三年后拿到了舰艇指挥博士学位，主动要求分配到南海舰队某驱逐舰支队，因为那儿有我国生产的最新型驱逐舰。江伟通过一轮又一轮的考核、竞争，最后被任命为东方号驱逐舰舰长。

记得在指挥学院一次模拟演练时，海军首长亲临观摩，对江伟的表现非常满意，突然问了一个演练以外的问题："南海珊瑚海区大年三十的潮汐是什么情况？"江伟回答说："我是东海舰队的，对那片海区不了解。"海军首长说："无论是东海、南海，都是我们的母亲海，一个合格的中国舰长，就必须像熟悉自己的母亲一样熟悉她。"

第一次站在舰长位置指挥军舰离岸启航，江伟忽然感觉到在内心里寻找了多年的东西似乎突然回来了。有了这些东西，大海是那么亲近，军舰也有了灵性，和他心心相印。当舰长后第一次出访，在外国军港，对方故意留下一个和舰身长度相差不多的泊位，问要不要请求拖船。当时，指挥编队的舰队司令也明白外方是故意刁难，才出了这么个大难题。那个泊位实在太小，靠上去要冒很大风险，稍有差错，就会和前后的外国军舰相撞，后果不堪设想。首长问："有没有把握，没有把握不要冒险，这种泊岸难度大，一般情况下都申请拖船。"但江伟果断地说："没问题，我能靠过去。"指挥泊岸时，他仅仅瞄了一眼那段码头，就熟练地下达了一连串口令。不一会儿，整条军舰稳稳地嵌进了那个泊位。尤其是东方舰的舰首从前面军舰的舰尾数十厘米处滑过的时候，许多在场的国外水兵和观众都尖叫起来，随后爆发出热烈的掌声。上岸后，一位外国记者问江伟："舰长先生，我注意到您指挥军舰时，根本没有看着岸边，军舰像被无形的力量牵引过去，请问您用了什么先进的仪器？"

江伟说："用心。"

"用心？"记者耸耸肩膀，没有理解。江伟也没有再做解释，因为他知道，这种感觉对方是不会理解的。

回国的途中，编队遇到了罕见的风浪，一时间，通信天线出现故障，派出了几轮官兵抢修都没有成功。江伟顶着风浪，爬到了桅杆顶部。当时顶部的摆幅达到六七米，好几次差点儿把他抛进大海。他用皮带把自己和桅杆紧紧捆住，奋战了一个多小时，终于修好了天线。有意思的是，在来回摆动的桅顶时，大海像沸腾的开水，他却心如平镜，没有任何紧张和恐惧。他很清楚，自己已经不是原来那个江伟了。

这几年他与贺毅联系密切。贺毅还待在银沙岛，但已经被提升为观通团副团长兼银沙岛观通站站长，组织实施了银沙岛观通站的设备更新换代。这次台风前，又听到消息，舰队已经批准贺毅担任观通团团长。想到贺毅快要下岛，夫妻可以团聚，自己也可以和他经常见面了，江伟心里有说不出的高兴，可没想到这场台风会带来这么严重的后果。

经过艰难的搜寻，他们终于在一块礁石上找到了昏迷的贺毅。

当贺毅被抬到甲板上时，风浪已经渐渐平息。江伟贴着贺毅的耳朵大喊："老贺，老贺，我是江伟，你听见了吗？"

一遍遍地呼喊，贺毅没有反应。

随舰医生告诉江伟，贺毅没多少时间了。

江伟不敢相信自己的耳朵。忽然，他大喝一声："把担架抬进指挥中心！"

　　指挥中心舱内，江伟抱起贺毅，让他倚靠在舰长的座位，将嘴贴近他的耳朵，郑重地说："老贺，你看到了吗？你现在在国产最先进的驱逐舰上，这里是指挥中心，不用上舰桥就可以指挥了，你看看！"

　　贺毅身子颤动一下，竟慢慢睁开了眼睛。

　　江伟赶紧重复说："老贺，这是国产最新型驱逐舰指挥中心，现在你就是舰长，下达命令吧。"

　　贺毅的目光环视着四周这些陌生的设备仪器，脸上露出了幸福的笑容，轻声说："唉，真好……"突然，他似乎用尽全身力气，"我命令，海、燕……"话没说完，他就头一歪，合上了双眼，嘴角依然挂着微笑。

　　江伟立即重复了贺毅的命令，大吼："我命令！像海燕一样破浪前进！"

　　在江伟模糊的泪眼里，越来越多的海燕在展翅飞翔……

（原载《人民文学》）

归　航

巨浪猛扑过来,掠过右甲板,迎头浇盖了整个舰桥。舰长肖海波心头一凛,死死盯着右边的海面。一个巨浪更加猛烈地狂扑过来。他冷笑:"果然是你!"紧接着,舰身大幅度左斜。他扶牢站稳,对那个把身躯捆在铁座椅上的操舵兵果断下令:"右满舵!"

海情这么糟,一切都在预料之外。从日本海过来的"丽莎"台风,原来预测是九级,所有舰艇全部驶离军港,进入防风锚地。没想到,风力骤升到十一级,上级命令机动防台,防风锚地的五艘驱逐舰、八艘护卫舰迅速撤离驻泊海湾。偏偏,肖海波的西昌舰却无法离开,围着防风水鼓来回打转。

西昌舰是新型驱逐舰,肖海波任舰长已有三年。他知道,一般的台风对他和西昌舰来说,不算大事。但他下达出航命令时,立即感到了异常:兄弟舰很顺利地解缆起锚,西昌舰却无法解开缆绳离开防风水鼓。"丽莎"风向向南,机动防台必须顶风,军舰统一迎着台风向北航行就可以了。西昌舰遇到的麻烦是,一股更大的台风从偏离航向九十度的方向扑来。巨浪早就一次次冲上甲板,水兵根本无法过去解开缆绳。肖海波马上反应:军舰被狡猾的土台风咬住了。这太平洋上的土台风,来无影,去无踪,根本不在预报的视线之内,也没法预防。这风,肖海波遇到过,也较量过,虽然没有输过,但心里并不托底。

军舰左右猛烈晃悠,有几次和钢铸水鼓擦肩而过,有些官兵开始慌神。一个老水兵在腰上系上保险带,要冲出舰桥,试图在巨浪间隙中解缆,他半个身子刚出舱门,肖海波一把将他拽回,吼道:"想喂鱼呀?!"

怎么办?!肖海波自己把头伸出舰桥舱门,看着缆绳那侧的甲板随波浪上下摇摆。那几千吨的水鼓上拽住军舰的缆绳异常结实,随着风浪和军舰的摇晃,缆绳一下子沉入水中,一下子又划破海面从水里跳出,绷得笔直。每绷直一次,都散过来大片的水珠和水雾。一沉、一拉,一沉、一拉,这每一次变动,都扯动着肖海波的心肺。突然,一个更大的浪过来,缆绳猛地蹦出拉直,肖海波一咬牙,一把斧子从他手中飞了过去,他心中大叹一声:"晚了!"斧刃准确地砍中了绳子的中间,但舰身随着波浪左斜,绳子也开始下垂,斧刃和缆绳的撞击远远没有产生应有的力度,滑过了。

"手里只剩一把斧头了!"肖海波对自己说。他握住斧把的手有些颤抖,一是要计算好时间差,更重要的是,能不能再次击中!如果这次失败,要不了半小时,更大的风浪就要过来,西昌舰就只能和钢铁铸就的水鼓不停地碰撞了⋯⋯

台风不允许他犹豫,他努力对自己说:"你能行,能行!让自己静下神来!"缆绳刚弹出水面,斧子就飞了过去,在缆绳绷得最直时,一下子给斩断了!

西昌舰像脱缰的野马,飞速驶离锚地。

一团蓝色的火球从远处的海面滚过，不一会儿传来一阵闷响，是滚地雷！滚地雷是南太平洋特有的怪物，沿着海平面乱窜，一般的避雷装置对它没用。南海岛屿上不少人都吃过它的亏。西昌舰设备先进，不怕。但看到了滚地雷，肖海波更加断定今天这土台风是传说中最凶狠的，自己以前没有遇见过。不一会儿，像是为了印证他的判断，更猛烈的风变换着方向来回推揉着舰身，能听到舰上的龙骨在嘎嘎作响。巨浪中，几千吨的西昌舰像一叶小舟，前挑后撅，左晃右摆。有两次，倾斜角度超过了六十度，似乎就要翻身沉入海底，但它还是倔强地回过身来，昂起舰首。

　　现在，无关人员都撤离了舰桥。电报员只能趴在地上发报，肖海波也只能抱着柱子，努力不让自己滑倒。不行，一定要赶紧想出对策，救出这条舰！他不知怎么办，开始慌神，但很快镇静下来。也当过舰长的父亲曾对他说过：海情简单时，不能大意；海情复杂时，千万不能害怕！眼前，土台风像一条毒龙死死缠上了西昌舰，四面都有台风巨浪的重围，怎么也冲不出去。

　　他久久凝视着海面。

　　突然，他腾出左手，揉了一下眼睛，又揉了一下，心里一动。

　　他连忙问操舵兵："看见左边那个大漩涡了吗？"

　　操舵兵立刻点头。

　　"就朝那儿开！"

　　操舵兵回头诧异地看着他："朝那漩涡开？"

　　"是的，执行命令！"

　　没有犹豫，舰艇马上左拐三十度，猛一加速，一下子冲进了那片有漩涡的海面。

　　好像，舰身变得平稳起来。

　　肖海波长吁了一口气：又一次判断正确了。

现在西昌舰到了土台风的中央，在台风中心，风力是最小的。那海面上的漩涡，正如他的判断，不是海流汇出来的，是风在水面吹出来的。看来，平时的功课真没有白做！

舰桥里的几个兵，管舵向的、管速度的、管航线的、管报务的等，都回过神了，用钦佩的目光看着他们的舰长。肖海波羞于接受这种钦佩：暂时是安全了，但依然在最危险的地方。下一步怎么办？副舰长早让他派到了轮机房，那里非常重要，舰桥是军舰的脑子，轮机是军舰的心脏。台风刚来时，有几个新兵晕船呕吐，吐出了胆汁，有一个昏头昏脑差点儿掉进海里去。舰医出身的舰政委就是有办法，思想和身体一起调理，把他们稳住了，到现在也没人惹麻烦。台风中晕船不是小事，二十世纪七十年代，发生过几次新兵因受不了晕船呕吐而跳海的事件。

台风中心在朝西移，但具体方向老是变来变去，肖海波只能凭自己的经验，指挥着军舰与台风中心同步西移。舰身还算平稳，但巨浪仍然在不远处虎视眈眈地包围着他们。

什么时候风能小下去呢？这是他现在最想知道的问题。土台风无法预测，上级也没法告诉他。怎么办呢？

忽然，他心中一阵发空，几乎同时，他听到报告："舰长，我舰已进入公海！"

每次离开祖国的领海，肖海波都会感觉心里空空，但现在立刻变沉重了——由于高度紧张，不觉在台风中心已航行八个小时了。以往对付土台风，如果冲不出去，就拖时间，台风闹腾一阵，就要慢慢变弱，像乌合之众，各自散去。而今天这个土台风，看样子绝非善类，铁了心让军舰跟着它走。再这样被台风胁持着漂下去，不知会漂到哪个国家？会不会引起一系列不必要的麻烦？还有，航道上会不会遇到暗礁？肖海波的心揪了起来！

新舰服役时，首长对他和舰政委说过：这么好的家当，就由你们收拾了。记住，军舰只要一离码头，不管遇到什么难处，不能指望别人，要靠自己过硬的本领！是的，靠自己，不能一直这样，要冲出去！

可冲出去，行不？

肖海波脑中飞速盘算。难度大，风险也大呀！台风是旋转的，冲出去就必须顶着风，还要同时朝外围偏离。台风旋转无规律，要突围，军舰的速度和航向只能靠他舰长即时判断，稍有差错，让台风和巨浪从侧面拦腰掀起，军舰就可能被掀翻。他深情地看了看身边的几个操作兵，他对他们每个人都了如指掌，但是在这生死关头，他们对我这个舰长有没有信心？

他下达了突围命令。几个兵没有吱声，都回首看了他一眼，他用眼神给予了回答。按规定，遇到突发海情，航线变化都是合理的。上级也来电指示，让他们根据具体情况处置。但是，水兵们的眼神告诉肖海波，他们有信心，也赞同舰长的决定：突围！

很快，军舰掉过身来，冲进了狂风巨浪。庞大的舰身，在肖海波和水兵们的操纵下，竟然变得如此灵活！不管风向怎么变，巨浪怎么打，舰首总是紧紧咬住台风的风头。台风好几次绕到了舰身的左侧，想咬住它，把舰掀翻，就是没有成功。舰首和左甲板都像勺子一样伸进了巨浪，但是每一次都把巨浪的牙齿击碎。每一次快要冲出台风圈的时候，总有一个更高的巨浪张开大口，似乎要把西昌舰吞掉。肖海波知道这张大口的后面，就是平静的海面。他终于下定决心指挥军舰冲进了那看似凶猛的大口……

突然间，舰身一震，恢复了期待已久的平静。肖海波眼睛一闭，凉凉的东西从他的面颊流下。他回过头来，看到身后的海面上，一条"巨龙"翻滚着远去。再回过头来，霞光万道，风平浪静，一条金色的航道在前方展开。

"向着祖国，归航。"他呢喃了一声，但水兵们都听到了，响亮地回答："归航，向着祖国！"肖海波忽然意识到，是他下达的命令，是他当兵以来，声音最轻的命令。

（原载《百花园》）

白丁香

昨天已越来越遥远……

有没有那么一首歌，会让你轻轻跟着和？

牵动我们共同过去，记忆它不会沉默。

——题记，摘自《有没有一首歌会让你想起我》

一

一九八五年，北京的春天比往年冷得多，四月了，海军总医院的病区还供着暖。

下班的时候，刚走到病区门口，韦护士匆匆从走廊里追来，把我拽到一边，悄声说："08–1床看样子今晚要不行了。"

果然！我心里一阵呻吟，担心的事终于发生了。

韦护士拍了我一下："听着，晚上病区任何人打电话叫你，你都不要过来。"

"为……为什么？"我几分狐疑，几分惊讶。

"咳！"韦护士恨铁不成钢似的看了我一眼，顿了顿说，"我是担心……有不少病人快不行的时候，会提出见他们想见的护士，有时还会出现不可预料的情况……像你这样，军校还没毕业，在实习期，万一有个什么，对你不好！"

我心口狂跳了几下，有些气短。韦护士又拎了一下我的耳朵："听清楚了没有！"

我点了点头，韦护士不放心地看了我一眼，又匆匆回病区了。

直到出了病房大楼，一阵冷风过来，让我缓过神来。回望这青砖砌成的五层病房大楼，08-1床与我相识的情景，慢慢在我眼前出现。

二

那是一个月前，我刚从小儿科轮转到骨科实习。带我的老师就是韦护士。有一天她带着我值小夜班，大概七点多钟，我俩正在对医嘱，忽然有个病号慌忙跑过来："不好了，江川在电视室摔倒了。"

韦护士脸色遽变，放下医嘱夹，匆匆奔向病区门口，我也跟着小跑过去。

电视室在病区门口，是骨科和对面普外科合用。冲进去就看到那个叫江川的病号仰倒在地上，一看就是个小战士，圆圆的脸。他吃力地想起身，一架轮椅，也翻倒在地。

韦护士极快地按住地上那个病号："别动！"接着熟练地把住他的右小腿，"上次骨折是这儿吧？"

江川点点头。

"疼不?"韦护士捏了一下。

他摇摇头说:"不疼。"还憨憨地笑了一下。

韦护士吁了口气,直起身抹了抹鼻尖的汗珠,回头问其他病号:"怎么回事?"

有个病号说:"不关我们的事,我们正在看北京电视台的电视剧,他非要看中央电视台的天气预报。自己去拧频道,轮椅侧翻了。"

韦护士气呼呼地把电视关了。几个病号无趣地走了。

韦护士急切地问在地上挣扎起身的江川:"你知道多危险吗?你的腿要是再骨折一次,我们要担多大责任不说,你又要打多少天石膏?你上次骨折是我当护士以来遇到恢复最难的一个!叫你不要乱跑,你偏不听!"

江川抬头看了她一眼,又垂下眼皮,我发现他脸红了。

"今天,你必须检讨一下自己的错误!"

江川小声争辩:"我想看电视没错,我是想……"

"别扯那么多理由。"韦护士喘几口粗气,"你认不认错。"

江川不吱声,挣扎着又要起身了。

"那好,你要是不认错,就这么耗着!"

江川停止了挣扎,把脸别了过去。能看到他胸脯起伏,在喘着粗气,脸上的红晕已扩展到了脖子。

我心中不忍,赶紧过去挽住他的胳膊,用力朝上拽。他一愣,眼中掠过一丝感激,马上配合一使劲,起身了!韦护士也伸手扶住黑色的轮椅,拉他坐了上去。

江川冲着我轻声说:"谢谢。"

我看到他眼角亮亮的,心中一酸,闪开了眼神,等回过神来,他已经双手拨动轮子,冲出电视室,快速朝病区走廊驶去。

"给我慢点儿,注意安全。"韦护士在后面追着喊了一声,江川似乎没有听到，速度更快了。

"真不让人省心！"韦护士说。

回到护士站，我问："老师，你怎么今天这么急？"我来病区这几天看到的韦护士，对病号可好了。

"你不知道，他因为骨折来住的院，可住了几个月，骨头老是长不好，多少医院来会诊，想了不少办法，才勉强长好了。"

我翻开08-1房的病历夹："江川——骨癌晚期呀？"难怪！08病房是靠近护士站的单间，只有危重病人才会住进去。

"是呀，分析他的伤情时，专家们才发现他得了骨癌，腿上有些部位骨头脆得像鸡蛋壳。你说我能不着急吗？"

我一阵后怕，幸好刚才没有摔坏，我马上理解了韦护士的一片苦心。

上完小夜后，我第二天上的是七三班，也就是上午七点到下午三点。收温度计时，我故意最后一个到08病房。江川把体温计递给我，转身对我说："许护士，谢谢你。"

我愣了一下。我们这帮护校的学员还在实习期，一般病号都叫我们同学，不会有人注意姓名。我来不及多想，边登记他的体温，边说："这有什么好谢的？谁见人倒地上会不扶？"

他说："韦护士不就不肯扶我吗？"

我有些为韦护士不平："她是真不扶你吗？你没看把她急得！"

他不好意思了："也是。"

我有些不解："人家都要看电视剧，你偏要看那天气预报，那有啥好看的？"他迟疑了片刻，说："我是看我们部队那边的天气情况，刮风、下雨对军港兵都有影响。我就是防台风时雨滑摔伤的！"

原来是这样的，他在挂念他的部队！我好奇问道："军港兵？是干什么的？"

他憨笑了一下，侧过身去，从床头柜里拿出一本塑料皮的本子，本子里翻出一张黑白照片。

我接过一看，照片上一个水兵正在撇缆绳，虽说拍的是侧面，但一看就是他，不过我还是问了一句："是你？"因为照片上要比现在的他健壮。

他点点头，把双手张开："你看这左手手心，右手虎口的老茧！都是因为撇缆绳使劲磨出来的。"

我当然看到两手厚厚的茧子，更好奇了："军港兵就干撇缆绳这活儿？"

"我是在核潜艇码头当军港兵。核潜艇靠港时，我会从码头朝艇上撇缆绳。"边说，他把目光投向了窗外。

我脑海里浮现出他在码头上，朝缓缓驶近的核潜艇抛缆的那一瞬间。那应该是很神气的。核潜艇我没见过，肯定是很高很大。

他接着说："不过，我们的工作不仅仅是撇缆绳。潜艇靠岸，我们就是潜艇保姆，为它供电，还有各种气、各种水，有时还上艇巡查。"

"上艇？巡查？你上过核潜艇巡查吗？"

他没有接我话，坐了起来，吃力地用手把双腿挪到床边："刚进医院的时候，虽然右腿打了石膏，还能拄拐下地走，现在两条腿都不行了。"坐稳后，开始回答我，"是我们军港队长带着我上艇巡查。"接着，江川用自豪的口吻说起了他的队长。说队长对军港上的各种设备比对上小学的儿子还要熟悉。有一次，核潜艇靠岸的第一天，发现供电量超过以往的一半，队长觉得不对劲，就带着他和另外两个兵上了艇。从下午查到夜里两点多，终于发现一根细电缆包皮被老鼠咬过，磨损露出了线芯，引起了漏电，幸好口子小，没有发生事故。要不，那个口子磨损变大，远航时造成短路，后果不堪设想。

"原来军港兵这么重要！"

"那当然，要不怎么说军港是舰艇之家呢。"

当海军两年多了，我还没见过大海呢！现在，我不由对遥远的大海，遥远的核潜艇军港产生了神往。对他的那位队长也产生了崇敬，甚至是崇拜。不由脱口："你们队长真了不起……你也了不起。"他孩子气的脸上出现了苹果红，有些羞涩。

我还想问些他们部队的新鲜事，韦护士在叫我了，才反应过来，已在这儿待了十多分钟。

三

真没想到，不到一个星期，我就见到了传说中的那位军港队长。

这天上午，我负责下送。到一楼通道，忽然听到有人争辩，隐约听到"江川"二字，不由回过身去，循声走了十来米，原来是在楼梯口，一位海军军官正在央求戴着红袖套负责把住楼梯的张大爷："真的是特殊情况，我出差路过北京，下午三点的火车，只见江川一面就行！"

张大爷很严肃："上午是治疗时间，要是有个无关人员进入病区，我又要挨批了！"

张大爷说的是实情。医院是禁止治疗时间让人进入病区探视的，特别今年抓得紧。去年底，因为治疗时间病区进入闲杂人等，影响治疗，反映到医院，张大爷受到过批评，还上过半天思想整顿班。说来不好意思，我也因为大夜班趴在护士站桌上打个盹儿，让巡查查个正着，挨了批，有幸参加了这个整顿班，我和张大爷做过半天同学。

张大爷见我，马上慈祥地笑了："森森，下楼了。"

我笑着叫了声爷爷，而后问那个军官："你是和江川一个部队的吗？"

那军官惊喜地看我："是是是，你认识江川呀？我是他的队长。"

啊，他就是江川说的那位队长。个子不高，皮肤黑黑的不怎么起眼，谁能一眼看出他有那么了不起。

我有些底气不足地对张大爷说："大爷，能不能……"

张大爷像凳子着了火似的跳了起来："小淼淼，你可别呀。"他忽然停住，想起什么似的，"坏了，我忘了去门诊给老伴儿拿药了，麻烦你替我在这守几分钟行不？"

我赶紧点头："你去吧，我替你看着。"

张大爷刚走出去几秒钟，我赶忙对队长说："到四楼右拐，顺着走廊到最后一排，十病区，08 房间。"

队长感激地点了点头，又担心地看我一眼，马上快步跑上楼梯。

张大爷的药拿得真慢，二十分钟才回来。我回到病区，假装朝走廊尽头走去。路过 08 病房，从门口玻璃小窗瞥了一眼，看到队长拉着江川的右手，不停地说些什么。我又朝四周看看，医生、护士都忙，没注意这里。我心神不宁，在走廊尽头拐进了更衣室，待了一会儿，回头再次来到那个窗口，又一瞥，不由一震：两个人紧紧拥抱着，看来是话别了！我鼻子一酸，赶紧走开，到病区门口等着。

果然，队长匆匆走来，我马上迎过去，送他下楼。

下楼时，我由衷地说："你们军港兵那个撇缆绳的样子真帅气。"

队长有些蒙："……喔，我们一般不撇缆绳呀。"

"啊？——不撇缆绳。"我一惊。

队长突然反应过来："哦，对了，你是在说江川吧？是这样，缆绳在码头上，一般情况下是艇上扔过来细绳，我们系在缆绳上，他们再把缆绳拉过去就是了。江川不一样，他直接把缆绳撇到了艇上。他感觉好，撇得很准，艇上的兵马上接了。"队长目光突然黯淡下来，"可惜……去年夏天防台风，撇缆绳时，他把腿给摔断了。唉……"他沉重地摇了摇头。

我心里也变得沉重了："就因为撇缆绳？"

"就是啊。那次台风快来前，风急雨大，潜艇上甲板狭小，艇员站在上面很容易滑到海里，幸好他撇得准，就加快了系缆速度，也让艇员避免了危险，只是他自己摔伤了。我们核潜艇部队建起来没几年，许多做法是从普通舰艇学过来，再慢慢摸索改进。他的这个撇法，我想可以总结推广！"

怪不得江川那么关心天气预报！

回到护士站，我能看到那扇小窗，再想起他们拥抱的情景，心里空荡荡的。

四

第三天，我又是小夜班。收温度计，我依然把08放到最后一个。走进病房，江川很兴奋地问我："见到我们队长啦？"

我点点头，强笑了一下。他对自己的病似乎从来不在乎。

"太谢谢你了。"他双目充满真挚。

我连说："没事，应该的。"其实心虚得很，悄悄把队长放进来，万一让院里知道，非得挨批。不过，为这事受批也值。

忽然，他的神情有些复杂，张了张嘴，终于鼓起勇气对我说："麻烦你件事，行不？"

"什……什么事？"我被他那副神情弄得紧张了，心悬起来。好像有天大的事呢。

"我这病，看样子医生也没办法了。"他说。

"不会的，医生不是刚请三〇一医院的专家来会诊了吗？"我忙截住他的话头，其实我心里也明白，国内外对骨癌没什么好办法。他的病情也确实一天不如一天。这么难治的病，我能帮上什么忙呢？

他突然压低了声音："前天，队长给我带来了个秘方，说是能治我这种病。"

我一阵惊喜："真的？"

"我也想试试看。"江川说。

"那当然要试试！"出于对他队长的信任和崇敬，我有信心，"抓紧呀！"

他急切地说："就是要抓紧。别的草药他都带来了，就缺一样药引子。"

"什么药引子？很珍贵吗？"

"这些药煮成汤，要伴着猪血吃。"

"猪血？食堂里不有得是吗，这有什么难的！"我诧异地看着他。

他叹了口气："是要热的鲜猪血！"

"鲜……鲜猪血！"我一阵有点儿恶心。说实话，我从小就晕血，十岁时自己腿上划了小口子，流血都不敢看。就是现在，训练了快三年了，叫我给病人采耳血，还有点儿头晕。

他看我一副惊慌失措的样子，有些愧疚："算了，算了，这事让你去弄，也太难为你了。"

确实太难为了，我不解地问："没有找你的主治医师吗？他应该想办法呀！"

他显得尴尬又无助："找了，他很生气，问我从哪儿弄来的方子，这药引子纯属胡扯！不过，他还是让中医科看了草药方子，中医科没说有用，只是说可以喝没什么副作用。医生就同意让中医科给我熬汤药，但是坚决不允许我喝鲜猪血。我再求别人，谁也不肯帮我弄。咳，在这大城市，也确实很难弄到。"

"那你就先喝汤药吧！"我不知说什么好，怅然离开了病房，心情很复杂。按说，找鲜猪血来治这么难治的病，听起来确实荒唐了，但是，这个方子是他的队长找来的，我就抱了一丝丝希望，万一，万一有用呢？江川太需要这个万一啦！

在护士站待着，我心神不宁。韦护士看出来了，问："许森森，怎么回事，江川跟你说什么了？"

"没，没有……我肚子有些饿了，我下楼吃碗馄饨行不？"医院设有夜班食堂，专门为我们夜班护士供应夜宵的。

"哦——去吧。"

我知道我这个谎撒得有些拙劣，但已经是超常发挥了。在韦护士的狐疑中，我匆匆下楼了。

我找了战士食堂。炊事班都在看电视，我把班长找出来，说了鲜猪血的事。班长是个老志愿兵，是我的山东老乡，他家属来队时，我们几个小老乡老到他家打牙祭。他说得倒很实在："按说，我也不信这鲜猪血能治病，你是学医的，你觉得有希望救人一命，我们出点儿力没关系。"他回身把给养员叫了过来，问他能不能弄到鲜猪血。

给养员说医院的菜都是在甘家口菜市场买的，哪儿有鲜猪血，全是熟的血豆腐。

班长笑着用膝盖顶了一下他的屁股："全是菜市场的吗，你不是老让四季青的菜农直接往这儿送菜吗？"

给养员一拍大腿："还真是，怎没想到这呢！我去联系看看。"马上转身上楼打电话去了。不一会儿，他回来，说："妥了，有，不过要我们自己去取。"

"那当然。"班长说，少顷，他不相信地问给养员，"菜农家里有电话？"

也是，在我们部队只有师级领导干部宿舍才有电话，医院的科主任虽有电话，也只是内线分机，其他人员，都是楼道公用电话。

给养员得意地说："他们村来这儿看病，都找我，要不他们怎么会直接送菜来，还比外面便宜好多！我找的村支书，村里的电话就在他家并着线，他说没问题。"班长又用膝盖顶了他一下："你屁股上画眉毛，面子好大呀！"我听了想笑，给养员嚷嚷起来："哪是我面子大，是咱们医院面子大。"

他转身对我说："说正事儿，让早上五点半前到这个地方去取，是个肉联厂，到铁门口别进去，怕吓着你，喊一声'刘师傅'就行！"边说边给我画了个图，"简单，顺着336路公交走，往西，过了空军总医院大门后，有条大河，过了桥，再往西全是菜地，第一个路口右拐，几十米就到了。"

我心里一阵狂跳，这么简单就解决了，希望就在眼前了！连忙说："谢谢，谢谢！"转身就走，心想赶紧去中药房借个盛中药的小热水壶，顺便问一下江川的中药早上几点能取，我可以取了一并送进去，到病房也不大会引人关注。

"慌什么慌，回来！"班长叫回了我，"这么远你怎么去取？"

"不是336路下来不远吗？"我说。336路公交我们同学都很熟，护校这两年，每到十月份，我们常会去香山看红叶，这336路一直通到香山南路。

"336路五点才始发，到我们这儿五点半多了，那边让你五点半前到！"

我愣了一下，"那怎么办？"脑子一闪马上有了主意，"骑自行车去，能借我辆自行车吗？"我估计骑车到那儿也就二十多分钟。

班长指着墙角边一辆年纪较大的永久牌自行车，后座还绑着一个筐，显然是给给养员买菜用的。"你能骑？车座都到你脖子了！"

确实，我十四岁初中毕业考上的护校，虽说十六岁了，个子也就一米五几，要骑上了车，腿尖刚够着脚蹬子。但我不服气地说：

"我行，不信你俩看。"车上根本就没有带锁，我打下车轮脚座，蹬了几步，一纵身，右脚从三角架中间伸过去，自行车叮叮当当驶了起来，我就这样围着食堂骑了一圈，自豪地说："怎么样？！"

"不怎么样。"班长笑着拍拍车座，"看你，穿着一身军装，这架势在马路上骑车，不把海军的脸丢尽了？"

给养员顺便打趣我："那也不一定，人家还以为警察在练特技呢！"的确，我们的服装与警察的一模一样，上白下蓝，女警察的无檐软帽上是国徽，我们是红五星。不过再到"五一"要换新式军装了，女学员也戴大檐帽。我们已经领到了，真漂亮。

班长沉吟了一下，说："这样吧，反正每天都有夜班护士，我负责借辆女式自行车，你早上五点到这儿来取，记住，七点前一定要还回来！本来，这事我们应该替你去办，偏偏这几天有两位老兵探亲去了，昨天又感冒病了一位，早上是最忙的时候，你先克服下。下周一就好了。"

"不要紧，不要紧！"我有点儿感动，"本周也就剩三天了，我能坚持。"

五

早上四点半，我悄悄穿好衣服，下楼，到了炊事班门口，班长一脸歉意："实在不好意思，昨天太晚了，没借到女式自行车，要不晚去一天，今晚准能借到。"

我一下子急了："不行，怎么能晚去一天呢！"在我心里，一分钟都不能晚。班长说："有这么急吗，又不是神丹妙药。"

"那也还是要去！"在我心里，那现在就是神丹妙药。说着我推开了墙角那辆旧自行车："我这样就能去。"

班长慌忙阻拦："这样骑着玩玩还行，这么远的路，肯定不行，再说，也不安全！"

我已经蹬开车了："这点儿路有什么远的，要不是时间急，我走过去都行！"一纵身，右腿伸进三角架，自行车驶了起来。班长不放心地喊着追了几步，让我甩掉了。

出了医院大门，上了阜成路，一路向西。路灯还亮着，四周还是黑黝黝的，像是深夜，迎面过来的风让我打了几个寒噤。虽然这车子旧，骑起来特别费劲，我还是骑得很快。身上慢慢热起来，商学院过去了，三〇四医院过去了，空军总医院过去了，果然，前面是一条河，一座桥！

过了桥，已是满头大汗。马路两边都是菜地，植物的清香和肥料的怪味交织在一起，扑鼻而来。路灯变少了，两边的白杨树高高耸立，显得路上阴森森的。好在第一个路口终于到了，我刚右拐，就看到不远有一片灯火，胆气一下壮了，加快了脚下的速度，恨不得一口气冲到铁门口。

离大铁门还有六七米时，我赶紧捏住了车闸。两边的白杨树没了，一个大院神奇地显现出来，灯很亮，里面传来猪的尖叫声。我顿时心头一颤。从来没听到猪这么叫过。听得我头皮发麻，浑身发冷。

我叫了声"刘师傅"，但怎么也提不起嗓子，又喊了一声，感觉连自己也听不到了，一时，恨自己没出息。灵机一动，按响了下车铃。还好，车是旧的，铃铛是新的，铃声很响。不一会儿，一位师傅从铁门上打开小门，走了过来，把我的小热水瓶拿了进去。

我深深地吁了口气，心神也宁静了些。忽然闻到有淡淡的香味，我扭头一看，好家伙，左边也是一大片的花苗圃，有好几十亩地。

是丁香花，这花医院也有，在门诊部门外的花园里，那棵丁香树高，冠也大，站在树下，会让花香笼罩着。只是今年春天暖得晚，大部分花只出现花蕊，香气也不浓。

这边也是。

正想深吸一口，把这香味带走，门响了，刘师傅快步走过来，把小暖瓶递给我："按你们的要求，三分之一瓶。"

我连声道谢，把小暖瓶放进了军用挎包，骑上了自行车。不一会儿，就上了阜成路。这时，东方已经浮出了鱼肚白，不时能见到一辆又一辆的马车骡车朝城里赶去，车上装满了各种蔬菜，我知道，他们是奔向周边的各个早市。

赶到中药房已经快六点了，我在一大排小暖瓶中找到了江川的名字，把药瓶取了，匆忙赶到病区。

走进江川病房时，他已醒了，看我拿出两个中药瓶时，他非常疑惑，我让他先把汤药喝下，紧接着打开了另一个瓶："鲜猪血，快喝下！"

江川简直傻了似的："这……这从哪儿弄来的？"

我说："快趁热喝下，一会儿凝固了。"这时，我闻到了一股血腥味，真想屏住呼吸。

他显然也受不了这血腥味，迟疑了片刻，一仰脖子，全喝了下去。我忙掏出手绢，让他把嘴角的血迹擦掉。看得出他很难受，在竭力咽住喉咙，想把反胃的东西压下去，我赶紧跑到护士站拿了一瓶葡萄糖液体，打开，兑上热水让他喝了几口。终于他平静了。

"这么难喝吗？"我觉得自己说的是废话。

"不难喝！"他羞愧了一下，"只是头一回，不太习惯。太谢谢你，许森森同志，你简直就是神仙，我的救命恩人！"

太夸张了！但他是心里话，我有点儿不好意思了，也有点儿自豪。估计大夜班护士快要来发体温计了，就离开了病房。

六

第二天凌晨，我骑上了一辆崭新的女式自行车，朝四季青驶去，这回轻快得太多了！虽然天还冷，虽然那猪的叫声让我心颤，但，我努力只想着那片丁香花，想着想着，心情平静了起来，骑起来再也没那么气急了。

在等待刘师傅还我小暖瓶的时候，我静下心来打量这些丁香花。虽然，依旧是淡淡的香味，但今天天气好，天上不像昨天那样黑乎乎的，满天繁星还没有散去，领头的启明星特别明亮。像是对星空的呼应，眼前这么大面积的花海在夜色里，也泛着星星点点的白光，似乎无边无际，真让人欢喜。要是丁香花全部盛开，这一片该有多香，那个景象会多么灿烂呀！往年，医院的那棵丁香盛开时，我们会凑在树下找花朵数花瓣。大部分花是四瓣的，运气好的，还能找到六瓣的，极稀少的，还找到八瓣的花朵。大家都争着找八瓣的，说谁找到了，这一年运气肯定好！

昨天还自行车时，我把这儿有丁香花的事跟给养员说了，他说他知道，还告诉我，北京的丁香花有两种，一种是乔木，像我们医院那棵大树；一种是灌木，我这儿看到的不是苗圃，是灌木群。我问他，灌木丁香有没有八瓣的，他说肯定有。还说了句让我感动的话："不管大树小树，都有它自己的香味。"

忽然，我心里一动，俯下身去，靠路边摘下一株花枝，刚开了两朵，自然是四瓣的，还有七个花苞没有绽放。带回去，装在瓶子里放到 08 病房，真希望这七个花蕊里能开出一朵八瓣的丁香花！我用手绢包住花枝下端，然后夹在自行车后座。

到了病房，我先把两个药瓶递给他，然后自己找来个空的盐水瓶灌上清水，把花枝插入，摆到了他的窗台上，他喝药的过程，我避开了目光。

"什么花呀？"他问。

"白丁香。"

"丁香，就是一丁点儿香吗？"

我一下笑了。没想到他还会幽默，看样子，他心情很好，再看他脸色，那两边脸蛋上的苹果红又出现了，还特别亮。是喝中药的原因吗？要是的话，这秘方真有效那就太好了！

"过几天花都开了，会很香的。"

"那太好了！一、二、三、四、五、六、七。"他用目光数着花苞，说，"我会看着它们一个一个绽放！"

太阳已经出来了，第一缕阳光照在花枝上，真好看。我看到窗外，玉渊潭湖对岸，阳光照亮了一颗闪闪的红星，那是军事博物馆的尖顶。每逢节假日，那红五星会发亮，在夜空里特别耀眼。从窗口看，能看到三幢大楼，中央电视台、京西宾馆，最大的建筑还是军事博物馆，剩下都是湖边大片的芦苇，现在正是郁郁葱葱的季节。

我说了句："芦苇都绿了，你的病也该好了。"他也很开心："去年我住院的时候，是夏天，到了秋天，芦花满天飞，到现在，在医院里快一年了。"

忽然，我心头一震，急问："被子上是什么血？"

他赶紧低头："坏了，坏了，刚才的猪血。"

殷红的血洒在洁白的被子上，特别显眼。我的心揪了起来：要是一会儿护士来查房，看到这么大一块血，肯定会认定病人又哪儿出血了，要么口腔要么鼻孔，甚至会大惊小怪认为是吐出的血，那样，要上上下下惊动一大片……

怎么办？真是急死人了。

江川似乎看到了我的焦急，也很紧张。忽然，他侧身打开床头柜，拿出了装剃须刀的金属盒。我还没反应过来，他已拿出小刀片，在左手手指上划了一个口子，有一滴殷红的鲜血，滴到了被子口上。

啊——？

我吓晕了，赶紧过去抓住那只手指，还好，口子不深不长，只是还在渗血。情急之中，我用了对付这种伤口最简便的消毒止血的办法，用舌尖舔了一下那伤口。剃须刀那个刀片，是很容易引起感染的！

"别别别……"他慌忙阻止我，也晚了。我再看那指尖，那小小的伤口不再渗血，我才想起训他："你怎么这么愣，不疼吗？万一伤口感染了怎么办！"

他先用感激的目光看着我，而后孩子似的笑了笑："没事，就说我早上削苹果时不小心割破的，这点儿小口子算什么！"

小口子，他说得倒轻巧。我再次抓住那只手，仔细看那伤口会不会感染，寻思要不要再用酒精消消毒，意想不到的事情发生了：他用右手抓住我的右手，在我手背上亲了一口。

天哪！他这是干什么，我简直吓疯了，猛地把他推开，厉声说："你干什么？！"

他显然也被吓坏了，脸色顿时变得煞白，两眼惊恐地看着我，张了张嘴，想说什么又说不出来。我噙着眼泪，瞪他一眼，出门奔向护士站东边的盥洗间。

他怎么是这种人？！惊吓过后，怒火起来了。

那个被他亲过的右手背，像火灼过一样，连着心在痛。我用香皂洗了好几遍，还觉得没有洗干净，干脆，我左手抹着眼泪，右手背放在自来水龙头下，让水流一直冲洗着。长到这么大，从来没有男人摸过我的手，怎会想到让男人亲了一口！

"许森森，怎么回事？"韦护士不知怎么出现在我的身后，我被吓了一跳，赶紧用袖子抹去眼泪，强笑着对韦护士说："没……
没事……"

"眼睛都哭红了，还没事呢！"韦护士生气地把我拉到窗边，
"昨天大夜班护士就告诉我，你一大早去了08病房。""我是送中
药——"我无力地争辩。"这中药是你的事吗？有不到六点送中药
的吗？"韦护士真的火了，"人家是好意，让我管管你，我今天是特
地来逮你的！小小年纪，不要弄出什么风言风语的。"

我不知该怎么解释，也没法解释。

"听着，你还小，不懂得什么叫爱情。再说了，他都得绝症了，
还谈什么爱情！"

我有点儿认死理，马上不服气了："得了绝症就不能有爱情
吗？"刚说完就后悔，这叫什么呀，这理是这时候辩的吗？这不明
摆把别人的议论往自己头上安吗？完了，更没法解释清楚了。

韦护士让我噎得好半天没话，终于爆发了："好好好，我不跟你
说那么多废话了。战士谈恋爱是要受处分的，你不是不知道。你还
没毕业，不要把自己的前程毁了。我正式命令你，从今天起，不允
许再进入08病房！"

不进就不进！说实话，谁再让我进去，我也不想进去了。

整个上午，我请假没去上班。一个人坐在宿舍生闷气，脑子里
乱成一片，恨死那个江川了，这么不要脸。我好心地帮你，你还欺
负我。再也不管你的事了！

下午走进病区，站在护士站，刚好又看见了08病房的房门。
他在里面会怎样？管他怎样呢！自己越说不要管他，越在脑子里挥
不去。那张照片，那双手，那个伤口，那一株丁香花，不停在我脑
中浮现。

关键还有那个秘方！

……

晚上，我找到炊事班长，问他能不能派人把猪血、中药替我送到病房。班长爽快地说："行，明天是星期天，吃两顿，早饭晚，人手够了。取血你也别管了，病房还得我去，别的兵去护士不认识，不会让他们进去，我这老脸管用！"

老脸？他才三十岁。一下子把我逗笑了，郁闷了一天的胸口，舒展了许多。

第二天一早，我急火火地找到了炊事班长，问他情况怎样。班长说，一切都顺利，江川让他捎了一句话，请我原谅他。

"原谅他，什么事呀？"班长也好奇地问。

"……"我期期艾艾地说，"他把我的花瓶打碎了，那是我最心爱的东西！"说谎话真难，这理由是为应付韦护士的，怕她还要追问，没想到这儿用上了。

"哦，怪不得，我看到一株丁香花插在盐水瓶里。"班长没朝心里去，忙他的去了。

七

后来的日子，都是班长每天派人去取血，自己送进病房，一切都变得正常，我的心也宁静起来。只是，从医嘱上看，江川的病情并没有出现奇迹，而且越来越糟。

不知道那株丁香花又开了几朵。

一个星期过去了，再过几天就"五一"了。忽然有一天早饭时间，班长在食堂找到我："那个病号不用送中药了。"

"为什么？"我没过脑子，脱口而出。

"那秘方不管用，这两天病情急转直下，昨天送去的就没喝下，今天还是没有。听说已转移到胸腔，喝水都困难，只能靠输液了。"

我脑子一下空白了，凭直觉，这一天总会来到的，只是希望能有奇迹出现！

回到病区，见来了不少人，有他部队的，也有他家的人。忽然，我见到了一个熟悉的身影，是江川的队长，他陪着一男一女两位老人走过护士站，走进病房。听边上的护士说，那就是江川的父母，是队长专程去老家接来的。

我真想跟着进去，趁着人多，看看江川到底怎样了，却又不敢，总觉得韦护士今天好像没事干，如影随形地在我身边；另外，也实在不忍心见到他现在那副模样，也不知道该如何面对他。

八

一阵香味把我从往事中唤醒过来。原来，我在医院里漫无目的地走了快一个小时了。现在，来到了门诊部门口，那棵丁香树下，仰头看，花已盛开，浓浓的香味，像细雨一样洒下。

晚饭我实在不想吃了，早早地回房间洗漱躺下。

韦护士说今晚江川可能会提出想见我，严禁我去病房，我真不知该怎么办。看来，也只能服从她的命令，她现在是我的直接领导。

熄灯后，躺在床上，翻来覆去睡不着，弄得上铺敲床架："许淼淼，翻烧饼哪，还让不让人睡了！"

不让动弹好难受，刚要迷迷糊糊睡着，忽然有人在走廊里喊："许淼淼电话，许淼淼电话。"

我心中一阵狂跳，但想起韦护士的叮嘱，假装没有听见，躺着不起身。上铺也被叫醒："淼淼，叫你呢！"

我拗不过去了，只得披衣出门，见电话话筒已经搁上了，估计刚才那个传呼电话的人，以为我不在。我松了一口气，想回房间睡觉，脚底却像被什么吸住似的，怎么也挪不开步子。终于，神差鬼使，我拿起话筒，拨通了护士站的电话。

马上有人接了，是护士长的声音："许淼淼吗？江川快不行了，想见你，跑步到病区来！"

什么也不管了，赶紧去！

等我气喘吁吁赶到病区，韦护士在门口等我，责怪道："不听话！"见护士长出来，赶紧小声补了一句，"一会儿听我指挥！"陪着我走进了08病房。

病床围满了人，都在等待着我的到来。江川的父母，两位老人慈祥而又绝望的目光、队长和他的战友以及医生护士各种表情的目光，都投向了我。真后悔自己没有听韦护士的话，但，已经没有退路了。我避开众人的目光，却又不敢看床上的江川。就在这时，一股浓郁香味把我的目光一下引到了床头柜上：一只盐水瓶，一株丁香花。九朵丁香花都绽放了！突然眼睛一亮：八瓣花朵，里面竟有一个八瓣花朵！

我顿时有了勇气，把目光移到江川脸上，他苍白的两颊渐渐泛出了红晕。他张开嘴，吃力地嘟哝了一句。我没有听清，队长马上对我说："他说，他看到八瓣花了。"

啊，原来，我们数花的规矩他也知道了，肯定是别的护士告诉他的。我眼窝一热，心酸地说："八瓣并没有给你带来好运……"

他又说了一句，这回清晰了："遇到你就是我的好运！"

众目睽睽，我简直羞愧难当。我不知道这些目光里带有多少个疑问，真想找个地洞钻下去，就在这时，他把右手伸了过来，张开，说："对不起！"那双眼睛里，充满期盼，似乎在乞求我的回应。

面对江川的目光，我无法不把手伸出去，就在这时，韦护士拉住我衣袖，悄声说："千万别和他握手！"

我停顿了一下，又看到了那双眼神，避开，又看到了他父母的眼神，队长和他的战友们的眼神。我都无法拒绝！不管了，别的什么眼神也顾不上了。我一使劲，挣脱了韦护士，伸出右手握住了他的右手，他的手上的劲一下子也大了起来，把我的手紧紧握住。我也用了下劲，紧紧握住他的手。

他脸上露出了欣慰而幸福的笑容，天真烂漫，像婴儿一样。

我们四目对望，都想说些什么，但什么也说不出来……

忽然，身边人慌乱起来，坏了，心电仪上的曲线在渐渐拉直。

韦护士对我耳语："快把手撤回来！"说着用手扯我的胳膊，我想他也该松手了，但是，他的手依然抓得那么紧，我看着那烂漫的笑容，实在不忍。不仅没有撤回右手，反而和韦护士较上了劲，怕江川感觉到我抽手。

两只手紧紧地握着。

韦护士气得用另一只手捅我腰部，我紧紧盯着那双慢慢合上的眼睛，不为所动。

终于，屏幕上拉成了一条直线。

江川的笑容依然。

韦护士再次对我耳语："快松手。"我没有理她，依然凝望着那张笑脸，什么心电仪，我才不信呢，他的笑容在，他就是活着！

两只手依然紧握着，时间好像凝固了。

不知过了多久，护士长说："小许，快松手吧，要不，他手就松不开了，要影响更衣了。"

我终于松手了，但是，已经松不开了，他那只手把我的手握得铁紧。两个护士赶紧过来，好半天用劲也没把那只手掰开，护士长亲自过来，和韦护士一道熟练地掰开了。

我失神地看着他的脸：笑容依然。

韦护士赶紧过来，拿起我的右手看了看："都捏青了，你傻不傻呀！"

我没有回答她的话，也在问自己：你傻不傻呀？

这时，我突然发现韦护士的眼角有些亮亮的。

别人都在忙，我不知道在这儿该干什么，不知不觉走出了病区，走出了病房楼，到了炊事班门口，那辆买菜用的自行车就在面前。我把它推开，右脚伸进三角架，骑了起来。

今夜月色很好，把四周照得犹如一个童话世界。

一路向西，我到了那片丁香花前。一个星期没来，和医院里那棵大树一样，花已经全都开了，洁白的一片片一团团，在月光下灵动而又灿烂，形成了花的海洋、花的波浪、花的涟漪。浓郁的香味，像要把我吞噬融化。我看了一眼那个肉联厂的大铁门，现在是深夜，工人还没上班，一切都是静悄悄的。忽然，我听到寂静的花香中传来一阵阵响声，细辨一下，是铁门里传出来的，马上明白，那是此起彼伏的鼾声。铁门里，一群明天要上市的猪，还都在梦乡里。

这香味能飘过那扇铁门吗？

我再回望了这片丁香花，双眼已经模糊，面前白茫茫的一片，无边无际。

（原载《解放军文艺》）

白手绢，黑飘带

春节后刚刚上班，我接到一个奇怪的电话。是柔和的女声："你猜猜我是谁？"

我糊涂了好一会儿。因为我熟悉的女士极少，而能这样来电话的几乎没有，想想只好遗憾地说猜不出来。对方沉默了一会儿说："明天星期日，你有没有空？"

我说上午懒觉要睡到十一点，下午没什么事。

"那你下午来一下海军医院吧，两点整我在服务社门口等你。"

我再次感到意外："你到底是哪位？""见面就知道了嘛——"有点撒娇的味道。接下来是双方的沉默。突然电话"嘟"一声挂了。我疑疑惑惑回过神来，见同事们都用友好的目光审视我。他们常这样嘱咐我："你小子别发了几篇小说就在男女问题上出纰漏，不少书上写着呢，青年作家出点名八成要勾引小姑娘。"这新换的程控电话音量很大，那神秘女人的话肯定让他们的耳朵瓜分了。从目光里看，他们已坚信原先的担心不无道理。我一阵惭愧一阵心酸：真难为他们这么抬举文学。

这时我像进入了一部侦探电影的序幕，惊奇和神秘是可想而知的，弄得第二天的懒觉精简了两个多小时。下午我骑车早早来到那个预定的服务社门口，像特务接头一样吸烟等着。过了两点却寻不到一张认识的面孔，正疑心是谁在密谋作弄我，忽听背后有人叫。是一少妇抱着一个小孩，我觉得面熟却又想不起是谁，只好张着嘴发愣。

"我是吴湘呀。"她说完又拉拉小孩的手："快叫叔叔。"小孩大约只有一两岁，嘴里"咿呀"了一声。

吴湘！我脑中马上跳出另一张面孔。七年前我右腿骨折，那时她是海军军医学校的学员，在这医院毕业实习时护理过我，紧接着，一幅幅画面在我脑中展开……我顿了顿说："小吴，真想不到是你。你变了。"

"变老了？"她眼里掠过一丝阴影。

"不不不，是真正长大了。"我很快想出了合适的话来，"你来北京办事？哎，你现在在哪儿工作？"

她没有回答，反问："你是什么时候调到北京的？"

"我？军校毕业就分配到海军机关。六年多了。你呢？"我再次问。

"就在这医院。毕业到现在也六年多了。"她叹口气。

"咦，我还碰到过你的好几个同学呢，她们没说过呀。"说着我忽然感慨：病号在护士眼中如过眼云烟，她们怎么会在我面前说她，或者在她面前说到我呢？忽然我问："你怎么知道我电话的？"

"嘿，你写小说出了名，看报纸才知道你就在北京。"

两人都想聊些六年来的情况，却都有些不知怎么扯出头绪。不知不觉跟着，我到了她家。这是两室一套的其中一间。找个空处坐定后，她拿出两本塑料封面的簿子说："你看看，这些能不能写成小说。"

"这是什么？"

"我毕业实习时的日记。"

我大吃一惊，光实习时日记就这么多！于是问："你什么时间开始记日记的？"她淡淡一笑："那是读小学三年级时学写'雷锋日记'开始的，写了十来年呢。"我感叹着接过。

她提供的只是日记的一部分，前面粘了些。我点上一支烟，顺着她指定的一页看起来。本想草草浏览一遍，不料看了不到几页就被吸引住，于是认认真真看下去。

〔以下是日记的原文，笔者在此抄录时仅作文字上的修饰〕

元旦晴

今天是我在护校学习期间的最后一个元旦，从昨夜十二时开始，我就十七岁了。

从今天起，我们实习小组四人又到了一个新的病区——骨科。我觉得节日值班挺有意思的，我比她们三个早来了一天。我对带我的老师韦护士说："今天我十七岁了。"她笑着逗我："小孩子就盼着长大。这元旦是'洋'历年不算数，到真正的农历年才加一岁呢。"我当然不服气："凭什么'洋'历不算数，现在大家买东西都抢着买'洋'货呢。"她一下子没了词，忽然叹口气："你们这帮小孩子也够可怜的，不到十四岁就穿上军装出来了。"我想这倒也是，却不觉得可怜，又问："韦老师你不也是这么大就当兵了吗？"她不好意思地笑了。

骨科和别的病区不同，卧床的病号很多。大多是断胳膊断腿，严重的还断了颈椎脊椎瘫在床上，所以护理任务很重。还好，眼下这段时间病人不算多，除了病重的，能动的都回家过节去了。咳，留下的病号真叫人同情，特别是那些京外部队送来的，没有亲人在身边心里是什么滋味？昨夜电视里联欢晚会听到新年钟声时，外面的鞭炮爆竹响了好长时间，他们听了会怎么想？

一大早就听到有人在病房唱歌，是《牡丹之歌》。那男高音嗓门还真不错，只是五音不全老走调。韦护士皱皱眉头："这家伙又在扯破锣了，去叫他闭上嘴巴。"

我进病房板着脸训他几句。也不知道自己那副凶相像不像，可不这样不行，老护士说过：'这帮人，不对他们板面孔，就老是嬉皮笑脸贫个没完。'我训几句那声音还真没了，只是那病号不把我当回事，过半分钟才转过脸来："小朋友，你也成'法西斯'了？"

这是什么话？不过这下看清了他的面容，不由心里一动，像是在哪儿见过。我想半天没有想起来，就走过去看床头牌，只知道他叫路涛，比我大三岁，是什么部队教导队的，阿拉伯数字没有记清。哦，这人我听说过，是从二楼跳下来把右腿摔骨折了，右臂上也有夹板。前几天老师当作病例在课堂上讲过，说一个小伙子从二楼跳下来，不该伤得这么重。就是跳楼的原因我不知道，课堂上不讲这些。

现在我可以问了："听说你是从楼上跳下来的？"

"是呀。"他一点也不避讳。

"你跳楼做什么？"

"自杀呀。"说话时他笑眯眯的。

我先吃了一惊。看看他的神色又不让人相信，一个自杀的人怎么会整天在病房里唱个没完？可如果不是，谁愿意说自己自杀过，又不是件光彩的事。我心里没了底，总之对自杀的病号说话可不能随随便便。回到护士站问韦护士，她正用心给她女儿打毛裤。一听到路涛就烦："那家伙最调皮捣蛋了，以后不要同他啰啰唆唆。"我也不好再问什么了。

元月二日　阴转雪

因为昨天值班，今天我休息。迷迷糊糊睡到十一点多钟，还以为是天不亮呢。起床才知道是个阴天。一出门就不顺心，闹了个小小的别扭。我端着饭盒下楼梯，遇上了我们实习组的诸莉，在拐弯处她问我："吴湘，听说你在写长篇小说？"

我听了先是一愣，马上来了一肚子气。我知道她们又在说我写日记的事了。这帮人怎么就看不惯呢？也有的人是因为我不给她们看。即使是好朋友，日记也不见得非要让她们看嘛！想不到背后传出了不少闲话，有的说我在写小说，还有的说是写自传。上个月我给老家上高中的妹妹寄复习资料，马上有人说我给《当代》杂志投稿了。

我瞪了诸莉一眼："写你呢！"

"德行，人家是问问嘛。"她嘟囔一声走了。

中午我在床上翻来覆去睡不着，觉得不该对她那样，后来干脆起床。看看窗外，不知什么时候飘起了片片雪花。

我一个人跑下楼，仰头看着漫天飞舞的雪花。它们都像朝我飞来，向我微笑。一颗颗六角形的晶体在我脸上融化。地上，一会儿就积了薄薄的一层。这洁白的天地真叫我神往，每当我翻开日记本，看到一张张空白的纸，就像看到一方洁净的天地，而现在，我整个身体走进了一片洁净，真希望自己和雪花化作一体。

真希望世界像眼前这样纯净啊。

"吴湘，这么大的雪你还不进屋？"二楼的窗口有人喊我。听声音我就知道是诸莉，不由心里一热。这么快她又主动和我说话了，而且人家都在午睡独独她发现了我。她这个人口快心直，也真是，别人背后说我，我倒没有办法，她当面问反而受我的抢白。

元月三日　阴

09病房住着一位特殊的病号，姓吕。在这医院住了十多年，背后有人称他是病号的祖宗。他是潜水兵，一次偶然的事故把脊椎弄断，从此就一直躺在那儿。快四十的人了，还是个战士，可能是全海军最老的义务兵了。

头一回见他，他正脸朝里躺着，斜着眼睛看床头的一本厚书。大概是听到了我的脚步声，猛地回过头来。他的两眼凹在眶里，却黑黑的闪亮，样子有点凶相。他问："你是新来的？"我惊慌失措地点点头，赶紧退出病房。

送药的时候，我跟着韦护士才敢走近他的床头。他枕边摆着几本厚厚的书，仔细一看全是医书，我真奇怪他看这些干什么。

出来后我问老吕的情况。韦护士说，老吕住进医院时她还在中学念书呢，关于他的情况她也是听老师讲的。那时候老吕在刘公岛那儿当兵，刘公岛就是电影《甲午风云》里讲的北洋水师的驻地。老吕是"老三届"毕业生，脑子好用，是潜水的尖子，六八、六九两年连续评为"学《毛选》积极分子"五好战士"。提干的表都填了，在一次下海时小船撞上了礁石，造成了颈椎腰椎两部位骨折。起先这骨折是轻微的压缩性，不是粉碎性，脊椎神经假性麻痹。虽说是全身瘫痪，却还是有可能恢复的。当时，本地的驻军医院大部分医生都去了干校，管他的医生是一个毛头小伙子，原是护卫舰上的炊事员，在医训队速成了一年，提干成了军医。他和老吕在"讲用会"上就认识了，交情还很好。他主动要为老吕动手术。老吕坚信医生的思想那么好，技术也不会差，治自己的病没问题。等下了手术台，病情已不可收拾，腰椎以下完全瘫痪，颈椎神经也严重损伤，上半身的行动极为困难。急急忙忙送到海军总医院，就再也没有出去。

那么他怎么学起医来了呢？我弄不明白。

元月四日　晴

今天的太阳光很强，照得屋顶地上的白雪刺眼，可是冷得厉害，肯定是积雪开始融化的缘故。

上午跟韦护士到01病房打针，1床的路涛见我就说："小朋友，你又来啦？昨天怎么没见？"昨天韦护士休息，治疗班是别的护士上的，我也就在护士站帮着出黑板报，没有进病房。

我有点不高兴。怎么说我也算大半个护士了，哪有病人这样对护士说话的？再说我最讨厌别人说我小孩了，他也不大嘛！这人嘴是够贫的。

韦护士瞪他一眼："就你不守规矩，不少病号都跟你学坏了。你要是我的小女儿，非把你的嘴巴打肿。"

"你女儿多大啦？"他问。

"多大？"韦护士又瞪他一眼，"四岁，上幼儿园了。"

"你的心也真狠，对她怎么下得了手？"他说。韦护士一下子愣住了。看他面孔涨得通红，一副认真的神态，我心里竟一下冒出这样的念头：这人的心眼还挺好。

他床头也有一本厚书。我问是什么书，他笑着说："哦哦，你看不懂，是英语。"

这话又有点气人了。虽说我初中刚毕业就来了海军，可这三年中专也没有白上，英语也能说几句吧。你不也就是个小水兵，有什么好盛气凌人的？我生气地自己拿起那书，翻见是《英语水平考试指南》。这新鲜，再翻说明，原来是报考研究生留学生的复习资料。他看这书做什么？我看不懂他就看得懂？这样的人见得多了，抱一本厚厚的英语书戴一副破眼镜冒充自学成才，说不定书本拿反了还不知道呢！刚才对他的好印象马上没了。现在把他和自杀有点联系得上了：这种人虚荣心强，一旦失意就会走极端钻牛角尖。没错，少理他。

元月五日　晴

今天，刘晶晶的妈妈从老家赶来了。

晶晶比我大三岁，快二十了。她是海军一个学院的学员，老家在河南，听说那地方离少林寺不远。她原先在一个舰队的通信总站做报务员，去年秋季考上了军校。进校不到两个月，军训时跳鞍马把右腿摔断，在总医院住了好长时间，伤口的血老止不住。不久前竟诊断出是白血病，而且到了晚期。和她认识不到两天，两人就很知心了。

老太太拘拘束束坐在床边的板凳上，嘴巴嚅动着半天没有一句话。她从一只花布兜里拿出一个塑料袋，松开袋口的橡皮筋，掏出一只茶叶蛋说："闺女你吃，妈妈特地为你做的。"

"妈妈我不吃，"晶晶摇摇脑袋，"您吃吧。"

"你怎么不吃呢？这是你从小最爱吃的呀？你小时候一病就要吃茶叶蛋，可那时候家里穷呀。"老太太剥落了蛋皮。

"您吃吧妈妈，我长这么大还没有报答您呢。现在这些让我吃都是浪费了。"

老太太眨巴眨巴眼睛，好像没有听懂晶晶的话，终于问了一句："你说什么，浪费？"

晶晶像是意识到自己失言，把脸扭开了。老太太又问我。我不知道眼前该怎么解释这两个字。看着那双慈祥又疑虑的眼神，我违心地欺骗她："我也不知道。"

我知道晶晶幼年丧父，仅有的一个哥哥小时候得过脑膜炎，现在是个痴呆人。要是老太太真的失去了晶晶……我的喉咙哽住了，赶紧转身走出病房，不能让大妈看见我的眼泪。

元月六日　晴

下午跟韦护士去给老吕换被套，看到他依旧在看那厚厚的医书。那医书看样子很高深，都是精装本，有几本垫在枕头下边。我问韦护士："他学医干什么？身体又不能动，还能给别人治病？"

韦护士说："这事你们学员就不要多费心了，老吕的学习计划是刘主任制订的，别的医生都不能过问呢。"

这就更叫我奇怪了。想了想又问："那么我能同他说些什么呢?"

韦护士奇怪地看看我,叹口气说:"你这孩子也真是,怎么偏偏会对他感兴趣?其他来实习的都躲得远远的呢!哦,你实在要同他说话,切切记住:不能谈他的病情。"

我更奇怪了,都病成这副样子了还不让他知道病情,这是干什么?韦护士拉拉我的衣袖:"别犯傻了。告诉你吧,他自杀过。"

自杀?01病房的路涛自称自杀,眼前又冒出个自杀的。病人自杀确实很叫医院头疼害怕,去年年底我在血液科实习,当时电视里放日本电视连续剧《血疑》,科里谎称电视机坏了,怕白血病病人看了自杀。

自杀、自杀、自杀,这词儿整整跟了我一天。

元月七日　阴

中午,晶晶叫我去她的病房。这时候屋里只有她一个人。本来她们学员队来了一位女副教导员陪床,晶晶妈妈来后,副教导员陪下午,妈妈陪上午。晶晶偏偏是趁她俩都不在的时候找我。

在床边坐下后,晶晶嘴巴动了几下,却又没有开口,脸色倒渐渐有些潮红。终于,她解开病号服的领扣,从衬衣的胸兜里掏出一张两寸的照片,递到我的面前。我看到的男女两人合影。照相的技术很差,像是个体户洗的,左下角歪歪写着"海疆照相"四个字。我认出那女的正是晶晶,男的穿水兵服戴水兵帽,可能是照相时慌忙,水兵帽上的一条飘带挂在了晶晶的胸前。

"这是谁?"

"是我们原来部队营里的文书,我的朋友。"

"朋友？"我一开口，就知道这一句问得多余，可心里吓了一跳。战士之间谈恋爱是违反纪律的，只要上面发现，处分就逃不掉。即便现在，虽说晶晶是个学员，本质上还是战士待遇呀。

她说了他俩的恋爱经过。他俩在一块复习时，曾悄悄约定：一定要考入同一所军校。

可临近考试，他发高烧住进了医院。晶晶上学前和他又重新约好：她在学校等着他明年来报到。

"那该叫他快来看你呀。"我刚开口，她的眼皮就垂下，两排整齐漂亮的睫毛在下眼眶散开。我后悔自己冒出这句话，勾起她的心事，打断了刚才短暂的甜蜜回忆。是啊，一个战士怎么能随便离开部队呢？更何况是这样的理由。

晶晶叹了口气："我这副样子，叫他来还不是让他难受？"

"那怎么办？"我脱口而出。

"我、我、我想了一个法子……"她欲言又止，两眼古怪地盯着那照片，嘴唇微微颤抖。

"什么办法？快讲呀。"我着急了。

她看了我一眼，终于摇摇头。我还想追问，见她眼圈发红了，也就不敢吭声。一个问号，留在了我的心里。

元月八日　雪

今天是周总理逝世的忌日。本来我们实习的这个连队要去天安门广场，听说毛主席纪念堂里新添了个周总理纪念室。可偏偏下起了漫天的大雪，领导说汽车不好开，怕路上打滑，就改去厨房帮厨。这雪下得也正巧，一片片飞舞的小白花，寄托了我们的无限思念。食堂的师傅们对我们挺好的，没让我们干什么活，还在炉膛里烤了好多白薯，给我们每人分了一个。

下午休息，我想写篇散文"新雪"给《人民海军》报寄去。以前寄去几回稿子都没有用，不过有一回编辑还给我回了封信呢，那是手写的。

写了不到半页，走廊里吵吵"买鸡蛋"。我出去一看，原来是一个老太太。她常在医院门口卖鸡蛋，有时我也买点回来用"热得快"煮着吃。她满满的一篮子鸡蛋，看样子没卖出去什么，也难怪，今天的雪太大了，而且一直不停。我挺喜欢雪，恐怕她不会喜欢。

"原价卖一块五一斤，现在便宜卖了，一块四吧。"

我们组的韩敏拉拉我的手小声说："再压压她的价，只要我们心齐，她就要让步。"听这话我心里真不是滋味，竟会马上想起我的爷爷。那还是我七岁时。爸爸妈妈在西安城里工作，我跟着爷爷奶奶在陕北的一个小山村。一个冬天的下午，爷爷提着一篮子鸡蛋到集上去卖，听奶奶说要走十几里山路。爷爷走后不久就下起了雪，而且越来越大。奶奶拉着我立在门口，张望了多少次也不见爷爷回来。一直到点了灯，爷爷才进门，像个雪人，手里的篮子空了。奶奶给他拍拍身上的雪问："都卖了。"爷爷没有吭声，头摇摇又垂下，突然冒出一句："摔了一跤。"

奶奶一下子呆了，我也吓坏了。那时候那地方，一篮鸡蛋是多么金贵呀。一年到头从未见他们吃过鸡蛋。也只有我过生日，奶奶才煮两个，早上放在我枕头边等着我醒来。

"唉，这么大人了，怎么连路也不会走了。"奶奶说。

"路上下了雪，太滑。"爷爷像个认错的孩子，难过地低着头，一头白发银晃晃的，像刚才积的雪没有掸去一样。当时我立在一边想，要是爷爷卖光了鸡蛋回来，摔一跤就没事了，却没有想到他伤着了没有。

奶奶突然拿起了爷爷的右手，我看到手掌上有一丝丝的紫痕，是竹篮上的竹刺刺进了爷爷的手心。奶奶擦了擦眼角，拿缝衣针在油灯上烧了烧，给爷爷挑刺。爷爷还是一声不吭，眯着眼睛看着炕头的油灯。不时，他的眉头皱一下，眼皮嘴巴都跟着颤动……

我不敢再想下去。看了看眼前这位老太太，我突然说："我买一斤，一元五。"

大家都吃惊地看我，韩敏拉我的手用力一甩。不过，陆陆续续还真有人跟着掏钱。不一会儿，老太太提着空篮子走出门去，雪地留下两行歪歪斜斜的脚印。看着她的背影，我心里不是滋味，赶紧到宿舍拿起自己包被子用的尼龙薄膜追了出去。只听到身后一个熟悉的声音："她倒挺会拉关系的。"……我想回头跟她去吵，却又顾不上了。

睡觉前，我在洗漱间和韩敏碰个对面。

我本来不想理睬她，她却友好地笑笑，说："你啊真是死脑筋，这些人的鸡蛋还不都是贩来的？对这帮做生意的……"

我没有吭声。她什么时候总是比别人"聪明"。

元月九日　阴

我壮着胆子走近老吕的床边。虽然有些害怕，更多是感到一种神秘。看他侧着身子吃力的样子，我心里真是又感动又难受。说实话我念了十多年书从来没有这样认真刻苦过。每翻过一页，他都是那么费劲，天哪；这厚厚的一本，要看到何年何月？

突然，他艰难地抬了抬右手，颤颤地用铅笔在书上画了一下。画出的笔迹很轻，几乎看不出来，他却像费了浑身的劲，额头鼻尖沁出细细的汗珠。

我实在忍不住了："你看这些书干吗？"

老吕看看我说："我要自学医学。"

"学这干什么？"

"治好我自己的病。别人治不了，我不信我治不了。"他的口气很坚决。说着又拿出一张很旧的纸："这是刘主任为我订的学习计划。她也承认，说我学完了这些，和医生配合，有可能治好。"

我赶紧接过来，看一眼就马上失望了。什么《检验学》《血液学》《消化系统学》列了一大串，独独没有和老吕病情相关的《骨科学》和《神经科学》。我糊涂了，刘主任干吗要让他看这些书呢？这么一大摞，凭老吕这速度，再有五十年也看不完呀。而他，已整整看了十多年，不知道还要躺到什么时候。小时候，我老希望自己生病，一病爷爷奶奶就想方设法给我找好吃好玩的东西。那时我幻想，要是能永远躺在病床上，连念书也在病房该多好啊。想不到眼前的老吕，正在默默地承受着我那童年的"美好"想象，这是多么残酷的"美好"呀。

老吕不再理我，依旧在埋头看他的书。这时，我看到他床头的横杆上系着一条黑飘带，细看原来是水兵帽后边的飘带。带子两端的金锚早已褪了色，有年头了。我用手掂起，再一次打断了他："系在这儿干什么？"

"哦——"他转过脸来，朝我挤眼笑笑，"自杀用的。"

又是自杀。我扯上了不该提的话题。

"怎么，还不相信？"真要命，他居然对这话题很感兴趣，"把它套在脖子上，而后身子朝床下一滚，不就行了吗？"

我浑身汗毛都竖了起来，说话时声音颤抖："别、别、别，你千万别。"说着我就要用手去解那飘带。他却笑了："别动。你这孩子也真是，这飘带在这儿挂了十多年了，要死我能等到今天？"

这倒也是。可韦护士的确说老吕自杀过。我立着不知所措。他又埋头在书本里。我悄悄退出病房，走在走廊里心里却酸酸地难受：这刘老太太给老吕安排那样的计划究竟是为什么？这不是明摆着折腾他吗？即使有天大的仇怨，对老吕这样的病人，又有谁能忍心？怪不得人家都说外科医生的心比屠夫还狠。都是操刀子的，屠夫是杀牲口，而外科医生要在活人身上划来划去。

科里都听刘主任的，还为她保密！人的正义感到哪儿去了？

可我这个小学员，在这时候能有什么办法？我真想哭。

元月十日　晴

那个路涛真坏。

今天我去01病房打针，他半躺着看那本厚厚的《指南》。那架势像模像样的，做了夹板的右手还捏着一支钢笔。那斯文样不像是装出来的。我疑惑了：他还真能看懂？一个水兵看这书干什么？他想考军校也用不着复习这些嘛，现在的升学考试英语本来就是意思意思的。我一把夺过他手里的书，翻了几页，上面的习题确实很难，我没几道会做。要合上时，见扉页上写着他的名字，还写着一所海军学校的校名，那是一所全国重点大学。

"你是这个学校的？"我又发现了新大陆。

"你看呢？"

我又疑惑了。再次看看床头牌上的部队代号，问他："这是什么单位？"我想起他的入院表格上都是填的这个。

"这就是我们学校。"

我半信半疑："那这上面怎么写成战士呢？"

"学员不就是战士吗？你们没毕业还不一样拿战士津贴？咱俩可是同一年毕业呀。"这人真怪，非要强调自己是个战士。我们学校的那帮男生可不这样，前两年学员还没换装都穿着水兵服，不少人故意戴上了眼镜来表示学员与战士的区别。而他，在这儿住了这么长时间，从未对人说自己是个大学生。于是我说："总之你们单位不对，是学员就应该写上学员，这是规定嘛。"

"嘿，这可是我们学员队队长的一片苦心呀。"他诡秘地笑了笑。

"怎么？"他这人尽给我绕圈子。

"怕我出危险呀。"说得我更加糊涂，"临送我上救护车时，全队同志说我此一行危险，都担心我的免疫系统失效。"

免疫系统失效？！我大吃一惊。

"哎哎哎，你别想到最近刚刚传说的那个艾滋病上去，那洋玩意我可没福分得。这里是指思想上的免疫力。说海军医院女护士成堆，就好比处处陷阱地雷，一不小心就要犯个粉红色的错误。都快毕业了，弄个处分怎么办？"

又要贫嘴了，不过他说话挺逗人的。哎，这和床头牌上的写法有什么关系？

"怎么没关系？你们护士小姐一个个眼睛朝天上看，哪会注意上一个小当兵的？现在的大学生虽说不值钱，还没有到一钱不值嘛。这不，前两天你还不理我，今天和我讲了这么多。"

这人怎么这样说话。"那天你是欺负人，要不我也会说这么多的！"我真有点急了，他把我看成什么人啦！

"这么说你早就注意上我了？"

我这才发现上了他另一个圈套。脸皮真厚，我又气又急："你真坏！"

他伸伸舌头："好好好，不说了，这样扯下去没准真要犯错误，那不辜负了我们队领导的期望？"

好一会儿我才反应过来，从脖子到脸部全都发烫。长到十七岁，还真是头一回有男的这样对我说话，心里不知是什么滋味。心急慌忙瞪了他一眼："讨厌！"也不知自己怎样离开病房的。

元月十一日　晴

今天晶晶又寻我去，又是在中午。她从胸前掏出那张两寸的照片，张口就说："求你，把我们俩撕开吧。"

我刚伸过去手去接住，听到这话马上呆了，觉得照片上晶晶的体温很快消退，手中只感到冰凉。待半天才缓过神来："这、这、这是干什么？"

"我写了封信，要告诉他我俩的关系就此断了。"

"怎么，你不爱他了？"

"我爱！爱得要命。"

"那出什么事了？他不爱你了？"我也不知道今天怎么会毫无顾忌地来谈爱啊爱的。

"他也是用他的整个生命来爱我。"

"那你这是干什么？他会多么痛苦啊！"

"是啊。"晶晶缓缓点头，眼睛里闪亮着点点泪花，"可这个痛苦是短暂的，暂时的痛苦可以帮他消去永久的痛苦。"她把脸扭到另一边，"他现在还不知道我得了这个病。我要对他说：我和他不能再坐到一起了，因为他还是个战士，而我已上了大学。我要让他恨我……"

我张了张嘴巴，想说些什么又想不起来。

"可是，这一切会很快过去。一旦他知道我得病去世以后，我希望他骂我罪有应得、恶有恶报，这就马上解脱了他的痛苦和仇恨。对他的爱，我唯一能报答的也只有这些了，拿着，这是信。"

我躲让着不肯拿："难道你就不想再见见他，也不想让他再见见你？"

她把脸仰着，眼珠朝上翻，我知道这是竭力不让眼泪流出来。停了好一会儿，她摇摇头坚决地说："不想！"

"不，你说的不是真话，你说，是吧？"我见她不吭声，就用双手抓住她肩膀拼命摇晃。她合上了眼帘，晶莹的泪水挤了出来挂在两颊。她睁开眼含泪说："你说吧，他要是再看我一眼，精神上痛苦的磨盘不要压他一辈子？再说我和他的事是瞒着部队违反纪律的，要让人知道了……我是无所谓了，他的路还很长，还应该有新的生活……"到这儿她再也说不下去，伏在枕头上抽泣起来。

虽说认识她没有几天，我已看出晶晶很倔，我只好服从她，能帮的也只有这些。我拿起信封和那张照片说："那我去寄了。"

晶晶背对着我说:"你把照片撕开吧。"

我痴痴地看着照片上的一对,四只眼睛朝我幸福地笑着。我颤动着双手,怎么用劲也撕不开。

"撕吧,为了他,我求求你了。"

终于,我咬着牙把那两个相亲相偎的人儿分开了。随着"哧"的一声,晶晶侧着的身体触电一样颤抖了一下。我不知道自己干了些什么,只觉得那声音是由自己的体内发出的,胸口也像撕裂了什么。"你拿、拿、拿去吧。"她无力地说。

我又凝视着那张照片的两半。两个人依旧在对我笑着。晶晶的那半张,留下了半根飘带和飘带上的那颗金锚。我把一半留下,拖着重重的步子走到门口。刚要开门,忽听到身后一个吓人的声音:"慢着——"

我心里一动,赶紧掏出兜里的信封给她。她摆摆脑袋盯着我手中的那半张照片说:"让我再看他一眼吧。"她拿起身边的那半张,和我手里的拼在一起。那根断了的飘带又接上了,两人又靠在了一起。

可这一切都是短暂的。

她把拼好的照片放到了唇边。我的双眼却渐渐模糊,很快什么都看不清了。

元月十二日 晴,大风

今天医院要检查卫生,韦护士带我到老吕的病房帮着清扫。老吕还真起劲,躺在床上嘴巴一直不停,一会儿说这儿不干净,一会儿说那儿要擦一擦。奇怪的是,他不光指挥那几个能动的病号,还指挥我和韦护士。哦,想起来了，他是这个病区的病号指导员。病区里有两个病号头——连长指导员，都是护士长临时指派的。因为病号流动大，所以这官位三天两头换人，基本上等于空的。也有的病区，专门找些调皮的病号来套上这个"官衔"，借此约束他们。不想，老吕这么大年纪了，还把这个职务真当回事。

我给他抹了抹床头柜，正要转身，他却说："不行，这抽斗里也要抹干净。"他见我不大情愿，认真地说："我们这病室的卫生红旗保持十多年了，可不能马虎。护士长常让别的病号来参观呢。"我更是哭笑不得了，这红旗一个病区有四五面，给谁也就是主班护士说说的，还值得我和韦护士这么起劲？我正想说说他，韦护士插话了："哎小吴，你就帮着擦一下吧。"

在床头柜的下屉里，我发现一个红色绸布包。那绸布旧得褪了色，还有不少油渍，显然是有年头了。我悄悄打开一看，竟是两把理发推子。真稀奇，我不由得问他："这东西放在这儿干什么？"

"坏了，我前两年用坏的。"他眼神很难叫人捉摸，"那时我的手还能动动，现在再也捏不动了。"他伸出右手，吃力地抓了几下，那五个指头，都蜷曲了。我一阵心酸："坏了还留着干什么？拿走吧。"

"不不不，"他的脸上忽然有了光彩，"你可不知道，它让我上了七十三次黑板报，还有五次院务会上表扬了呢。"

出了病房，我问韦护士："老吕那副样子，怎么还能给人理发？"

韦护士叹息一声："还能怎样？就那样撑着斜躺在床头呗。"

"那怎么理？"

"可不嘛，听他们说，那时不少人的头发都理得狗啃一样，又只好到外面去重理，唉，这可别让他知道。"韦护士说。

"那这又何苦呢？没准就是理发理累了，手才变成现在这样糟糕。"我真为他惋惜。韦护士却摇摇头："那时他的手就是这样了。"我大吃一惊：那时这样的手，给人理发要承受怎样的痛苦哪。一时，我的眼睛有点湿润。可再想想有些不对头：老吕不是明明说是现在理不动了吗？到底谁说的是真话？为什么要骗我呢？

元月十三日　阴

今天我休息。早上睡了个懒觉，起床后只觉得浑身不舒服。到医院门诊部去查了一下，体温血压都很正常，于是，一个人溜达到医院后边的八一湖，在堤边的一条长椅上痴痴地坐着。

湖面上结了厚厚的一层冰。一对对男女拉着手在我面前溜着冰飞来飞去。我心里更不是味，眼前老是浮动着那张撕破的照片。

扳起指头算算，晶晶的"他"今天该收到那封信和那半张照片了。照片上撕裂的边缘，正像一把锯子，在分割着"他"的心脏。这时他会怎样呢？我真不知道这事会有什么后果，也不敢想象。总之，那把锯子是在我手里产生的。我这是干了些什么呀！

八一湖，我在南京医校上学时就知道了。那是因为报纸上登了"天鹅事件"：一对来自异乡的天鹅到湖边栖身，刚落脚，其中一只就挨了猎枪的子弹。另一只在天空中飞旋着哀鸣，久久不愿离去。为天鹅的不幸，有多少人震惊痛苦愤怒呀，我也流下了泪水。想不到我实习就在这湖畔，眼看着一对"天鹅"就要生离死别。晶晶呀晶晶，有多少人知道你呢？又有多少人在为你流泪？

我手中发出的信，是不是一颗子弹？

或许，这就要造成他们两人的终身遗憾。

不行，我要把事情的真相告诉他。生离死别，让他俩见上最后的一面，那我的心就不再为负债而痛苦了。

可这又违拗晶晶了……晶晶让我那样做，或许是她病重，糊涂了。马上回去写信。但愿它能早一点让他收到，要不，他还不知会怎样呢……我真害怕！

与其说是为了他俩我才这样，还不如说是为了我心灵上的安宁。这能算我自私吗？

元月十四日　晴

又来了一位自杀者。她叫朱茜，今年二十四岁，是东北某海军基地一个通信站的技师。这姑娘大大的眼睛，面孔很漂亮，只是有点黑。她从三楼跳下来把腰椎和骨盆都摔坏了。她部队派来一个女兵陪伴，其实是监护，怕还要出事。

那女兵说，朱茜的父母是部队干部，七六年唐山地震都埋在废墟里了，那时她刚上初中。父亲的一位老部下也就是她现在部队的政委收留了她，一直到入伍提干。她养父的儿子在北京的一所大学上学，和她关系很好，但究竟有什么关系别人也不清楚。自从去年他毕业找了个女友，她就变得反常，很快学会了抽烟喝酒。不久前喝醉酒穿着军装躺在大街上又哭又喊，影响很坏。宣布处分命令的第二天晚上，大家去看电影，她却从单身宿舍的楼上跳了下来。

这个朱茜呀，真叫人又可怜又可气。为一个男人至于那样吗？我真弄不明白她是怎么想的。仅仅一天，她的事就传遍了全病区，我跟韦护士到别的病房，老有人打听。这帮病人哪！

补元月十四日　晴

轮到我们上治疗班，我跟着韦护士发药打针。不少病人也真是，尽管韦护士老沉着脸，时不时还训他们几句，他们还是要她打针，见我捏着针头就不大情愿。其实，正因为我们实习，才样样尽量按着操作规程办，针眼要找脂肪少的地方，两快一慢。不少老护士边打针还想着其他的事，像刷瓶子一样抢时间，三下五除二就推完了。我相信，我一定会以自己娴熟的技术赢得他们的信任。

可到路涛面前我就想起上回他说的话。一看到他我的眼就马上跳到别处，心里跳，耳根热，也不知道脸上红成什么样了，幸好戴着个大口罩。他要输的液体是红霉素，用途是防止骨髓感染。以前常给他打针，可从未像今天这样，拿起他胳膊就强烈地感到：我是在触摸他的身体。只觉得双手软软的没劲，连扎了几针都没有刺入血管，弄得他手上出现点点红点。他疼得直咧嘴，气鼓鼓地瞪我两眼，却没有叫出声来。韦护士问："怎么啦怎么啦？"我更加着急心慌，也就更扎不成。还是韦护士动手才扎好。其实他的手臂不难扎，而且属于相当容易的一类。他脸上白，手臂的皮肤也白得要命，里面青色的血管看得清清楚楚，这种皮肤最适合解剖了……哎呀要命，我这是瞎想什么呀！

输完液我回来拆针头，他突然一本正经对我说："哎，这针头就留在血管上不要拿了，用胶布粘好。"

"为什么？"我想他又要玩什么花样了。

"省得明天输液又扎不进去。"他挤挤眼。

其他病号都笑了。我真有点急了，他一点也不知道我为什么这样，还欺负人，本来病号就不放心我扎针。想说他几句又出不了口，只好干着急。韦护士帮我骂他："都这么大人了，还欺负人家小妹妹。"

"好！小妹妹还不快叫大哥哥，这可是你老师说的呀。"他孩子一样呵呵傻笑着。这副傻样真熟悉，他像谁呢？哦，这回想起来了，前不久日本电视剧《血疑》里的三浦友和，不不，像电影《风雪黄昏》里的三浦友和。最像的是他眯着眼那阵子。路涛眼睛比三浦小一点，两人都眯着眼也就没区别了。出了病房我问韦护士："他这样成天嘻嘻哈哈的，怎么会自杀呢？真钻牛角尖了？"

"谁说自杀的？"

"他自己呀。"

"美得他。他要是能自杀就有出息了。"

"那他为什么跳楼？"

韦护士笑了："你自己去问他，一问他肯定老实。你这孩子呀，该问的不问，不该问的又瞎问，像老吕。"

又是一个谜。嘿，下回他要再欺负我，我就有招了，得治治他，连小妹妹也不许他叫。

元月十五日　阴

中午吃完饭门岗来电话说有人找我。等我赶去，竟吓了一跳，原来是晶晶的那个"他"。他叫古小峰，接到我的信就扯了谎说父亲病危要请假回家，连夜坐车来了北京。

我一时不知所措。我希望他能尽快来看看晶晶，可没想到会一下子出现在我面前。我提心吊胆把他领到医院招待所，还好中午路上没什么人，要不看到我带个男战士，不知会传成怎样呢。

刚安顿完他就急着要去晶晶病房。我说不行，非探视时间，病区看门的老头老太把得可严了，他急着问下午几点探视。这一问我倒又想到了个麻烦：下午是晶晶的副教导员陪床，晶晶和古小峰会面将是怎样的场面？即使副教导员不在，也有医生护士。部队里男兵女兵交往最易引人注意了，而且大家看这种事最用心最内行。有的没什么事还传出风风雨雨，更不用说有事了。要是闹出个什么传到小古单位……哦，我也会倒霉。

听我说完，小古说："我既然来了，还在乎那些？"

我更加害怕："别，别，你可千万……"我也不能说连累我，"你这样不是违背了晶晶的意愿，晶晶可不许你这样。"

他愣了愣，终于咬咬牙说："你放心，我一定照晶晶的意愿办，也不让你为难，只要能见她一面怎么都行，我求您帮忙了。"

下午上班我把古小峰带到病区门口，先去把副教导员支走，把消息告诉了晶晶。她一惊："怎么——"

我垂下眼帘："是我叫他来的。"她也垂下了眼，沉默了一会儿，突然说："快，快叫他进来。"我看到她眼眶湿润了。

古小峰几乎小跑着走过半截走廊，推开门才刹住步子，一下子停在那儿，张着嘴巴愣愣地看着晶晶，晶晶也像不认识似的看着他，嘴唇微微颤抖。终于，他一步步朝晶晶走来，伸出双手……这时，门开了，副教导员走了进来。两人都像触电一样震了一下，马上变得平常。

"咦，你怎么会来北京？"晶晶平静地问。

"喔——我也是来北京看病，听说你住院了，我——"

晶晶对副教导员笑笑："这是我原来部队的一个熟人。"副教导员客客气气让座。古小峰傻傻地坐了一会儿，冒出一句："你病得怎么样？"

"没什么。"

两人又是没有话说，只是四目对视。突然晶晶平静地说："你去忙你的吧。"

古小峰像是没有听懂，目光变得可怜兮兮，看看晶晶又看看我。我赶紧说："你先去忙吧，等你住下了，反正有时间，有空再来吧。"说着就立起催他。到门口我怕他还要回头，让副教导员从眼光里看出点什么，一把将他扯了出去，随手拉上房门。这时他的脸也正好扭向身后，透过门上的一个方形小窗朝里看去。我也看，见晶晶正和副教导员笑着说些什么，并不像我担心又希望的那样朝这儿看来。

元月十六日　晴

韦护士教的那一招并不灵，反而惹得几个人不高兴。路涛回敬我："跳楼怎么啦，你跳过楼吗？敢跳吗？"

我倒让他将住了。韦护士帮我："嘿，你讲讲从楼上往下跳是什么感觉？"

他依旧很自然："你们有没有从一楼的窗台朝下跳过？就是那种感觉的延长。"

韦护士的嘴也够厉害的："那你躺在地上那会儿喊救命了没有？"

他脸上的肌肉动了动，马上又笑了："还高唱《国际歌》呢，让你们继承我的遗志。'后死诸君多努力，捷报飞来当纸钱。'"

"你呀，标标准准的怕死鬼。"韦护士笑着骂他。

"我怕死？你们不怕死哪个敢从楼上跳一下？……"他虽然依旧笑嘻嘻，那样子有点急了。我倒过意不去，对韦护士说："算了算了，都是我多嘴。"劝着她走出了病房。韦护士的嘴确实有点狠，可这样病号服管。可能像路涛这样一句顶一句的也少见，怪不得她也来劲了。咳，她是帮我才惹了路涛。其实我也是想逗逗路涛，不想他和她……想想心里不是滋味，又去找到路涛说了些友好的话。

"没什么没什么，我怎么会生你小孩的气呢？"其实他才像小孩呢，说着又轻松地笑了，好像刚才从没发生过什么。这时我脑中又冒出一个问题：他跳楼，别人怎么说他怕死？

"我是自杀呀。"他说得有点不自然。

"别骗我了。告诉我，我一定保密，好吗？"我柔声说。

他认认真真看了我一会儿，终于说："地震。"

"哪儿地震啦？"我大吃一惊。地震跳楼有什么难为情的？

他张了张嘴巴，似乎有难言之隐。

我等了等，又不识相地问了一句。不料他不耐烦起来："你是不是吃饱撑的，管那么多干吗？"

我不知道哪儿又冒犯了他。我又想起了韦护士的那句话，可能真揭到他哪个痛处了。我想马上知道又不敢再问，站立着手脚都有些不自然，只好不声不响走了。整整一天，眼前老是浮现出他躺在地上的惨样，心里在微微作痛。

元月十七日　大风

上午病区来了一位神秘的女人。她是来看老吕的，年龄和老吕相近，穿一件紫红色的呢子大衣，个子很高，脸蛋也很漂亮。这女人像常来这里，和病区的护士很熟。老吕一见她，脸上顿时有了光彩："你来了。"

女的拖过床边那把白色椅子，抚着黑飘带靠老吕身边坐下。我本想过去帮老吕招呼点什么，不料，两人像没看见我似的，把两双手紧紧握在一起了。这倒还好，紧接着老吕的右手在她的左手背上来回抚摩着，而她的左手又在老吕的左手背上……两人身子越偎越近。那女的是什么人？和老吕什么关系？我再看他俩，脸上都现出了幸福的红晕。看着，我心口也狂跳起来，赶紧掩脸走了。屋里还有一个病号也拄起拐杖出了门。

"那女的是老吕的爱人？"我问韦护士。

"你去看他俩了？"

我点点头。

"小孩子瞎看什么？"她朝我做个鬼脸羞我，我的脸上火辣辣的，赶紧逃走了。韦护士她们肯定也看到过那些……那女的肯定是老吕的妻子了。这女人也真可怜。不对，她怎么来的次数也不多，怎么把老吕扔在医院里不顾？报纸上宣传的那些残疾军人的妻子，把她们的丈夫照顾得多好呀。这女人，离开医院还不知干什么呢，我真怀疑她对老吕的那副亲热样是装出来的。

老吕呀，你真可怜。

元月十八日　晴

上午晶晶的妈妈让我为难了。她从窗户外的窗台上拿进来两只茶叶蛋，对我说："晶晶一直不肯吃，你陪着她，一人一只。"我不知道该怎么办。我无论如何不能吃。医院有规定，医护人员绝对不准吃病人的东西，违者严肃处理，何况我还是个没毕业的学员？再说，晶晶都舍不得吃，我怎么好意思吃？

"前几天不是说和晶晶亲姐妹一样吗？是不是骗我？"说着把冻得冰凉的茶叶蛋朝我手中塞。我明白大娘的心思，晶晶为了让我吃，她也就不得不吃，可我……我不敢看大娘的眼睛，双手笨拙地推却着。要命，晶晶也催我吃。

正在这时，先出门去的韦护士等不及了，闯进来："你怎么老在这儿磨蹭？还有那么多药没发呢。"当着她的面我更不能吃了，像做贼一样急急把鸡蛋朝大娘手中一推，转身就走。不料大娘坚决不收，鸡蛋"啪"地一下掉在了地上。

我觉得自己像闯了个大祸，赶紧捡起地上的鸡蛋逃出病房。

元月十九日　晴

路涛下地了。他撑着两根拐杖老在走廊里走来走去，笃笃笃的声音惹得好多医生护士都烦他。也有人说他，可他厚着脸皮耍贫嘴。

不过，看到他的腿快要好了我真高兴。

元月二十日　晴

今天干了件非常可怕的事情。

晚上医院里放电影《这里的黎明静悄悄》，说是苏联片，讲的是五个女兵的故事，很好看。还有的病号传得可神了，说上面有光身子镜头。病区能动的病号都去了。

我对值小夜班的护士说："你要看就去吧，我在这儿顶着。"她一听高兴坏了，竟没有想想我怎么会这样好心，连连说："我看一会儿就回来。"

很快，古小峰进了晶晶的病房。他俩是该在一起好好待会儿了。为了这短暂的时刻，小古冒受了多大的风险，又在医院忍受了这么久的煎熬。他只有十五天假，这十五天……

他们在里边干什么呢？像不少外国电影那样？人家是在花前月下，他俩却是在急救病房。哦，窗外八一湖的堤岸上，这会儿该有多少男男女女呀……他俩这会儿是不是和老吕他们那样？哎呀，真羞死人了，我想到哪儿去了，才十七岁哪……

突然，一阵惨叫在走廊里回响，阴森森地叫人害怕。那是01病房的一个病号，右腿膝关节刚开了刀，为了防止韧带粘连，把腿架在一个滑轮圈上，过一会儿拉一下滑轮的绳子，腿就要弯一下。在边上看着我都要发抖。

我的胆子也真够大的了，万一晶晶这事让人发觉了会有什么后果？真不敢想。我这是在干什么哪？真是又害臊又害怕。突然，晶晶屋里传来异常的声响，我用耳朵凑近门口，只听到里边小古在说："不，我不能……"我又急又怕，屏住呼吸朝小窗里看。偏偏要命，小窗让挂在里面的"卫生红旗"挡住了，这红旗可是我前两天想法子争来的。我推开门，见晶晶伸出两条手臂紧紧搂住小古的脖子，小古的脸蛋依偎在她的胸前，却又在拼命地挣脱。我赶紧问："怎么回事，怎么回事？"

二人触电一样赶忙分开，红着脸各自整理凌乱的衣衫。我还是问："到底是出什么事了？"

二人都低着头不吭声。突然，古小峰立起来，红着脸不声不响地匆匆开门走了。这人也真是，好不容易有这么个机会，却又不珍惜。走了也好，免得让我担惊受怕。

窗外的月亮缺了一块，光线很淡，很淡。

元月二十日　晴

万万没有想到，上午大交班时古小峰会闯进医生办公室，连声说要寻主任。刘主任说你有病先去看门诊，现在医院新设了专家门诊。古小峰说："我是为刘晶晶的事。"

"你是她什么人？"主任瞪大眼睛问。

"我是她——未婚夫。"他说。在场的人都面面相觑。"我求求你们，想办法救救晶晶吧。"古小峰带着哭腔说，"可不能一天天看着她……"

这时有个护士进来说："我刚才去问刘晶晶了，晶晶仅仅跟他认识。"又对古小峰，"在这儿瞎闹什么，快走。"

古小峰求救地看着我，我吓得赶紧扭头。这时也只有我来证明，可我哪敢？而且，我觉得晶晶那样有道理，不要让别人知道他俩的关系。古小峰急得直跺脚，拿出了他和晶晶的合影，一口气说出了他们过去的事。说着说着他哭了起来："我知道我们谈恋爱是违反纪律的，什么处分都无所谓了，只要你们能救救她。"说完"扑通"一下跪到了主任面前。

刘主任吓得后退了几步："这是干什么这是干什么？快快起来！"

"求您答应我。"那副样子并不像求人，倒像一个亡命徒在逼迫别人，"你们治不了，不能请别处的大夫治？"

哪有这样说话的？不少人都看主任。主任不但没有发火，反而静静地看他一会儿说：

"起来吧，我想办法请北京的名医来会诊。"

我不由一愣：晶晶的病不是早有结论了吗，还要会诊干什么？莫非还有一丝希望？有希望为什么不早点想办法呢？想想我又有点心酸了：晶晶毕竟是个战士学员呀。听说，医院现在对外开放实行经济承包，都愿意收地方的病号，因为部队的病号住院不光赚不了钱，还要倒贴。要是晶晶会诊一次，肯定要费去不少钱。

古小峰呀古小峰，想不到你这跪还真跪出了希望。

古小峰呆呆地跪着，脸上挂下两行泪水。突然，他朝刘主任，朝我们大家"嘭嘭嘭"磕了几个响头。水磨石的地板震动着，震得我整个身心都在颤抖，接着他一下子跳起来冲到门外，拉住晶晶妈的手："妈妈，晶晶的病有治了！"

我的心一下子热了，拉拉韦护士："晶晶有希望了。"

韦护士没有任何表情："没什么用。"若无其事地走了。

我的心一下子又凉了，不仅仅她的话，那副样子也叫我心寒。天哪，将来我会不会变成这样？

但马上我对自己说：韦护士毕竟是个护士，她总不会比刘主任高明吧。老太太办事那么认真，没有希望的事她不会去做，再说这可不是一件小事！

元月二十一日　阴

下午，让我们实习护士都去参加座谈会。座谈的是各科推荐的病号，叫我们来是听听他们对护理工作的意见。会上对我们的反映不错，基本上是好话，不知道是关心我们呢，还是怕我们报复（散会后有好几个同学这样说呢）。尽管这样，每有一个人发言我还是提心吊胆的。快毕业了，千万别惹什么事，区队长就是这样关照我们的。

接下来主持会议的说请住院的首长讲话。首长？我用眼睛寻了一圈，见一个老头笑眯眯地朝大家点头，这才注意到他的病号服上写了一个红色的"干"字，那是高干病房的标志。

"我要提个意见，为我们这帮老头子叫叫屈。"

简直是一声惊雷，把我们都吓呆了。他倒好，还是朝我们笑笑："哎哎哎，只是随便说说。我主要是说打针。刚才不少同志都说护士同志，哦，也包括你们学员技术好动作轻，一点也不疼。我挨了几针怎么就那么疼？有的还打偏了。听说就有你们实习的。"

主持人马上立起来，又坐下去，再立起来弓着腰，结结巴巴说："首长，这事我们一定认真追查。请继续指示。"老头摆摆手："谈不上啥指示，我今天就着重说这事。"脸上的笑容消失了。

我只觉得浑身寒飒飒的，天哪，该谁要倒霉了！赶紧竖起耳朵听老头讲下去："为什么一给我们打针就疼呢？我还真费了一番心思。哦，这帮孩子握着针管手都在发抖，心里可不是一般的紧张呵。我还说过几回让她们放松情绪，可越讲越不对劲。怪谁呢？"他停下来看看大家，好长一会儿没有人吭声，"这恐怕要怪我们头上的官衔，可光怪我们也冤枉，还有你们！"他指指主持人。主持人一脸尴尬地笑了笑，但看得出松了一口大气。

"我只有一个要求，希望护士同志们，尤其是那些小同志，今后在治疗上要只有病人没有首长，对我们公平些。我们可不愿意老让屁股疼呵！"说着他笑了，我们也跟着笑了，笑得很轻松。这老头真好玩。

散会后知道了他的名字，大伙都吓了一跳。

元月二十二日　晴

老吕的病情突然异常，大概是前天下午洗完澡就开始咳嗽，到昨天呼吸已经很困难。本来今天该轮到我休息了，听说老吕要加特护，我主动要求加班了。

整整一上午，几乎全科室的医生都在为他忙，又是心电图又是氧气瓶，还输着液。这病情我知道，老吕因为脊椎断了，神经也就大部分断了，引起胸部肌肉萎缩，肺活量很少很少，只要一有感冒，呼吸就十分困难，这就危险了。现在人们都怕癌症，其实他们不知道，呼吸道疾病死亡的人比例最大，远远超过了癌症。

我看着老吕憋得难受的样子，好像自己的喉咙也叫谁死死掐住。在呼吸科实习时，有不少病号求着护士给他们吃安眠药，想睡着后减轻痛苦。可这种病不要说是安眠药，就是稍稍服下带有镇静性质的药品，就会停止呼吸。有些病号求不着药，难受得忍不住，宁可死也不愿忍受这活埋一样的痛苦。有一回，一位病号半夜在病房狂号，让给他安眠药，值班护士不给，他就骂人，什么肮脏下流的话都骂出来了，护士羞红了脸直掉眼泪。别的病号都看不下去了，说让他吃一片去见阎王算了。护士说："我真想掐死他，可我不能给他药。"

老吕也真怪，从来没有说过什么，几乎连呻吟也没有，真难以想象，像他这个全身瘫痪的躯体会有这样强的生命力；也难以想象，像他这个曾经自杀过的人，生的欲望是这样强烈。真的，我又一次认识了老吕。要是他能闯过这一关，我一定要找他好好谈谈，这个人说不定可以报道一下呢。

下午，老吕的情况越来越糟。负责老吕的主治医生急得要命，说到哪儿去弄那些药品呢？那些药品很珍贵，我听到是西洋参什么的，可老吕才是个战士呀。按照规定，吃中药，还要是干部才行。老吕需要的那些，一般级别的干部还不行呢！刘主任突然说："我再回家去找找。"那医生很惊奇："你昨天不是说早用光了吗？"刘主任脸竟稍稍红了一下："可能我记错。"说着看了看在场的人，最后点点我："小鬼，你跟我来一下。"

我真不乐意跟她去。她对老吕什么时候好过？这回都到性命关头了，有药都舍不得拿出来。要是昨晚回家发现记错了，今天早上也该拿来嘛，老吕也不至于受这么长时间的罪。不过话说回来，她还是良心发现了。这人真不像话，什么事都要像牙膏一样，挤一下才出来，晶晶会诊的事也是这样。

我跟她走到楼梯口，发现方向不对，又不敢多问，稀里糊涂到了高干病房。她找到一个和她年龄相仿的医生，拉到一边说了几句。对方脸上露出为难的神色。刘主任也沉默了一会儿，脸上红了，小声说："实在为难，我自己拿钱。"

对方愣了愣，叹口气："拿钱？到底是你什么人？你一个月工资也不够啊。话都说到这份上了，我担些责任吧，跟我来。"

刘主任跟着走了几步，又停下。对我说："你跟他去吧。记住，回去什么也别说。"而后不声不响走了。那医生从冰箱里拿给我几个小瓶。瓶子冰凉冰凉的，我拿在手里觉得很烫。想到别人常说刘老太太很凶，从来不准医生们随便开药，不少人都在背后骂她太古板。看来太冤枉人家了。

这个古怪的老太太呀。

元月二十三日　阴

老吕的病情稍稍有些好转，我也松了口气。科里让我补昨天的休息。一个人待在屋里想写点东西，那篇《新雪》可搁了好久啦。可是，思路聚不到笔头上去，脑子里老是冒出那个路涛，那副呵呵傻笑的孩子样。实在写不下去了，我放下笔，到楼下一个人漫无目标地溜达。

水泥球场那边两个小孩吸引了我。也怪，往常那儿老有小孩我怎么没注意，独独今天会走过去？是男孩女孩，都四五岁，两人面前摆了好多砖块和小空药瓶子，还用粉笔在地上画了个小框框。小女孩对小男孩说："你就叫柱柱吧，我叫翠翠。你先洗菜，我生火去。"

这多么熟悉啊。我一下子像回到了童年岁月。我在奶奶的小山村也玩过家家，还玩别的游戏。大概是我五岁那年，奶奶说她要给我找个人家，长大了就同那个孩子结婚。小孩名字我忘了，他的爸爸妈妈也在西安工作。奶奶说：你们都是城里人，般配。我和他玩得还挺好。他奶奶也像我奶奶一样疼我，老把栗子核桃酸枣往我的小兜兜里装。

直到有一回我拿出了小闹钟。那闹钟是爸爸从城里带来的，在村里很稀奇。我记得上面有一个李铁梅举着红灯。我并不懂那红灯为何一闪一闪，就把闹钟拆了。等费了半天装起来，怎么弄也多出几个零件。奶奶回来后我都推到了那小男孩身上。那小男孩确实很调皮，我说的奶奶信，他们家也信，结果他挨了一顿揍。奇怪的是，那小孩一声不吭，只是用眼睛盯着我，从此再也没有理过我。

一年后我回到了西安，听说后来他也回去了。虽在一个城市，却再也没有相遇。或许我们也相遇过却不再相识，唯一记得的就是小孩挨揍时的眼神。

不知不觉想到了路涛。想到他的软心肠，想到他和别的学员不同，想到他的贫嘴那样逗人……咦，我怎么悄悄地想着一个男孩子，真不害臊。

不知不觉我又走到了病区，走进了 01 病房。路涛正趴在床上，面前放着一本厚厚的文学杂志，肯定是《当代》《十月》《收获》里面的一种。他正照着书上的插图临摹呢？想不到他还会画画，我凑过去看一眼，嘿，他身边已放了画好的一张。画的是一位小姑娘的头像，还真漂亮，那眼睫毛老长老长。纸上的空白地方全写着"美丽的小姑娘"，六个字，密密麻麻。这家伙。

我掏出了兜里的一块白手帕，这手帕是真丝的，元旦前夕上初中的妹妹寄给我的。对了，让他画上一幅画，表示爱情的，我再把这手绢送给晶晶他们。或许，是对我撕碎他俩照片罪过的弥补吧。

"让我画画？"他抬起头来，又看看自己的右手，"就我这水平？"大概是怕我失望，又说："来来来，画坏了可别怪我。"

我知道是他谦虚，就催他画。他摇头晃脑同意了，问我："画什么呢？"

我脱口而出："爱情。"马上觉得不好意思，又补充，"是送人的。"

他故作大惊小怪的样子："爱情？啧啧啧，爱情，这东西怎么画？"他又想了想说，"那就画两只鸳鸯吧。"

这倒提醒了，不过我说："画两只天鹅吧。"

天鹅？他皱皱眉头，没作声，等一会儿拿起钢笔，在白手绢上画了起来。两只天鹅很快画完了，但不像，倒像是两只大白鹅，画的水平也比那小姑娘的头像差多了。看来他临摹可以，创作还差些。

他看看，不好意思地说："要不——这画我留下，重新给你买一块手帕吧？"

"不不不。"我赶紧收起手帕。回到宿舍看看那两只"天鹅"，虽说呆头呆脑，倒还是挺可爱的。想拿去送给晶晶和古小峰，可不知怎么心里有点舍不得。我这是怎么啦？

终于我找到了不送的理由：这个画得不大好，以后再说吧。

元月二十四日　风

今天中午，晶晶又叫我去了。她说："你能不能再值一回小夜？"

"怎么？"

晶晶的脸上浮起两朵红晕，下意识地朝四周看看，终于说："你还记得那一个晚上吗？"我当然记得，赶紧问："那天你是干什么，把小古吓跑了？"她的脸更红了："我说的就是这事。相爱一场，对大海蓝天发誓海枯石烂不变心，可想不到会——"

我赶紧打断她："小古不是求主任……"她摇摇头，脸上掠过一丝苦笑："我自己的病还不知道？劝他不要瞎胡闹。"我想说些宽心的话，张张嘴终于没有。

她盯着我的眼睛，像是在用劲宣告："我要和他——经历人生爱情的全部——我要——"可到后来她的声音又低了，红着脸垂下脑袋。

这是什么意思？我似乎明白了些，又似乎不明白。爱情的含意，我确实还不大懂。晶晶要干什么？难道是像老吕和那个女人在一起那样？

这种事儿，要我掺和在一起，我算是干什么呀？我才十七岁哪！真不知说什么好："那上、上回你、你、你们怎么……"晶晶摇摇头，"他不肯，说我俩还没有结婚……"

结婚？这倒是，以军队纪律来说，他俩还不具备结婚的资格，甚至恋爱。从晶晶的健康状况看，她永远也不可能……

可是，难道非要结婚吗？还有不少小说里和电影上……这个古小峰也真是，人家都病到这份儿上了。

面对她的要求，我又有些害臊有些害怕，可又不忍拒绝。终于，我找到了一个理由：

万一让人发现了，人家也会像谅解老吕一样谅解他俩的。哦，不管怎样，最好我不要被扯进去，这得同他们说好。我鼓足勇气点点头："我试试看吧！"

回到宿舍，我又害怕起来。我到底该怎么办呢？脑子里真乱，满腹的话儿想找个人说说。日记本呀日记本，我可爱的小伙伴，你能理解我吗？

元月二十五日　晴

老吕今天的回答让我大吃一惊："我之所以像现在这样热爱生命，是因为我的那次自杀。"

又提到了自杀。但这回看出他不是吓我。

他说，刚刚得知自己的病症意味着什么时，他简直不敢想象如何在这不到两平方米的病床上度过一生。永别了，军舰码头，永别了，朝夕相处的大海。可是，他挺过来了，这位海涛中搏击的强者，不愿也决不会在病床上屈服，在他的前面，有保尔·柯察金，有吴运铎。他要让人们知道，这个"五好战士""学《毛选》积极分子"到哪儿也不会逊色！

不知度过了多少个日日夜夜。终于有一天，他简直弄不清外面的世界发生了什么，周围的一切会变得那样突然，那样叫他不可思议。在他面对的目光中，已找不到多少崇敬，代替的却仅仅是可怜。慢慢他明白了，那些珍贵的记忆，那些强烈支撑住他精神的东西，让人们抛弃了，无情地抛弃了。顿时，他跌进了万丈深渊。

他想到了死亡，觉得自己唯一能选择的也只有死亡。接下来是死亡的方式了。他活得艰难，要死也不是那么容易。

想了好久，他终于想到用那条缀有金锚的飘带。可总觉得有些遗憾，作为潜水员，他多么希望自己能葬身大海啊！这是他的唯一愿望了，可是他无法实现。

有一天，他想到了一个办法，竟会兴奋起来。那天晚上，他让夜班护士端来一盆清水，放在床边的椅子上，那椅子紧挨着墙角。护士走后，他深情地凝视着盆里的一圈圈涟漪，许久，许久。慢慢觉得少了些什么，又叫来护士说："麻烦你把我的钢笔在盆里洗一下。"马上，眼前出现了一片湛蓝的波涛。久违了！他微眯起双眼，轻轻地呢喃，轻轻地呼唤。啊，他就要把自己融化在这片蓝色里。

临近熄灯时，他慢慢挪动着自己的身躯。再过一会儿，熄了灯，就看不到蓝色了。正是这时，他想到了一个问题：晚上是一个护士值班，要是死在她的班上，她要担多大的责任！

真是难死人了。在床上他反侧了大半夜，终于他寻到了一个空子：早上交接班有十来分钟，护士们都来了却又不到病房。

当晨曦由窗口洒满他的床头时，盆里一块蓝晶晶的宝石在朝他微笑。他用尽全身力气挪动着身子，终于头朝下，把自己的脸庞倾入盆中。

这时他可真是难受极了。尽管他想死，可现在才体味到死的味道是这样的。大概别人自杀时也有他这样的感觉：到自己不想死时却又无力挣脱。总之他这时不想死了，至少说不想这样痛苦地死去。可是，他没有办法，他全身的力量都在刚才使尽了。他试着摆摆脑袋，面盆叫两堵墙夹得死死的，以微弱的力气根本无法摆翻。

那蓝湛湛的液体还在他眼前晃动，在阳光下更加美丽。他想起有几回自己在海底叫什么缠住差点淹死，可最终还过来了。那时的他，不仅有刚强的意志，而且有健壮的体魄。难道，这一回就过不去？不不不！他张开嘴拼着命大喊起来。正是这三个"不"字救了他。他刚张口水涌进了他的口中呛了一下，接着流进了他的肚中。这时他的眼前一亮：喝掉它，既然不想让它淹死，就得把它全部喝掉。

"你喝光了？"我紧绷着的心弦终于稍稍松弛了一下。

"喝了。"他点点头。

我长长地嘘了口气，想叹息又找不到话语。看着他瘦削的脸颊深凹的眼眶，我不知道该说些什么。最后我说："你喝下的不光是一盆水。"

他一怔，嘴唇颤抖了两下："想不到……你……谢谢！"

我心口一热。只觉得喉咙被什么哽住，赶紧背过脸去，不让他看到我眼眶里多了些什么。

元月二十六日　晴转雪

晶晶托我的事，我想办却又不敢。说心里话，上回让他俩单独在一起待了一会儿，我还真的后怕了呢。那天还好，多亏电影太精彩了，医务部、院务部的人都没来查房，万一要真查到了，还得了？前几天病区门口看门的老头值夜班趴在桌上打盹一会儿，第二天的全院大会上就点了名，还扣了当月奖金。

可对晶晶这样的人，若应了她，我还有勇气再反悔？这一天，我真想找个人商量商量。路涛不行，这种事我怎么同一个小伙子开口？韦护士更不行，她对哪个病号都是那么凶，再说即使她同情晶晶和小古，也不会帮我。非探视时间，让外人进病区就要扣分，还能让一个男的待在女急救病房？

我想到了一个人，就是昨天和我谈了老半天的老吕。他年纪不小应该长我一辈了，而且他身上有一种力量让人信任，再说，他不也和他爱人在病房……想来想去也只有找他了。

果然，听我说完老吕叹息了半天，尔后沉思一会儿说：

"我们还是帮他们一次吧。"

叫他这么一说,我的胆大了不少:"那怎么帮呢?"确实,现在也没有放《这里的黎明静悄悄》那样吸引人的电影。

老吕问:"韦护士带你吧?她什么时候值小夜?"

我算算刚好是明天晚上。老吕说:"明天你来陪她。我晚上八点开始咳嗽,到十点停止。她肯定一直会在我这儿忙,即使查房,也只好注意我这儿了。"

这主意真是太好了。

元月二十七日　晴

老吕开始咳嗽后十五分钟,古小峰让我领进了晶晶的那个急救病房。老吕那副样子还真像,脸都憋得通红,急得医生直打转。可是,万万没有想到,他咳着咳着竟会脸色苍白,突然一口气憋着,翻着白眼晕了过去。这下可把我吓坏了:很快,BP机把刘老太太叫来,还带来了好几个医生,病区里好不热闹。

最着急的是我。既担心老吕出事,又害怕晶晶、小古让人发现了什么。于是像热锅上的蚂蚁,一会儿跑进病房看看老吕,一会儿又跑到走廊里看看晶晶的病房门。

总算还好,接上氧气管不久,老吕的呼吸渐渐正常了,脸上也泛出红晕。刘老太太皱着眉头直唠叨:"这是怎么回事,怎么回事?"

就在这时,一位护士从门口匆匆叫了声"主任你快来",把我们几个领出了病房。我担心的事终于发生了,晶晶和古小峰又在争执着什么,而且声音传到走廊里了。

推开病房门,刚好古小峰从晶晶的双臂中挣脱,见我们进去，两人都呆在那儿了。马上，古小峰红着脸要走，一个医生拉住他："你站住，刚才干什么来，你还想逃？我的病区的红旗这下完了。"又对晶晶："我们在想法子给你治病，你倒好，尽想这些事，还要捅娄子……"

"就是，年终奖季度奖全完了！"一个护士气恨恨地插了句。

我也知道这事闹大了，全病区医生护士的奖金每人扣去二三百元，凭这一点他们能不恨古小峰？不恨晶晶？古小峰完了，晶晶治病也难说了。我看得着急，想帮他们又没法子，自身都难保呢！

刘老太太盯着他俩看半天，脸无表情对古小峰说："你先回去。"而后对我们大家，"都到老吕病房去。"

在老吕病房，刘老太太恶狠狠地问："小韦，今天是你值班，你说到底是怎么回事？"

韦护士脸色煞白："我不知道，真的不知道，不信你问小吴……"目光求救似的看着我。

这事只有我能说得清，可是我怎能开口？不说，韦护士就要背黑锅……我嘴唇颤抖着，真不知说什么好。就在这时，老太太像看出了什么，又盯上了我："吴湘，你说说，是怎么回事？"

我吓得语无伦次："我……我不是有意的。"这算什么话？等于我承认自己掺和在里边了。小时候犯了错误，大人追问时我老说这种话，不想这会儿冒了出来。

"你？……"多少双目光射向我。

就在这时，传来一声沙哑的声音："不要逼人家孩子了，责任都在我身上。"是老吕，他大口喘气吃力地说。

"怎么，你怎么会同他俩……？"老太太问。

"不相信？实话说吧，我晚上的咳嗽是装出来的，就是要把护士医生都引到这儿来。"

"老吕你怎么能这样?！这不明摆坑我们吗，你说，我们待你怎么样吧?"值班医生火气还真不小。

"我……我……我……"老吕涨红了脸说不出话来。

"你怎么同他俩认识的?"老太太还是问那句话，"我可从未见那战士进过这病房。"

"……你哪儿能都看见呢?"老吕的口气是那样无力。

"我见过他俩聊天。"韦护士突然冒出一句。我这下倒真糊涂了：她见过? 古小峰什么时候见过老吕? 马上我明白了：她是想帮我也帮她自己推卸责任。她这样做虽说为我好，可确实不地道。都推到老吕身上去了。

老太太不再说话，眼神很古怪地看看我，再看看老吕，再看看韦护士，而后沉默了。

我屏住呼吸，就像在等待着判决。

"这事就到这儿为止，你们谁也不要再提了。"老太太说。

包括我在内，在场的人都愣住了，想不到老太太会把这瞒住! 大家都赶紧点头。可不，谁愿意丢掉几百元钞票呢?

"都回去吧，不早了。"老太太说，而后指指我和韦护士，"你，你，再给老吕输一瓶庆大霉素液体，防止上呼吸道感染。"

刘老太太走后，我才发现自己后背都湿湿地发凉，出了一身冷汗。我冲进晶晶病房，生气地问她："你们俩在里面抽什么风，可害苦了我们……"我看到她痛苦地垂下脑袋，心马上软了："你和小古怎么啦?"

晶晶抬起头来，眼中竟掉下泪水："求求你，不要再提这事了。"那副样子很伤心。

古小峰待她怎么啦？

元月二十八日　阴

上午我去洗衣房送床单，顺路去招待所找到古小峰，冲着他狠狠发了一通火，而后逼问他怎么欺负晶晶了。

他一声不吭，闷着头听我出完气，而后委屈地看着我："你说，为了她我什么都不在乎了，怎么会欺负她呢？"

我一愣。这倒是实话，但是我要他说说清楚。

他憋了好半天，终于说："我……我怎么能那样自私呢？我知道她是为我着想，把她最珍贵的给我。可是，我也该替她想想，该尊重她呀！"

我大吃一惊。晶晶想要做的，远远超出了我的想象，或者说我根本不会想到！男女之间最最隐私的事情，竟这样突如其来地摆到了我的面前。我简直不知所措了。在医校上课时，也学过是怎么一回事，可那时觉得和其他课程没什么两样，而且主要是从人类生存繁衍的角度讲的。晶晶也真是，都这种时候了，还想着那事，那事有那么重要？而古小峰的话我也弄不明白。照他的看法，男女干这种事，主要是为了男的，而女的要失去什么……想着想着，脑子里扯成了一团乱麻，也顾不上羞怯了。我真不知道他俩谁对，幸好刘老太太还不知道这些。

看到古小峰那可怜兮兮的样子，我也不好说什么了。这晶晶也真没出息。

元月二十九日　雨

这两天为老吕、晶晶费心，路涛那儿去得少，可是万万没想到他会这样，或者说他是这样的人。

这几天他老是在走廊里晃来晃去，病号是不允许老在走廊里走的，尤其是上午，他占着一条理由要进行腿部功能锻炼，别人说不过他。可是没想到他拐进了朱茜的病房。他们俩会有什么联系？他们怎么认识的？他去干什么？我一个人立在走廊尽头，远远地冲着那扇病房门发愣。等了好久又不见他出来，我心里的滋味呵……慢慢地朝那边走去。今天这走廊真长，我的腿这么无力。走到那门口时，我又不敢朝里看，对自己说，走到那头再拐回来，或许他就出来了。可刚刚过门口不远，两腿怎么也迈不开了。鼓足气对自己说：看看怕什么，别自己神经病想得那么杂！

我终于把眼睛凑近那门上的小窗口。马上脑子里轰地一下：朱茜的两只手紧紧握住路涛的右手，那只该死的手，很适合解剖的手，而且一只手竟伸进他病号服的袖管里抚摸着。路涛的皮肤白，朱茜黑，黑手白手对比分明，很刺眼，也刺在我的心头。也不知怎么地，我一下推开了门。两人见我进去，稍稍一怔，还客客气气说："你坐。"

我不知说什么好。他俩谈恋爱，我有什么好生气的呢？我有什么理由生气呢？愣半天，我说："你出来一下。"

"什么事？"他一副莫名其妙的样子。

什么事？我怎么说得出口，终于想出来一句："男病号不准进女病房，你知道不？"他倒反而有些不耐烦了："我有正经事，你瞎掺和什么！"说完转身走了。

真气人，就是这样的正经事。我心里冒出大股大股的酸水。难道我——我爱上他了？不不不，爱情哪会这样简单这样平常，电影上小说里的爱情多么富有诗意呀。而且我才刚刚十七岁！这家伙，我才不爱呢！可是，我就不愿意他和朱茜来往。我能有什么办法呢？作为护士，我有权阻止他去她病房，可是我能拦住他的一颗心吗？把他俩的事抖出来，我干不出。我阻止他本来就莫名其妙，而为了自己的情绪干这事太卑鄙。话回过来说，我心里对路涛总归有点那个，尽管我恨他诅咒他……

护士站的护士们听到了我把路涛赶出女病房，都冲着我嘻嘻哈哈。韦护士走过来："哎呀想不到你今天会这么厉害。怎么怎么，你哭什么？等会儿我去教训教训他让他来赔礼道歉。"停一会儿又叹口气对我说："有些不该认真的事就别太认真。护理病人都忙不过来，还管那些破事。别哭了啊，乖。"

找了个理由，我逃回了宿舍，竟趴在床头抽泣起来。那块由路涛画上"爱情"的白手绢，湿透了。两只"天鹅"游动在我的泪水里。

下午，负责陪伴朱茜的女战士从街上回来，我狠狠地训了她一顿："让你陪床，谁让你上街的！"

元月三十日　晴

刘主任说话还真的算数，这么短时间就请到了那么多专家。有她的同学，还有她的老师。一大帮人在晶晶的床边围成一圈。那阵势很有点壮观，真叫人振奋。护士里头当然是我最关心了，紧紧地挤在床头，心里又莫名其妙地激动起来。韦护士却悄悄对我说："没用。《血疑》的大岛茂够厉害的吧，那幸子怎样？"我没有理她。

刘主任拿着病历夹翻了翻，说："先看一下她体内瘀血情况吧。"看了看在场的人，对我说："把她的衣服脱掉。"看来我能干的也只有这些，可毕竟我能干点什么。

在晶晶白色病号内衣的里面，还穿着一件海魂衫。这海魂衫女兵不发，是谁给她的很明显了。紧紧贴住她躯体的，不仅仅是这一件衣服呀。晶晶的身体结实丰满，高高隆起的胸脯不停地起伏，蓝白相间的道道也随着波动，我似乎看到遥远的大海，和海面上载着两个人漂浮的小舟……

她的上衣全部脱光时，我简直不相信自己的眼睛。裸露在我们面前的躯体，全不是想象的那样洁白如玉。她的乳房、手臂、上腹部，分布着一个个紫青色的斑点，像端午节吃的赤豆粽子。那是由于白血病到了晚期，血管不断破裂，在体内瘀血，又透过她白皙的皮肤显露出来。

接下来的情况叫我还有在场的人都大吃一惊。她已经进入了我们女性特有的那个周期。天哪，我怎么不知道，肯定是刚刚开始。虽说床边立着不少男性，但在医院这种情况是再平常不过了。再说，那特有的卫生用具，基本上遮住了她最隐私的部位。可是，正因为这么挡一下，我的心中勾起了一种从未有过的感觉。说实话，对于女性的躯体，我们熟视无睹，向来想得很少很少，就连在医校上"妇产科学"时，男生们的成绩远远高过女生。从来没有像今天，像现在这样，叫我感受到自己是个女人，远远不同于男人的女人。

晶晶的浑身都在出血，每出一回就让她朝死亡走近一步。可那个地方殷红的鲜血让我想了许多，过去我们都把这看得很脏，称为"倒霉"，可现在我想到了女人的生育，想到了一个又一个生命在母体中产生。生儿育女，完成女人一生中最伟大的业绩——成为一个母亲，可这一切都于晶晶无缘了，或许用不了多久，她就要踏上那条漫长的冥冥之路……

我又想到了自己的第一次来潮，想到了……咦，还有一回，那是在学校，诸莉得了阑尾炎开刀住在门诊所，我和她两人在病房时，她忽然咻咻笑着让我看她的刀疤，说动手术前备皮时，下腹部剃去的又长出来了，而且同以前不一样，还带着卷呢。当时我心里痒痒的，觉得自己跟过去又不同了……哎呀，乱七八糟这是想些什么呀。

是什么时候开始，我的脸上烫得这么厉害？我猛然觉得，那床上躺着的不是晶晶，而是我，是我们女人，是我在裸露着那种比最隐私更加隐私的东西，一股强烈的羞耻感传遍我的全身。情不自禁地，我掏出那块白手绢盖到了晶晶的那个部位。

虽然没人说什么，我却感觉到在场的人都微微一怔，全用惊讶的目光看我。韦护士一把将我拖到屋外："你这是干什么呀，你这样干，不是丢刘主任的面子吗，把这些专家看成什么人啦？"

这时，我才知道自己干了些什么，想到刘主任我还真害怕："那怎么办……"韦护士叹口气："看你的运气了，到时再说吧……"

我浑身凉了。直到会诊的医生陆续出来才缓过神，想起该给晶晶穿衣服了。刚要进病房，忽然看到古小峰正和晶晶妈、副教导员在病区的楼梯转圈子，马上想起了什么。我过去对古小峰说："你先来一下。"我想现在是个机会，晶晶正在生古小峰的气，现在让小古去替她穿衣服，穿上那件海魂衫，或许可以让两人和解，而且多少能得到些安慰。于是，也不顾她俩狐疑的目光，领着他就朝里奔。很快，我刚才看到的一切，又完全暴露在古小峰的面前。古小峰受到的震撼绝不比我小，浑身都在颤抖。他用双手捧起那件海魂衫，像虔诚地捧着一件圣品，慢慢靠近晶晶。突然，他用双臂紧紧抱住了晶晶。

出乎我的意料，晶晶似乎没有什么反应，只是用幽怨的目光看着他。古小峰愣了愣，又拿起海魂衫要给晶晶穿。晶晶平静地说："不用了，让小吴给我穿吧。"这简直是一声惊雷。把我惊呆了：晶晶这是为什么？古小峰怎么得罪了她又让她这样伤心？古小峰更是呆得不知所措，他尴尬地再次拿起海魂衫，试着朝晶晶身上套，晶晶竟推开他。"晶晶，你这是干什么，怎么这样倔？！"

我赶紧走到门口。一是可以挡住那小窗口，二是可以看着外面。果然，晶晶妈和副教导员正朝这边走来，连忙回头："快快，她们来了。"古小峰像没听见一样，我又气又急，冲过去将他一把拉开，给晶晶盖上被子。古小峰看看扔在一边的海魂衫，怅然若失。

元月三十一日　晴

老吕特地把我叫去告诉我："我又学完了一章。"看着他那副高兴的样子，我真说不出该为他高兴呢还是叹息。不过我心里很感动，觉得他对我的信任胜过其他护士。

老吕像是刚打了一场胜仗，信心很足，给我看刘主任给他安排的下一阶段学习计划。这时我又想到了刘主任。从那一回到高干病房取药，我才真正明白，刘主任对老吕是怎样的心肠。可我现在冒出这样的念头：老吕既然能从自杀中拯救出自己，绝不会再想不开了。何苦还要骗着他，让他白费这么大的劲呢？那帮人也太小看老吕了。我要干一件伟大的事，关系到老吕后半生，让他从这无谓的辛劳中挣脱出来。我咬咬牙，把该说的话咽了。

老吕睁大眼睛，吃惊地看着我。我又吓坏了，怎么是这样的后果，会不会……我闯大祸啦！

突然老吕说："想不到……又是你……谢谢。"他的声音有些发哑，"其实，我早知道了。你想想，我哪能那么容易让人骗住？好歹也是'老三届'的嘛。"

"那你为什么还要……"我着急地问。

"你说，在这个学习计划里，凝聚着刘主任和科里其他同志怎样的同志情感呀……"老吕深情地说。

我也被他的情绪感染，良久没有说话。

渐渐我又心酸起来："难道仅仅因为这些情感。老吕就要永远这样下去？"

老吕像看透了我的心思："你以为我是为了他们才自学的？错了。告诉你吧，现在你要不让我学下去，我还受不了呢。"

"你现在这么喜爱医学？"我可没有料到。他却摇摇头："不完全因为这个。许多东西并不在这书本上，有的让我说也无法说清楚……"

我只好似懂非懂地点点头。目光又移到他床头的黑飘带上，嗔怪他："你怎么老把这东西放在这儿吓人。"

他不好意思地笑了笑："那时我还不了解你，逗你的。"他让我解下那飘带，轻轻抚摸上面的金锚，"我当水兵那阵子，还没这玩意呢，都戴着灰色解放帽。七四年换水兵服，我已躺在这张床上了。我托人捎了多少次信，让部队给我发一套水兵服，都没有回音。后来我急了，把我在部队里得的三张荣誉证书都寄了过去，问他们我够不够格要一套水兵服。不久部队还真派来个干事，解释说上边有规定住院两年以上的，只发内衣不发外套。考虑到我的心情，给我拿来了一顶水兵帽。当然帽子我不能戴，就把上面的飘带取下来系在这儿，让它永远陪伴着我。"

我看着那根飘带，看着飘带上虽然暗淡却依旧闪烁微弱光芒的金锚，看着岁月在上面留下的痕迹，想了很远很远。和它同一时代的水兵们，或许退役或许戴上了大檐帽，可一代又一代崭新的飘带，依然飘扬在万里海疆。而且将永远飘扬。虽然它们相距千里远在天涯，病房里的这根飘带是不会孤独的。

我好奇地问："你刚才说的荣誉证书还在吗？我看看行吗？"说实在的，我还没看过那些东西呢。

他的目光黯淡下去了。停一会儿喃喃地说：

"别提了别提了，不少人都……让把它们扔掉呢。"他又沉默了一会儿，对我说："把那理发推子拿来。"

我疑惑地解开那个绸布包。他伸出那只蜷曲的左手，吃力地抓住一把，一咬牙，那推子"咯咯咯咯"地响起来了。只一会儿他的额头上已布满了汗珠。他看看那理发推子，而后粲然一笑："其实，我还捏得动，还捏得动，他们不愿意让我理了……"

我能说些什么？那些荣誉产生的年代，对我来说是那样陌生、那样遥远，我也看到别人讲到老吕过去"五好战士""学《毛选》积极分子"时，那种神情……唉！

那推子的咯咯声，在我耳边响了许久，许久。

二月一日　晴

路涛的胆子也太大了。今天中午午休时，他又偷偷摸摸溜进了朱茜的病房。我凑到小窗口一看，见朱茜正熟睡着，路涛却把手慢慢朝她伸去。这还得了，我一把推门进去。他吓了一跳，却并没有我想象的那样惊慌失措，反而把食指朝嘴边一竖，让我别作声。我再也忍不住了："你想干什么？"

他一脸不高兴："你这孩子，瞎捣什么乱！"

"我捣乱？"我真的火了，"你把手伸去摸她干什么！"

朱茜已经醒了，瞪大惊恐的眼睛："想不到你……流氓！"

"你——"路涛的脸涨得通红，嘴唇抖着说不出话来。

流氓，朱茜骂路涛流氓？！我一下子还没反应过来。再想想，她也不是好东西，上回不是她主动摸路涛的吗？现在倒想自己脱个干净还倒打一耙。这人路涛你该看清楚了吧！

不知什么时候，韦护士已立在我的身后，她凶狠狠地盯着路涛："好哇，你路拐子，耍流氓也不看看地方。"见路涛扭头出去，追了两步，"你逃就有用了？告诉你逃得了和尚逃不了庙！"

我倒打了个格愣。这事全怪路涛也冤枉，朱茜这个狐狸精太可恶了。我试着问韦护士："这事告诉科里？"

韦护士倒是一愣，马上说："哎，你可别出去瞎说，明天就要发年终奖了。真是见鬼了，这种风流事尽出在我的班上。"我松了口气，心想：也不全在你班上，只是别人没有发现罢了。

二月二日　晴

路涛反倒病人凶过郎中，每回见到我，都狠狠地瞪我一眼，一上午共瞪了六眼。我也来气了：你自己干那种事，还怪我？韦护士不向上报已经够宽大的了！我也回瞪他几眼，你的眼睛再瞪也就那么大，吓唬谁呀！

下午上班的路上，路涛在楼梯口截住我："哎，过来！"

"干什么？"我朝他走去，见他那副样子，我倒有点害怕了。他别来找我报复呀。

"我告诉你。"路涛朝四周看了看，"那个朱茜要是出了什么危险，我可不管了呀。你要负责任！"

这是什么话？你倒还反咬一口，朱茜会出什么危险，要出事，还不是你引起的。

"出什么危险？"我没好气地回他一句。

"你知道我把手伸去干什么的吗？"他问。

干什么？他脸皮可真厚。他好意思说，我还不好意思听呢："你干的事你心里明白。"

"告诉你，我要取东西。"

"什么东西。"

"你自己去看，在她的枕头下边。"他还是一本正经。

我疑疑惑惑走到朱茜的床边，见她的枕头下露出纸角。伸手一翻原来是一沓封好的信封。你翻人家的信就有理了？我又过去责问他。

他叹口气："你呀你呀，怎么不动动脑筋？你说她一下子写这么多信干什么？肯定要干一种特殊的事情，我的老家一个人自杀前，就给他的朋友都写了信。你还不明白吗？"

哦——这倒有点道理。可是那信又不能拆，我们怎么知道呢？

"那些信都封上了？"他吃了一惊，"谁帮她封的？你们这帮护士真笨！成事不足败事有余。"

这火发到我头上来了。不过这件事上我理解，劝他道："我们先要注意她，更重要的是做做她思想上的工作。"

"做工作？"他又叹口气，"我刚刚开始，你就打岔打掉了。"

什么？！他这一说，我倒又来气了："你们俩做工作是那样做的？还……"我真说不出口。

他的脸色有些微红："你呀你呀！她老是叹息自己骨头断了好不了。我说，我的手臂断了，接上后跟没断过一样。她不信，非要摸一下。"

这好像有些道理。那——那就让她摸一下吧。

我不由怪他："那你昨天也要说明一下呀。"这人的脑筋怎么一下子那么死了？

"我说一下？朱茜在那儿，我一说她会怎样？万一人家不是想自杀，这不等于逼人家自杀吗？"

我不作声了。真想不到，路涛不光有一副软心肠，还有一副热心肠。考虑事儿，比我们女孩子还想得周到。更叫我感动的是：为了朱茜，他宁愿自己蒙受委屈。朱茜呀朱茜，你怎么能骂人家流氓呢？！

"你怎么老盯我的梢？"路涛问。我吃了一惊。是啊，我所做的这些，都是为了什么？难道，难道，我真的爱上他了？爱的滋味就是这样吗？如果是，他怎么会这样不知不觉地占据我的心灵。而眼下，胸中的感觉是那么强烈！我这么小就喜欢上一个男人，是不是变坏了？可我现在觉得自己管不了自己了，也只有坏下去了。路涛是那样地有意思，他还一定很会体贴人……哎呀，莫非我有什么异常让他看出来了？千万别，要不多羞人……我偷偷看他一眼，他却若无其事，像是随口问问的。这下，我心里又像失去了什么，他怎么没看出我的心思呢？……

不管怎样，心里还是激起了不小的波澜，停了片刻，我柔声说："你呀，今后少同别人贫嘴。你看，地震跳楼有什么难为情的，尽让人埋汰你。"

不料这一说，他的目光黯淡下去。他像被打动了。停一会儿那双不大的眼睛认认真真看了我一眼，那种眼神我还从来没见过呢。

我的心里又开始……突然，他情绪又开始低沉下去，缓缓冒出一句："咳，都因为那场地震是假的。"

"假的？"我脱口而出。我说呢，最近广播里没播过地震嘛。

"现在人人都可以笑我怕死，笑话我摔在地上——喊救命时的狼狈相。"他的眼睛又看着我了，"可是，你们都没有想想，要是那是真的地震呢？那些在楼里没跳而又事后讥笑我的人，还有机会笑我吗？"他苦笑着摇摇头。

这倒也是，我不知不觉站在他的一边了。想想又责怪他："也怪你，老是挂在嘴上，还说自己自杀、自杀的……"

他摆摆手打断了我，苦笑着说："我又何尝愿意？恐怕也只有这两个字叫人不敢再问，或者就是不相信又不便问。"他的声音也变得温柔："你能理解吗？"

理解？这两个字在我心里打了个小小的格愣。说实话，我并没有完全理解，我打心眼里愿意理解他。可要从自己的口中回答出来，总觉得有点……那个。正犹豫着，他却不声不响转身走了。我好后悔，真想冲着那摇摇晃晃的背影喊道：我理解你，我理解你！

哦，韦护士那儿得找个机会替他解释一下。虽说她不向上告，可心里还认为他真是"流氓"呢。那朱茜那儿呢？……那就算了，我可不愿意他再去那个病房。

二月三日　晴

上午上班的路上，古小峰又突然拉住我，涨红了脸说："能不能……给我和晶晶找个时间……"

我一惊，他怎么会在现在提出这个？他想那样干，我也不敢帮他的忙呀，上回差一点没把我吓死。况且，现在还有别的理由："你也不是不知道，根据晶晶的生理状况，她这几天也不行……"说着我的脸倒红了。确实，这也是实话。

他张大嘴巴看着我的嘴，就像在听从法官的判决。想想我只好心酸地对他说："过几天吧。"

他无奈地点点头，突然用拳头在自己脑门上捶了几下："我……我真浑！"而后像小孩似的顺从地说："过几天吧。"

那几拳也像捶在我的心上。他哪里知道，那次我真正知道晶晶想干什么后，他要是真去，我还不敢帮忙呢。而现在，我又在骗他了：几天，依照晶晶的病情，还能有几天呢？

下午快要下班时，住院处来电话说来一个急诊，是个女病号，撞伤。因为和朱茜的病情相似，我对主班护士说："放到朱茜的病房吧，别让她一人老待着，免得出什么意外。"可等病号送到病房，才知道病情比想象的重得多，主要是颅骨骨折，脑中大量出血，人早已昏迷不醒，奄奄一息。

　　她大约三十岁，长得不算漂亮，但个儿很高。看到这副症状，我还真后悔出了个馊主意。万一她在这儿有个好歹，在朱茜的心里会产生怎样的影响呵！可到了现在，后悔也没用了。

　　事情比我担心的还要快，等我脱下白大褂洗完手正要离开病区时，就有医生说不行了不行了。我赶紧进去，见屏幕上的心电图脑电图曲线一下子变得平坦，一个医生正拿着钢笔状的小手电在照她的瞳孔，马上又摇摇头。我想离开，因为这种时刻对我的心里终究有点那个……正要走，看到朱茜瞪大眼睛盯着那心电图，我的心又悬了起来，只好停住脚步，用自己的身体挡住她的视线。

　　就在这时，奇迹出现了。那女病人猛然睁开眼睛，在我们中间寻找着什么，嘴里咿咿呀呀叫着。医生把门口的病人家属叫进来，问是在说什么。她丈夫马上问一边的老太太，"小毛毛呢？小毛毛？"老太太说："不是让送回家去了？"丈夫急了：这怎么办，这怎么办？医生也明白了，转身拿了一个枕头，用她丈夫的外套包好，送到了她的面前。病人笑了，竟会抬起双手伸向那个"小孩"。我还真着急：这一摸就知道是假的呀。大家屏住呼吸，看着那双手接住了她的"小毛毛"。几乎同时，她的身子一震，眼中露出了恐惧的神色，双手猛地朝外一推，把那个"孩子"高高地举起。

　　接下来是她亲属的哭号声。我并不明白她临死前的最后一个动作表示什么意思，就问边上的医生。她丈夫抢着边哭边说起来。今天下午她骑车带着小孩下班，不料过红绿灯时一辆大卡车撞了过来。本来，她在车子倒下时可以朝边上一滚，可是她没有动，只是抢着抱起她的孩子，用双手送到安全的位置。

听到这里，病房里全变得出奇地宁静。几乎所有的人都垂下了自己的脑袋，默默地注视着那双手，那双高高举起的手。

突然，我身后发出一声尖叫，紧接着号啕大哭，这哭声连死者的亲属也惊呆了，都扭过脸来看。我最担心的事发生了：朱茜正把脸埋在枕头里，整个身子都在大幅度地抽动。过了半分钟，她冲着死者叫起来："让我替你去死吧，让我去死吧……"

大伙面面相觑。朱茜又不哭了，翻开枕头下边那一大摞信封，哗啦哗啦撕了起来，有人要劝她，她却冲着别人发火："别拦我，我再也不想死了，不自杀了。"说着又哭了起来："妈妈，女儿对不起您……"

她妈妈不是早死了吗？

二月四日　晴

我今天收到了一封神秘的来信。这封信的作者是我自己。

我不知道为什么要这样干，总之我有好多好多的话要找个人说，又总希望有人同我说说那些我想听的。

又轮到我休息了。上午我和其他组在今天休息的几个同学去了莫斯科餐厅。吃一顿西餐可要排老长的队，不过菜还是很便宜的，就是没有中国菜味道好。不管怎样，大家的心里很愉快。

可到了吃晚饭时，韩敏又让我不舒服了一阵子。我在屋里听到她在敲区队长的门。区队长问："这是什么？"她说:"元宵,是我妈妈特意为你做的。"不知道区队长收了没有,总之韩敏就会来这一套。听着这些,我心里不是滋味。她的妈妈来了,我的妈妈却在千里之外,眼看快要春节了,能不想家吗?

其实,给区队长送点元宵也没什么。她是我们上四届的毕业生,今年二十三了还没有找到对象。听人家说原因就是她在学员队工作,时间很紧。每晚九点半熄灯就得归队和我们在一起,约会都困难。要是我妈妈在,说不定也要给她做点元宵。

可我为什么对韩敏有意见呢?

二月五日　晴

天哪,为什么偏偏是昨天,我没来上班呢!正是我们在莫科斯餐厅那会儿,晶晶的病情恶化了。她脑血管破裂,太脑里出现大量积血,昏迷过去了。连一句告别的话也没说……可是,即使说我在,我又能说些什么呢?

医生们又在围着她忙碌起来。一切都是徒劳,这我心里明白,医生心里也明白。而晶晶妈和古小峰,还充满希望在门外焦急地等待。

中午开饭时,厨房给晶晶送来一大盆茶叶蛋,那蛋金褐色,喷香喷香的。我惊奇地问送饭的战士,这是什么缘故。战士悄悄地告诉我:昨天医生已觉得她快不行了,早上给她开了"零号饭"。晶晶就要了这么多鸡蛋。

我知道"零号饭"是个可怕的概念。这是医院定下规矩:如果哪个病号快要不行了,他想吃些什么,只要他提出来,厨房要想法子尽量满足。例如不久前呼吸科一个小孩在病危时老看连环画《卖火柴的小女孩》,医生给开

"零号饭"后，她说要吃那卖火柴小女孩看到的烤鹅。这下可难坏医院了，这北京哪儿去买烤鹅呢？后来跑采购的费了不少劲，现买了一只鹅，请烤鸭店的师傅帮忙才做了出来。

晶晶妈拿出一个口袋，把那些鸡蛋朝里面装。我问这是干什么，大妈说："晶晶跟我说，今天部队给她发了好多鸡蛋，让我带回去给邻居小孩吃，你看，她都写好了名字：小三子、黑狗、二黄……"这个晶晶，我简直有点恨她了。

到下午三点多钟，医生都拆除那些抢救器械了。晶晶，我亲爱的朋友，就这样安详地躺在了那里。她妈妈问我："没事了吧？让她睡一会儿吧。"我再也忍不住了，趴在晶晶身上失声痛哭起来。紧接着，我听到身后一片哭喊声。

该给晶晶换衣服了。按照规定，军人在医院去世，院里发一套军服作为寿衣。我用酒精棉球细心地擦拭着她躯体的每一个部位。《红楼梦》里有一句"质本洁来还洁去"，可晶晶，你身上这一块块紫青色的斑点，我怎么也擦不掉，擦不掉呀。

我又拿起了那件海魂衫。就在这时，古小峰从门外闯了进来，一把从我手里夺过。他又是那样捧着久久地凝视，大颗大颗的泪珠，像玉玑一样砸到那蓝条条白条条上，又马上粉碎，变成一块块阴影。

副教导员看着古小峰颤抖的双手，突然说："我出去一下。"就开门出去了。终于，古小峰亲手给晶晶穿上了海魂衫。尔后抱着她失声痛哭："晶晶，你能原谅我吗，你肯让我替你穿衣吗……"

这一切，晶晶已无从知晓。晶晶，我的好姐姐，你还记恨小古吗？其实你不知道，你托我的事，我也没敢办呀，不能光怪小古。

现在，刘晶晶又恢复了她过去的模样。穿上军装，她是那样地美丽动人，她的睫毛依然修长，眼睛却再也不能睁开；她的嘴唇依旧是那样红润，却再也不能吐出一字。晶晶妈刚从晕厥中缓过神来，面孔上木讷讷的，找不到一丝悲伤。她颤巍巍地走近晶晶，用手摸着她的脸蛋、脖子、胸口，突然对我说："你来摸摸看，晶晶的胸口还是热的呀。"我把手伸进那件海魂衫，果然晶晶的胸窗依旧温热，突然，我觉得晶晶的心脏又在跳动起来，而且越来越强烈，我大叫起来："心脏又跳了，快测心电图！"

全屋的人都吓了一跳，吃惊地看着我。韦护士过来摸摸晶晶胸口，说："瞎嚷嚷什么，哪儿跳啦？"我再一次伸进手去，才发现，那是我自己的手心在跳。晶晶那颗热着的心脏，再也不能跳动。

窗外的天，依旧是湛蓝的天；天上的云，依旧是洁白的云。这是我人生多少日子里极为平常的一个下午。现在，八一湖上有多少情侣在拉着手溜冰，在我们这座大楼里，产房或许正在诞生着一个新的生命。哦，或许又有两个男孩女孩，正在那小泥球场过家家……可是，我的晶晶姐，就这样悄悄地去了，去了……

晶晶妈依旧在那儿木讷讷地坐着。今后和她相依为命的，只有晶晶那个痴呆的哥哥。这时，我看到他们两人相扶着，还蹒跚行走在山间的小路上，渐渐远去，渐渐融化在我的泪光里。在这样一个大医院，每月要死去多少病人，晶晶只是其中的一个。面对她，面对那些我遇到过或者将来遇到的不幸者，我能说些什么，又能做些什么呢？

能够健康活着的人们，都美好地生活吧！我，还有你们，能为生活的美好做出点什么呢？

收拾遗物时，晶晶妈从窗外拿出了那只塑料袋。看到它，我心里像被鞭子抽了一下。那些该给晶晶吃的茶叶蛋，一只未动，哦，唯独少了一只，是我摔烂的。我真后悔，当时为什么不吃，那样晶晶也好吃一只呀。晶晶，现在你要是能吃一只，让我吃一百只也吃呀！我对大妈说："妈妈，给我吃一只鸡蛋。"

在场的护士都吃惊地看着我。韦护士着急了："小吴！"我什么也没有在乎，剥掉蛋皮塞进了嘴里。这鸡蛋冰凉，而且已变了质，一股难闻的味道直叫我恶心，可当泪水顺脸颊流进嘴里时，什么味道都没有了。

"我还要吃一只，妈妈。"我对晶晶妈说。

二月六日　晴

早上上班，韦护士见我眼睛红红地肿着，就心疼地劝我："你这孩子呀，在这个病区死人是常有的事，老是这样你身体受得了？晶晶是挺可惜的，可你是个护士呀！护士既要对病人热情，可和病人的感情也不能太深。否则你这样老要悲悲戚戚的，不成林黛玉了？"

她的话有道理，可我的心里接受不了。我以后会不会变得像韦护士说的那样，对身边的生离死别熟视无睹？要真那样，可叫我害怕。就说这韦护士吧，对我自然是没说的了。可是，我觉得她也有不少毛病。有些病号家属待她好些，譬如买些便宜货什么的，她就对病人非常关心，有一回一个病号拉不出大便，憋得难受，她竟用自己的手去抠，叫在场的人都很感动。可有时小便宜没占到，她面孔就冷冰冰的。她像我们这么大的时候，可不是同我们一样吗？

下午路涛碰到我说："哎哟小吴，你是不是病了？"虽然在一个病区，近在咫尺，可他对我昨天经历的几乎不知道。当然，我不想对他说这些。倒是他讲话口气叫我感动。以前他叫我小妹妹小妹妹的，像大人逗小孩，叫我小吴，把我看得同他一样了。自从那次我俩在走廊里说过那些话，他同我讲话不再贫了，很认真很诚恳。可这样，我觉得有点异样，他有点不像以前的那个路涛了。那时我老觉得他贫嘴，可他贫得很聪明机智，老是让我发笑，让我高兴，让我觉得他开朗幽默好玩。现在，才知道我喜欢他，包括他的贫嘴。或许他还有许多缺点，可正是他带着那些缺点闯入了我的心灵，一旦失去，我又有点不习惯……

我想起一件重要的事："你腿上的伤怎么样了？"我希望他能尽快痊愈，可又怕他出院。

"差不多了吧。"他兴奋地弯弯腿，又蹦了蹦。

"快出院了？"我心里一阵发慌，因为春节快到了。

"快了。"他点点头。又补了句："不过，总得过了春节吧？现在回去也不上课了，我还想在这儿等着领慰问品呢。"

我心里稍稍宽慰了些。反正春节有几天休息。我要他跟我出去玩他会不会去？我一定要对他说：我理解你。哎，千万不能让别人知道。

哦，还有，我要让他再画一幅"天鹅"。

二月七日　晴

医院里分过节的东西，弄得病区走廊里乱糟糟的，真是有了节日的气氛。

那个高个子女人又来找老吕了，不过这回不是她一人，还带了一个男人和一个小孩。我问韦护士："那男的是干什么的？"

"哦，她丈夫。"韦护士随口答道。

"丈夫？"我一惊，"她，她不是老吕的爱人？"

"谁跟你说是的？"韦护士忽然像想起什么，"哎，你可别同他们去瞎说老吕同那女的什么，这是我们的规矩。"

韦护士告诉我，那女的是北京一家研究所的工程师，老吕过去的恋人。

他俩是中学同学，两人一道插队去了北大荒。后来老吕当了水兵。他住院后不久，她被推荐上了大学。毕业后她要求分配到了北京，理由是她恋人在这儿。可老吕，非要她另找个人。她发誓此生非老吕不嫁，要等着老吕出院。老吕说，她要是再不结婚，他就自杀。他说自己的病永远治不好了。

"老吕会跟别人说自己的病不能治？"我有点奇怪。

"就对她一人这么说。"

竟有这样的爱情！那老吕和她现在是什么关系？我不由问："哎，她和她现在的爱人怎么样？"

"听说，她对自己的爱人也特别好。"

我有意找了几张折凳，送到老吕病房。我看到床头柜上放了不少东西，都是他们买来的。老吕看着那女人的丈夫，有些局促，像是不知说什么好。那男人戴副眼镜，面目和善，看上去是个老实人，他笑眯眯地坐着，也说不出什么。

那女人从兜里拿出几个苹果，给我们大家削着，边削边问老吕："你怎么这么瘦？"

老吕笑笑："没什么，前几天感冒了。"

那女人吃了一惊："怎么没告诉我，现在怎么样了？"

老吕说："哎，说没事就没事嘛。"

这时，她丈夫却叫了起来："你的手——"我一看，见她的左手上划了一条不小的口子，血已经滴到地上了。我赶紧找了些纱布碘酒，替她包扎了。她丈夫心疼地坐近她的身边，拉过她那只伤了的左手，轻轻地抚摸着，抚摸着。老吕深凹的眼睛看着那交叠在一起的三只手，嘴巴动了动。停一会儿，脸上又浮出一丝笑容。

直到他们离开，那三只手一直握在一起，临出门时，她丈夫拉了一下她的双手，两个身体偎在了一起。她扭过脸来朝老吕深情地笑了笑。老吕也笑了。

把他们送走，我回到老吕的床边，见他正在揉眼睛，赶紧问："你这是怎么啦？"

他松开手笑了笑："他们全家来看我，我心里高兴。"

我怀疑地看看他的眼里，似乎多了些什么，那绝不是因为高兴才有的东西。

他在注视着那削剩下的苹果皮，那滴在地上的血迹。

二月八日　晴转雪

今天我们全体实习学员不上班，都到礼堂集合排练节目。春节医院里联欢，学员出一个大合唱节目。还好，有个在我们医院住过院的女病人，她爱人在北京的一个部队文工团拉手风琴，他帮着我们排演，还伴奏。他的演出服是毛料子的，真漂亮。又是那个韩敏，休息时间都让她出风头了，缠着人家一会儿莫扎特一会儿柴可夫斯基，好像人家倒要受她的教导，有什么稀奇，还不都是那本《青年知识手册》上背下来的，书还是跟我借的呢，厚着脸皮到现在还不还我。好几次想找她要，又拉不下这个脸。

唱的都是我们学过的歌，但人多，声音老是不齐。有一首歌是医院的一位宣传干事创作的，好听是好听，总觉得耳熟。台下围着一大帮人，托儿所的阿姨把那帮小孩也领来凑热闹。反正上面的人多，没什么不好意思的。

下午四点多钟，韦护士到洗衣房送被单，顺路拐到礼堂来了。她朝我招招手，我偷空跑了过去。她说："给你捎个信，那个路涛你记得不，让我告诉你，他下午出院了。你不是挺讨厌他的吗？"

我吓了一跳。这怎么可能呢，前天他还说过了春节才走呢，今天怎么又变了？我屏住心跳问："是不是他骗我？"

韦护士摇摇头说："这回倒不是。我告诉你吧，是我同管他的医生说了，让这家伙早点出去算了，省得在病区惹是生非的。刚好今天他的单位也有个要回去的，上午还真给他弄来了车票。"

我的全身都凉了。这几天为了晶晶，也为了他路涛，我的心里乱七八糟，竟忘了跟韦护士替路涛解释一下。可现在解释又有什么用呢？好半天，我才说："我看看他去。""怎么，你还把他当回事？那行，等等我，我取了干净床单就来。"真是急死人，可我又不能让她看出点什么，只好火急火燎地等着。这个韦护士也真是，上午的事到现在才告诉我！可是怎么能怪她呢，她又不知道我心里对他……

到病区一看，路涛病床的被单被套全拆去了。我赶紧问主班护士："那个路涛呢？"主班护士疑惑地看："你找他有事？"我打了个格愣说："他有一样东西落在我这儿了。"她这才着急："那你赶快下楼去，他刚走了十来分钟，兴许医院送的车还没有走呢……"我不等她说完，便小跑着冲下楼去。

到楼下门厅，见一辆朱红色的面包车朝医院大门口开去，车后喷出一股股白白的气体，和天上飘下的雪花汇在一起，今天的雪很稀很散……

那车拐个弯不见了，喷出的气体却在地面不远处飘浮了好久，好久。

晚上，我在那条面包车开过的马路上，徘徊了许久许久。雨点夹着雪粒洒在我脸上，凉在我心里。我喜欢漫天大雪，却又讨厌这样的雨夹雪，甚至有些害怕。

一阵清脆的马蹄声打断了我的思路。大门外的马路上，走过一辆大车，两匹瘦瘦的老马正用它们的铁蹄敲打着坚硬冰冷的柏油马路。这马车白天是不许进城的，我们也很少看到。看到马儿在这雨雪之夜行进还是头一回。它们从哪儿来，走了多少路？又要走向何方？它们累吗，冷吗？远处传来两声清脆的鞭响，那响声却像击在打我的心上，胸口涌起了许多许多的东西……

那个人就这样走了。他悄悄地走进了我的心灵，又悄悄地离我远去。在人生的路上，他要走向何方，还要走多远的路程，我再也不能知道。哦，路涛，当你在与命运、与孤独搏斗的时候，可曾知道，有一个叫吴湘的小女孩在为你默默地祝福。

躺在床上我彻夜难眠。枕头湿了，那两只"天鹅"又游动在我的泪水里。

日记本到这儿止住，后边部分又让粘上了。

我放下日记本，长长地吁了口气。只觉得鼻子发酸，眼睛有些湿润。又拿出烟盒，翻翻看，不知不觉已经空了。其实她哪里知道，送我们的那辆车出了门就坏了，在医院门口停了好一会儿，换了辆车我们才走。咳，一切都是烟云，一切都是命运！面前桌上的纸盒里，已堆了不小的一堆烟灰。这时，突然想起这样一句诗："我的烟蒂，堆筑了我爱情的坟墓。"我苦笑着摇摇头，又沉默了半息，问："有烟吗？"她不好意思地摇摇头，"没有，我们家那位不抽……要不我去买？"我忙拉住她，又问："那白手绢还在吗？"

"你看日记本后边夹的是什么？"

我连忙翻开，一看，果然是两只大白鹅一样的天鹅，手帕旧了，天鹅旧了，上边的泪水也早已干了。

"你的腿现在怎么样了？"她问。

我笑了笑："还行吧，要不还能在部队混饭吃？"

"你还是那样贫。"她柔声说，停一会儿又突然收住笑容，用一种幽怨的目光盯着我："……我给你写了封信，你收到了没有？"

"没有呀，你写的什么地址？"

"我就写了你们学校的名字和你的姓名。"

我只好摇摇头。那么大一个军级单位，光写个名字哪能找到我呢？我心里涌起一股莫名的味道："写什么了？"

她递过来一张纸条。上面写着一首诗："想到故乡千秋月，念念不忘屋后树。路行万里终不忘，涛声阵阵胸中扬。"实话说这诗写得很不成样子，但是我一眼看出是首藏头诗，头上几个字刚好是"想念路涛。"

看着它，我再也无法掩饰自己的感情，心口像凝聚了好多好多的东西要朝外喷发，眼眶也渐渐湿润。多么美好又纯真的情感，多么可爱的一颗心灵呀，天哪，我当时怎么就没有在意，而且几乎把她遗忘。我抱起了一直在屋里玩耍的孩子，很认真地吻了一下那可爱的小脸蛋。而后，狠狠心对吴湘说："这首诗是什么意思？我怎么看不懂。"

她吃惊地看着我，眼中充满了失望和忧伤。终于叹了口气，再也没有作声。

不知过了多久，我打破了沉默："现在还写日记吗？"

她苦笑一下："你看我成天忙乎着这个家，哪儿还有时间呵？"我"哦"了一声。这就对了。也许她还没有意识到，如果一个女人成家后还把情感停留在少女的梦幻时代，那她的家庭是不会幸福的。作为女人，她首先应该是一位真正的妻子，真正的母亲，没有比在一个温馨的家庭里找到自己应有的位置更幸福的了。作为朋友，我真诚地希望她能幸福；作为一个男子汉，我真诚地祝愿世界上所有的女性都能找到自己的幸福。

不知道现在她对生命、女人、生儿育女的想法和晶晶会诊时有什么区别，也不知道她以前为自己担心的，有多少变成了现实。毕竟，她已不再是日记中的吴湘，我也不再是那个路涛了。

但是，我会永远替她祝福的，永远。天渐渐黑了。她邀我留下吃晚饭。我谢绝说："晚饭我已约好去一个同学家了。"说实话，我的单身汉的饭量和有家有口的确实不一样。要不我吃不饱，要不她的一家吃不饱，所以极少在别人家里吃饭。

下了楼，我忽然想起一件事："那个老吕还在吗？"

"还在。"

"还在学医吗？"

"还学。"

"那床头的黑飘带呢？"

"还在。"

我点点头。有些东西，岁月是冲刷不掉的。当然，冲刷掉的，也不全是无价值的。

又是漫天雪花。路灯在雪夜里是那样的暗淡。我朝她点点头，骑上了车。

"路还不近，小心摔跤呀。"她在身后说。

（原载《当代》）

北京，金色的北京

> 今夜微风轻送，把我的心吹动，多少尘封的往日情，
> 重回到我心中。
>
> ——题记，摘自《最真的梦》

一

我刚赶到青岛，就下起了大雪。天气预报说，这雪要下一周，大家都在讨论，原定明天的出海任务会不会取消。晚饭时正式通知，按原计划出海。回到房间收拾东西时，我突然有一种莫名的兴奋，虽说当海军多年，在茫茫大海上顶着鹅毛大雪航行还是头一次。

这是一九九三年大年初八，我回老家过年后直接去了青岛。因为带着军装回去，二老很高兴。一九八八年部队恢复授衔后，要求

军官因私外出一般不要穿军装，所以这几年回去都穿便装。今年春节因为这套军装，增加了好多应酬。父母去哪儿都得叫上我，还一定要我穿上军装。总能收到一片赞扬声，说刚三十出头，就少校了。更多的说是海军的军装漂亮。还有的会问，北京没有海，怎么会有海军？这个问题，还得细细为对方解答，当然不止一次……

正在遐想着第二天海上的风雪飞舞，我呼机突然响了，一个陌生的电话号码，还是当地的。我犹豫一下，还是回了。没想到，这个电话影响了我很久，直到今天。

电话里的声音有点局促："柳参谋吗？我是叶季材呀！"

叶季材？我沉吟了一下。名字似乎熟悉，但一时没有反应过来。

对面觉察到了，补一句："驱逐舰支队的。"

我连连说你好你好。想起来了，这个叶季材原来是这个支队一艘驱逐舰的副舰长，三年前我在海军指挥学院代职当后勤指挥教员时，他要报考舰艇指挥博士，通过他一个在济南军区写诗的亲戚找到了我，让我帮他介绍认识他报考的导师。见过一面，我还请他在食堂里吃一顿午饭，接触时间很短，印象不错，觉得他明显带有舰艇军官的特点，比较单纯，但很精干。特别是航海的经历很丰富，让我这个爱好写作的人羡慕。

他考上时，我已回到海军机关。他报到后给我来过一个电话。后来再无联系。

"能不能见个面，我有急事求你。"

求我？我心里咯噔一下："你在哪儿？"

"我在海军四〇一医院，离你住的招待所不远。喔，我是打长途到你单位，才知道你来舰队出差。"

"是呀，你还在原单位吗？"他们部队距离市区远，来回得用一天。

"原单位。我女儿得了大病住在医院，我们一家春节就在医院过的。"他停了一下，"我现在过来找你？"

"不，我过来。"我放下电话，马上出门。

半小时后，我在医院招待所见到了他。三年不见，他变化不大，只是原来特别有力的眼神现在显得暗淡。他说他不久前刚毕业，回到老部队，在另外一条驱逐舰当副舰长。大年三十，十一岁的女儿突然发起了高烧，在支队医院治了大半天，控制不住，只好连夜送到这舰队中心医院。大年初一，诊断出女儿得了白血病。医院治疗几天后通知他，孩子病情严重，必须马上送北京，到海军总医院。北京，他没有熟人，情急之下想到了我。

"又要麻烦你，林之说总医院就是你们后勤系统的，你应该很熟悉，千万帮孩子找个好医生。"林之就是他那个诗人亲戚。

"非得去北京吗？"我问。

"是是是，你看，转诊单已开了出来。"说着，他拿出来递给我看，"明天的火车，医院真帮忙，春运期间，给弄了三张卧铺。"

"能不能等等，我们商量一下？"

他愣了一下，半天才有反应："真是太麻烦你了，我也知道你出差很忙，但女儿确实等不起。要不你先忙出差的事，我们先过去，看看还有没有别的办法。"

他说最后那句话时非常勉强，我有些不忍。其实他误解我了，我知道他在北京没有熟人，但也高估了我。虽然我不学医，对白血病还是了解的，这个病基本上可以说是不治之症。前几年看的日本电视剧《血疑》，就是讲的一个小姑娘得白血病一直到死亡的故事。电视上反复出现小姑娘父亲绝望的表情，让人不敢正视他的眼睛，就像我面前这位父亲的眼神。

要我帮他们找个神医，几乎没有可能。我知道，部队医院强项大多在军事医疗上，像白血病这样的世界性疑难杂症，能找到国家顶流血液专家，也许有一线希望。可像我这样一个年轻军官，看着是在机关，但在面向全海军的总医院，能有多大的影响力？再想通过总医院去协调北京其他有名医院的专家来会诊，根本没这个能力。

但是，我有一个思路，是从实践中得来的。前年我有一个亲戚也是得了一种重病，想来北京。我劝他们去了上海的海军医院，在北京之外，看病这样一些事情，我这样大机关的小参谋还是可以协调的。通过部队医院协调上海一流的专家，成功率比较高，而上海的医疗水平说是国家水平，这话不过分。

我赶紧说："能不能去上海？"不等他回话，我简要把理由说了一下，然后等他作决定。

长时间的沉默，终于他说："我上海一个熟人也没有。"我知道他意思了。他就是冲着我这个"熟人"在北京。

正拿不定主意，这事实在太大了。忽然，我冒出一个念头：这白血病本来就希望不大，到北京就是治不了，我也没责任。到了上海就都是我的事了，万一人财两空呢？

我心里一惊，赶紧说："那就去北京吧。"说着，让他带我到服务台，用军线电话接通了海军总医院。还算顺利，通过家属楼的楼道电话，找到了我认识的一个护士。

这个护士叫梁小湘，一九八三年我认识她的时候，还是实习护士。那时我右腿受伤，住院时她给我很多照顾，军校毕业到北京后，也保持着联系。去年她和爱人小古请我吃饭，问过能不能想想办法帮小古调回北京。我也问了几个京郊的直属部队，都没结果。

这么晚去电话，她很意外。我说明原委，问她肿瘤科有没有好朋友，她说有一个护士是军校同学，没问题。我就简单把这儿的情况和她说了，让老叶到北京后和她联系，请她尽力帮助。我还要在这里待一个星期。

放下电话，叶季材连声说谢谢，暗淡的眼神一下子亮了许多：

"总医院有熟人，就好办了。"

我真不知说什么好。认识一个护士，对这样一个病人来说，才是哪儿到哪儿呀，就好比茫茫大海上的一根稻草。我不好丧他的气，就没有再说什么。

和他告别后，我顶着雪花走在医院空荡荡的院子里，踩在积雪上的脚步声特别响。刚过春节，医院里没什么人，连路灯也没有全开。看看路灯下自己忽长忽短的身影，再想想还没有见面的那个病重的小女孩，心中真是没底，不由打了个寒战。

二

等我回到北京，已过了元宵节。回京的当天下午，我就给梁小湘打了个电话，问叶季材和他孩子的情况。她在班上，告诉我小孩病情有所缓和，因为在急性期，有炎症，用了些药，高烧压下去了。电话里，她告诉了我，肿瘤科对孩子挺重视的，邀请了北京的几位名家过来会诊。我说我马上过去，她特地叮嘱我穿上军装。

从海军机关大院到海军总医院不远，骑车十多分钟就能到，但我还是喜欢抄近道。上长安街一会儿，就从军事博物馆边上拐弯，到了玉渊潭公园的南边。进公园看到不少的施工场地，因为过年还都停着。听说要用围墙把公园围起来，以后自行车不能进来了，我的近道也走不成了。原先满眼都是芦苇荡，有时还能看到野鸭飞来飞去。现在芦苇全砍光了，留下辽阔的水面，还结着厚厚的冰。年前的雪还没化，湖面白茫茫一片。看史书，这一块水域早先很大，明末李自成的部队进攻北京前，因为要饮马，几十万人都驻扎在这儿。你想有多大！

不觉已到了医院，在大门口又给梁小湘打了个电话，她让我先到医院招待所找叶季材，今天她是四点下班，马上就过来。我拐到招待所，看到叶季材正在门口张望，一见我赶紧迎过来："柳参谋，你回来了！"

我正诧异，他拉着我说是梁护士刚给他呼机留了言，说我就要过来。

到了老叶的房间，他边让座边说："昨天给孩子会诊了，请了好多专家，真没想到运气这么好。"

我也很高兴。没想到北京协调地方医院也不难，我一阵庆幸，亏得没让他们去上海。

老叶拿出一本杂志："麻烦你给签个名吧。"

我一看，上面有我写的一个短篇小说。

我说这怎么签，这杂志上有十几篇作品，我在上面签名不是个笑话吗？我告诉他，下半年我的第一本小说集就要出来，到时签名送他一本。

叶季材还是要让我签："我女儿看过你这篇小说，她让我请你签名。"

"她什么时候看的，看得懂？"

"昨天，当然看得懂。"他说，大前天开始孩子的病情有所好转，也有了精神，想要看书。他去医院图书馆看了看，大多是医疗书，倒是有不少文学杂志。他翻了翻，意外看到了我的新作，就跑到附近邮局买了一本。女儿听说爸爸在北京有战友，还会写书，觉得太了不起了，十分兴奋，非常想见我，一定要我签个名。

了不起？我心里一阵苦笑。孩子天真，在举目无亲的他乡，对我这个"会写书的"寄予太大希望。还有孩子爸爸，从暂时的缓和中找到安慰和希望，从刚刚会诊就觉得我在北京很有能耐——哎，会诊结果怎么样了呢？

这时，老叶的呼机响了，他跑到服务台去回了个电话，回来对我说："梁护士让我们去肿瘤科病房。"

很快，我们到了病房楼中间的入口。梁小湘和另一个护士在等我们。我猜想，小湘是怕我不穿军装进不了病区。

"那是肿瘤科的赵护士。"叶季材说，显然，他们已经熟识。赵护士冲我点点头，对老叶说："会诊结果出来了，情况不大理想，一会儿林医生会给你说。"

老叶的脸色顿时变了，张着嘴说不出话。我虽然早有心理准备，心头还是有些发凉。

梁小湘说，咱们还是上楼找个地方细说。于是我们到了肿瘤科玻璃大门外的公用电视室。坐下后，赵护士说，专家们的意见和医院的诊断差不多，认定就是常见的一类白血病。

老叶马上说："常见的是不是容易治疗呀？"

是呀，我也这么想。

小赵没有吱声，看了小梁一眼。梁小湘放缓口气说，确实，许多常见病都很好治，因为病例多治疗的经验也很丰富和成熟。但白血病不一样，总体上没有攻克，越常见的越说明大家都拿它没有办法。医生们反倒希望这是个特例，当然最好根本就是个误诊。

但是没有误诊。我对我自己哀叹一声。

"医生一会儿找我就说这些？"老叶的声音沙哑了。

"是的。"小赵说，"再就是和你商量一下新的方案。"

"新的方案？"老叶的眼睛一亮。

"是的，新的方案，据说有希望。不过——"小赵欲言又止。

我赶紧说："有希望就用呀。"

梁小湘让我们别急，听小赵说完。小赵接着说，这次会诊带来了新的信息，国外出了一种新药，对控制白血病有特效。只要控制住，再看病人自身条件，还是有治愈的可能。只是这种药刚进入我国，药很贵，都要自费。

老叶和我马上说："再贵也要买。"

梁小湘说：刚才林医生了解清楚了，一支三千，每个星期打一支，三个月一疗程，一般至少两个疗程。

我不由倒吸一口凉气，牙缝直发酸。叶季材什么神态，我不忍去看。两个疗程七八万，要知道，我们的工资每月才五六百，这七八万是个很大的数字。现在见林医生，老叶能做出什么决定呢？这个钱马上就要到位。

沉默了一会儿，我问老叶："你家能拿出多少？"

老叶说："也就七八千元存款，凑凑，能到一万。"

我又问："那你见林医生怎么说？"

"再难也要拿出来，哪怕有一线希望！"老叶的口气十分坚定。

三

叶季材见林医生的时间不长，回到电视室对我说："讲定了，先治两个疗程，地方专家指导治疗。"

我说赶紧回招待所商量一下筹钱的事，毕竟这不是个小数，在北京三环边上可以买套房子了。作为后勤干部，也许是本能，总想着"兵马未动，粮草先行"。

"不急，先去看看我女儿，我跟她说你一回来就让她见你。"

"是呀，知道我为什么让你穿军装来了吧！"梁小湘说。我跟着老叶到了他女儿的病房。这个小房间两张病床，住着两个病号。

老叶一进病房，像换了一个人，满面春风大声说："潇潇，柳叔叔来了！"

小姑娘圆圆的脸很可爱，她马上叫了声叔叔好。一位戴着眼镜的少妇从床边的方凳上起身，对我点点头，看来女儿随她，白白净净。

"是荣老师？"我听老叶介绍过她的情况，知道她老家在我们江苏，在部队驻地中学当语文老师，"一看就是标准的人民教师形象！"我半开玩笑，想尽快消除对方的生分。

叶季材拿出那本杂志，翻到扉页对潇潇说："你不是要叔叔签名吗？"

潇潇有点害羞，点了点头。不好推辞了，我翻到有我作品的那一页签上。我打趣说，这是大人看的书，你看得懂吗。

"怎么看不懂？都五年级了。"老叶帮女儿披了披被角，"三年级就看长篇了。还瞒着我写童话，让妈妈给她投稿呢。那时个子小，捧着一大本书坐在门口，叔叔们都好奇，说老叶的女儿不会把书拿倒吧。"

潇潇撒娇地打了爸爸一下。

老叶说："好好好，不说了。"转头对荣老师说，"今天你回招待所休息一下吧。"

"不了。"荣老师说。

"你天天把小方凳拼起来睡，时间长了这怎么受得了？"

小方凳？我才发现，靠窗还有三张这样的方凳，加上两张病床边上的凳子，一共五张。荣老师就在这上面睡？

"妈，你听爸爸的吧，我都好了，再说还有肖阿姨在这儿呢！"

"是啊，有我呢，你都在这儿待了一个多星期了。"靠窗那个病床的病号正在低头看书，听潇潇说话，抬头笑着跟荣老师说。我看了一眼床头牌——肖进，海军陆战队排长。长得挺秀气，奇怪的是，她头上戴着一个红毛线帽子，像阿拉伯人的头巾。好看是好看，就是怎么在室内也不摘下？我脱口问："你是什么病进来的？"说完就后悔了，在这个科，能有什么病？

肖进一愣，马上说："我的心脏边上有一颗敌人的定时炸弹，需要排除。"

我听得云里雾里。潇潇说叔叔她是骗你的，肖阿姨就是感冒引起的肺炎。

老叶两口子都点头。我也没多想，对肖进说，你还真幽默。

四

和老叶夫妇一回到招待所，马上就谈到了医疗费。荣老师显然被这笔费用吓着了，一下没了主意，也许是加上这段时间住在病房没休息好，顿时蔫了，和刚才比老了好多。好在老叶比较镇定，也许是长年在海上当指挥员，突发情况见多了。可是，光靠心理素质，也变不来钱呀，而这钱，就是救命钱。

老叶算了算，自己家里一万，老家亲戚那里估计能够凑出五千。其他，他还一时想不起什么来源。他问我，能不能问问财务部门，像他这样能不能贷款。我没贷过款，但凭直觉这条路不大行得通。我答应他去咨询一下，忍不住还是问了一句："欠这么多钱你怎么还？"

老叶似乎早就想好了，平静地说："只要能救孩子，我愿意还一辈子。"

荣老师好像一下子来了精神，跟着说："对，我们愿意还一辈子。"

看着潇潇的父母，我鼻子有些发酸。算了算，自己也就能凑出两千元，我和我爱人都是"月光族"。唯一的外快就是稿费，最近倒是有一笔稿费，创历史纪录的，有一千八百多元。一般来说刊物出版社发稿费都是邮局汇款，这家出版社发稿费却不一样，用挂号寄的支票。这支票到银行去取要三个月后，也不知道为什么有这个规定。如果想提前取，就要去找出版社。谁好意思去上门要稿费？现在想，幸好有这三个月的规定，要不早就让我取出来花了。看样子，这两天要厚着脸皮去趟出版社了。

告别老叶夫妻，我骑车回海军机关大院，顺着湖畔边骑车边想潇潇的救命钱该怎么办。看看白茫茫的湖面，我心里空落落的。突然，看到路边有"宋庆龄基金会"的字样，哦，基金会在这里办公。就这时，我脑子里冒出一个想法，赶紧加快速度。

进了机关大院，我顾不上回家吃晚饭，直奔办公大楼。到办公室，马上通过总机要叶季材那个驱逐舰支队，让找他们沈政委。

其实，这个沈政委没见过面，但打过交道。他前几年在舰队当宣传处长，看过我的作品，也知道我很年轻，让人问我愿不愿意去青岛，到舰队创作室当专业作家。其时我已成家，当然不会愿意离开北京。后来，我给他打过一个电话，表达了谢意。

在办公室等了好一会儿，总机告诉我电话接通了。因为他们支队的总机已告诉他是我要的电话，就少了不少寒暄。我开门见山，先说了叶季材孩子的病情和医疗费的缺口，然后直接说出了自己的想法：能不能支队政治部发个倡议，让官兵们给叶潇潇捐款。

对方半天没有声音。

我以为电话断了，喂了一声，那边说："我想想。"

这有什么好想的呢，战友之间献爱心不是挺正常吗？政委会有什么顾虑呢？对政委，我还是有些了解，知道他也爱好文学，喜欢读书。我这个喜欢写作的人，对爱好文学的领导有着天然的好感。这也是我能冒昧打电话的原因。

对面终于说话了，问我："这捐款的事，是叶季材的意思吗？"

"是我的意思。"

"他同意吗？"

"我还没跟他说呢，准备先和你汇报一下。"我还是犯嘀咕，这还用说吗？

对方又停顿了片刻，终于说："是这样，叶季材同志我们已经上报了提升。"

我脱口说："当舰长啦？！"真有点意外，但想想也应该提升了。三年前老叶就是副舰长，副团职，又加上博士毕业，这样的人才该用起来。

"不是，是到我们支队下面护卫舰大队当大队长，他以前在那儿当过护卫舰舰长。"

又是意外，赶紧问："那老叶知道吗？"

政委说，年前征求过他的意见，叶季材的意见不大愿意去，还是想在驱逐舰上干。他说他专长是航海作战，管部队全局能力不够。当时我们表示可以考虑他的意见，但研究再三，还是决定让他去大队。

我说让他当个舰长不是更好吗？你们支队有了博士舰长。我的印象里，叶季材就是个航海业务型干部。我知道，到护卫舰大队是重用。驱逐舰舰长和大队长虽然是平级，都是正团，但驱逐舰舰长就管舰上一百多号人，而护卫舰大队有十几条舰艇，上千号人。并且和支队机关不在一个军港，是个独立的营院，责任大，权力也不小。我觉得老叶能力比较单一，不适合这么一大摊子。

我忍不住把自己的想法和政委说了，虽然觉得自己这个身份这样说不合适。

政委在电话那边笑了，说你看问题还真准。

我一怔，什么意思？

政委说，就是要解决他单一的问题。当大队长就是锻炼他的全面能力。他还拿自己作例子，因为一直在宣传口工作，刚到支队来当政委时，也是好长一段时间不适应，工作也受影响。

话说到这个份儿上，我觉得政委挺诚恳的，不过，这和给叶潇潇筹款有什么关系呢？

政委说，叶季材要走上主官的岗位了。要是他的部下都给他捐了钱，都是他的恩人，将来怎么工作？

我这才明白，政委为什么为难。叶季材提升，自然是好事；可对他女儿来说，就不见得了。

我问政委，可以把这个情况告诉叶季材吗？

政委说可以，舰队已经研究过，过几天任职命令就下来。

我不好说什么了，道声谢谢后挂了电话。在办公室坐了一会儿，心里有些郁闷，就打了个电话给梁小湘，把自己募捐失败的情况和她唠叨了一番。

<h1 style="text-align:center">五</h1>

第二天本来可以补出差的假，但我还是去了趟办公室和领导汇报了出差的情况。准备下午先去出版社把稿费取了，再到医院去，和叶季材商量筹钱的事。现在看，要救潇潇，核心问题就是钱了。

正要回家，呼机响了。一看，居然是医院的，我赶紧回了过去，一听是叶季材。他声音有点哑了，急促地说，潇潇昨天夜里突然发病，先是高烧，后来休克过去了，医生还在抢救。我心头一紧，赶紧骑车去总医院。

也许是我穿着军装，再加上神色匆匆，病区门口的值班员没有拦我。按理，下午还凑合，上午是治疗时间，外人根本不能进病区。

到潇潇病房门口，我看里面医生在忙，老叶两口子也在边上，就没有打扰他们。转身去了骨科，找到了梁小湘。

小湘显然早知道了。她让我不要慌张，这种情况常见，只要及时，医生处理起来也有经验。幸好昨天晚上发现得早，及时抢救，刚才潇潇已经脱离危险，醒过来了。

昨晚？我一惊，忙说："昨晚她妈妈恰好没在呀！"

"是呀，多亏了同房间那个肖进。"梁小湘说，"她是两栖侦察队的武林高手，睡觉都睁一只眼。今天凌晨潇潇发病时，她第一时间呼救了。"

"真该谢谢她,幸好她还没有出院。"

"出院,什么时候说她要出院?"小湘吃惊地看着我。

这眼神让我奇怪:"她不就是感冒引起肺炎吗,住几天还不出院?"

"谁说的?"

"她自己说的呀!"我说,"她还挺幽默的,说敌人在她心脏里埋了颗炸弹。"

"哼,你是真傻还是假傻?她要是一般的病能住那个病区那个病房?告诉你,她心脏的主动脉上生了个恶性肿瘤,又没法做手术,随时会要她的命。"梁小湘连连叹了口气。

怪不得,是个"炸弹"。我真不忍心:"那就没有办法了?"

"这不在做着化疗嘛,对了,你有没有注意到她的帽子?"

"看到了。"我还正要问问怎么会戴这么古怪的一个帽子呢。

"那是她头发全掉了。"

我的天哪,怎么会是这样!

忽然,梁小湘拿起呼机看了一下,说:"小赵来信号了,没事了,你过去吧。"

走进病房,见老叶夫妻俩都疲惫地坐在凳子上。肖进先发现我,冲我一笑,笑得我心里特别难受。她轻轻用手指捅了一下老叶。老叶醒过神来看见了我,马上起身拉我到走廊,小声说:"孩子刚睡着。"

我俩又到了电视室。

我真着急了,像目前这样控制症状,怕是不可靠的,还得用激素,副作用大。必须尽快开始有效治疗,必须马上和老叶落实经费的事。

我刚要开口,老叶主动说:"昨晚政委来电话了,说你找他了,真谢谢你这么费心。"

我说:"有什么好谢的,好不容易想出个办法,偏偏遇上你要提升。"说完又觉不妥,好像提升和给潇潇看病二选一似的。

老叶叹口气:"我也昨天半宿没睡,真不想去呀!"

是呀,哪个父亲愿意自己提升影响女儿救命的呢?

我也跟着叹气:"要不跟政委再说说,反正提升命令还没有下来,先缓一下,过段时间调整到别的部队不行吗?"我有点急糊涂了,也不考虑可行不可行了。

"兄弟,你误会了。我是真的担心自己胜任不了。那么大一摊子,作战训练后勤装备,我怕辜负了组织的信任。"

原来是这样。

"但是,就算我不提升,让官兵们捐款也不合适。你想,大家的工资都不高,每个月都有安排,存不下什么钱。你看我存的那几千元,还是多年前参加南极考察的补助。士兵们就那点津贴,更没法挤了。在捐款上,我比你有经验。我当舰长时,捐钱不公开。献爱心能力有大小,有人多捐,那少捐和没能力捐的压力就大了,处理不好会起反作用。捐款不公开数目和姓名,就我们几个舰领导掌握,这个办法我带到支队来了。哦,还没给你说,政委昨天连夜通知支队领导开会,决定给我困难补助,常委们和各部门领导还给我捐了钱。谁捐多少,政委也对我保密。"

确实有许多学问,也有许多感动。不纠结了,我马上问:"支队那边一共多少钱?"

老叶想了一下说:"补助加捐款六千元,已经非常多了。"

确实是不少,我算了一下,加上老叶自己的一万五,再加上我要取的那个两千,两万三了。一个疗程三万六,过了一半,不管怎么着,要把一个疗程的先筹出来,尽快开展治疗。

这时,赵护士找来了,说潇潇醒了。我们跟着赵护士,很快来到病房。

潇潇脸红红的，一看烧还没完全退。她轻声叫了我一声柳叔叔，突然问老叶："爸爸，我这个病是不是要花很多钱？"

"没，没有呀，你的病又没什么大不了的。谁说要花很多钱？"老叶有些慌。

"昨晚我输液时，迷迷糊糊听到你和林医生在商量筹钱的事！"潇潇说。

"你能听见我们讲话？"老叶一惊，马上岔开话题，"那是你在做梦。"

"爸爸你别骗我了。我那时虽然不能动不能说，但听得见。我知道，是白血病，就是《血疑》里面幸子得的那个病。我知道是看不好的，不要借那么多钱。你们一辈子都还不完。"潇潇说。

"孩子，你千万不要瞎想，会好的会好的！"边上一直没有说话的荣老师一下子哭了出来。老叶也不知说什么好，嘴里老是不会的不会的，像是说给他自己听。

"柳叔叔，求你一件事。"潇潇忽然叫我，我连忙边应着边走到她床边。

潇潇像个小大人似的对我说："柳叔叔，你能在你们单位帮我找个车吗？"

"可以呀，你要找车有什么用？"

"我想去看看天安门，你能带我去吗？小时候妈妈就教我唱《我爱北京天安门》，天安门的模样在我脑子里不知出现了多少次，多么想来趟北京，看看天安门呀。这回终于来北京了——"

"你不是答应爸爸妈妈了吗，一定要考上北京的大学。到时候看天安门的机会有得是。"荣老师在一边说。

"既然来了，就去看一看。现在天太冷，等你出院时，叔叔一定带你去看看天安门，还要看升旗，再留个影，让你在广场玩个够。"我赶紧接话。

"叔叔你不要安慰我了，我知道我的病肯定好不了了。趁着我还能动，带我去一趟。"小女孩的眼睛里充满着渴望。

我心里像刀绞一般，喉咙发紧。潇潇的病情是肯定出不了病房的，更别说去天安门了。

老叶夫妻俩早已是泪流满面。

我吁了口气，用轻松的口气说，这才哪儿到哪儿呀。北京这么多名家给你会诊，拿出了国外的最好办法，肯定能治好。你说的那个《血疑》是什么年代呀，这不新药出来了吗？

没想到潇潇说："这进口的新药我不用，那么贵，爸爸妈妈要用多少年才能还清借的钱呀。"

我马上说："谁说要你爸爸妈妈借那么多钱的？不用的。"

"叔叔你骗我吧？"潇潇说。但从她的眼神里，还是能看出有些期待。

"不骗你。昨天叔叔给你爸爸那个支队的沈政委打了电话，支队领导连夜开会，又是补助又是捐款，把问题解决了。沈政委你见过吧？"

"见过，是沈伯伯。他常到我们家来借书，我们家书多，好多人来借书。"潇潇的口气明显缓和下来，带了点自豪。

我很认真地对潇潇说："你想想，你要不坚强起来，好好治疗，对得起沈伯伯他们吗，对得起你爸爸妈妈吗？"

潇潇用力点点头："谢谢沈伯伯他们。叔叔我错了，我一定坚强起来，好好配合治疗。"

我感到整个病房都松了一口气。我还发现，潇潇的精神一下子好了许多。

安慰好潇潇，我就先回海军大院了。下午，我直接去出版社把稿费取了。路上我想，现在说什么都没有用，筹款才是硬道理。

六

回来的地铁上，我的呼机响了。一看又是海军总医院的号码。难道潇潇又出了什么事？好在我已上了一号线，很快就到了军事博物馆站。去时我就从这里上的地铁，自行车就停在地铁口。本想不回电了，直接去医院，但怕有什么急事，我还是找个电话回吧。

不是老叶是小湘，她说她给潇潇也筹了点钱，要交给叶季材，让我一块儿去。我说我正要去医院呢。她说那就好。又说到晚饭时间了，就在医院门口小饭馆吃个便饭。我说那正好，我也想请老叶两口子吃顿饭，就把他俩叫上，边吃边聊。

那个饭馆我去过几次，是个川菜馆，我特别喜欢吃里面的麻婆豆腐和凉面。我找了个小包间，不一会儿梁小湘也到了，她带了两个人，一个自然是老叶，还有一个四十出头的男子，穿着军装，是文职。

老叶连忙介绍："这是林医生。"

我马上抓住对方胳膊摇了摇，说幸会幸会。

梁小湘说，荣老师不肯来，要陪潇潇。我想想也是，昨晚她刚离开一晚就出那么大的事，不知要多自责呢。

我怪小湘，没提前说有林医生，早知道他要来，该找个好一点的饭馆。林医生说心领了，晚上还要值班，小湘刚好要商量医疗方案的事，他也来了，随便吃点就行，省下钱给孩子看病吧。

最后一句让我暖心。我也不客气，就点了几个家常菜。

服务员刚要走，老叶忽然问："有没有鲫鱼？"服务员说了声没有就出去了。我纳闷老叶怎么会想到要吃鲫鱼，他还有这个心情。除非是林医生想吃。我对他解释，在北京就很少见到鲫鱼，冬天鱼就更少，除了带鱼就是鲤鱼。

老叶有些失望地说，刚才出门的时候，潇潇说她想喝鲫鱼汤，没有就算了。

哦，原来如此。

趁菜没上来，先说正事。我问潇潇先开展一个疗程行不行，说白了就是钱不够，第二个疗程慢慢凑。林医生说，这个他和地方医院商量，应该没问题。他还告诉我们，两个疗程中间要停一个月，我们有四个月的时间想办法。但，第一个疗程要抓紧，他问我们筹了多少。

老叶说目前落实了两万多，一个疗程都不到。我马上说快够了，就把刚取的两千元拿出来递给他。老叶刚想推辞，我说"借给你的"，把他话截断。紧接着，我问梁小湘："你有什么高招，还能筹来钱？"

小湘笑着说："怎么，我就没有一点办法了？"说着，拿出了一个大信封，打开一看都是钱。

小湘说，昨天晚上你打电话唠叨募捐失败的时候，女儿听到了，问潇潇是谁，我说是爸爸战友的孩子。没想到她早上一到小学就给老师说了，老师中午就发出倡议，到下午，好多学生就来捐了钱，还有不少老师也捐了。

林医生很意外："啊？！"说着，拿过信封，全倒在了桌面上。看起来有一大堆，都是小面额的，大多是十元五元。也有五十一百的，还有不少硬币。

"你数了吗，多少？"我忍不住问一声。尽管知道在这个场合问不合适，我还是问了。

"我数了一下，三千七百六十四元五角。"梁小湘边说边开始往大信封里装钱，因为服务员已经端了菜进来。

数字还是超出了我的预期。

忽然，我看到几张黄色的小纸片夹杂在里面，拿起一张看看，原来是小学的饭票，面额是五毛。我忙把那几张都挑出来："你的宝贝女儿真粗心，把自己的饭票都混进去了。"说着递给梁小湘。

梁小湘接过又放到大信封里了，说："这也是捐款。"看着我们诧异的表情，小湘说，"有两个同学，家长都是下岗工人，经济困难，身上也没钱，各捐了五元饭票。"

大家听后都呆住了。

我从信封里又拿出一张饭票，轻轻地抚摸。这哪是饭票呀，是一颗颗滚烫的童心。

五个菜已摆到桌子上了，像是在静静等着。终于，我说这张饭票我留着了，做个纪念。

老叶说："给我一张好吗？"他眼角亮亮的。

林医生站起来，也从信封里找出一张饭票，折叠好放进了军装的左胸口袋，说："我也做个纪念。"尔后从右下兜里掏出了三百元，放进那个信封。我这才发现，这个见惯了生离死别的肿瘤科医生，眼睛也湿润了。

七

第二天是星期六，我正常上班。开春事多会也多，跟着领导开了一天会。下班时看了一下呼机，没人呼我，说明医院那边正常。这正常，既说明潇潇的病情没有变化，也说明老叶那里筹款没有进展。我就没有给他们打电话，一个人坐在家里沙发上想心事。老叶的任职命令应该下周就到支队，部队的春季训练就要开始了，作为部队军事主官，他留在北京的时间不会太久。怎么也得在他走以前把医疗费弄出个眉目。他要是一走，我压力更大了，而且最近自己工作也特别忙。想着头皮直发麻，可是有什么办法呢，他来北京不就是冲着我的吗？

回到家，我拿出那张五毛钱的饭票，看了好长时间。孩子们滚烫的爱心，让我感动又惭愧，自己这么一个大人一点招也没有。不行，要想办法呼吁更多的人来捐助。

我试着给《解放军报》长征副刊的江编辑打了个电话。电话里，我简要把潇潇的病情和学生捐款的情况和他说了，问能不能联系一下读者来信的版面编辑，我写封表扬信给抓紧发出来。

老江问我，是不是想借军报变相募捐？我实话实说就是那么回事。

老江说，我们军报的读者来信对这类稿子是控制得很严，你这病号是家属不是军人，捐款的又不是军人，适合在地方报纸上发。

我有点急眼了，说地方报纸发我还找你。又把孩子们捐款的情况细说一遍，特别说了我手里这张饭票。

江编辑似乎有点被打动。就问我潇潇父亲的情况。我连忙简要介绍了老叶的亮点：第一代博士舰长，参加过南极考察，率舰完成多次重大演习任务。说完，我突然发现叶季材还真是响当当的。

听我说完，老江沉吟了片刻："我们想个办法，只能试试。给我们副刊写个小报告文学，两千字以内。主要写这位舰长，可以带出他女儿，也可以带出你说的那张饭票。但是，通篇要围绕军事训练。关于募捐的事，只能让读者去悟。不过丑话说在前头，要是让我们领导看出来红笔划掉，那是你没写好，可不能怪我。"

"你们领导都看不出来，还去让读者悟出来？"我说话有点没好气了，因为和他比较熟，也没有在意自己的态度。

"写不写你定。"老江倒没有计较，"不过我劝你还是写出来为好，有希望总比没希望好。说句心里话，万一把我们领导感动了呢？"

"我写我写。"他说得对，有希望总比没希望强。只要有一线希望，都不能放过。

说干就干，我赶紧去办公室连夜开工。我给老叶打了个电话，又详细核实了一些"闪光的细节"，报告文学最讲究真实性，这一点上不能含糊。尔后又给梁小湘打了个电话，核实学生捐款的一些动人细节，又核实了两个捐饭票孩子的名字，我还特地把这两个名字写在那张饭票的反面。

也许是神助，还没动笔，标题已在我的脑中跳了出来：《博士舰长和他的港湾》，题目一满意，下笔也快了。

晚上十点多钟，稿子终于写成了。对于学生的捐款，特别是那几张饭票，我写得特别用情，看着自己眼睛都湿润了。

事不宜迟，赶紧给江编辑传了过去。还是有点不放心，莫名其妙地把那张饭票的正反面也传了过去。

八

早早起来了，心里有事睡不着。就给江编辑家打了个电话，他爱人接的，告诉我，他拿着我的稿子，刚去办公室。

今天星期天，他这么早就去办公室处理我的稿子，真不好意思。想给他办公室打个电话，觉得不好。算了，不干扰他了。

今天不用上班，可得好好把时间排一下，用足。因为老叶要走，因为潇潇的病情等不起。

心里还是有点不定。正盘算着做些什么，忽然想起一件事，骑车直奔翠微路菜市场。这菜市场也算我们这一带比较大的，由于今天是周末，人也较多。我进了市场大厅，直奔水产柜。果然不出我的意料，柜里的水产都是冻货，还是那几样，没有鲫鱼。我有点不死心，问营业员："有鲫鱼卖吗？"

那营业员看我的眼神有点迷惘："你说的是非洲鲫鱼吧？过两个月天暖和一点儿会有。"

"不，我说的是鲫鱼，中国的。"

"没有，这儿从来没卖过。"营业员是北京小女孩，看来她真的对鲫鱼没什么概念。

我刚要离开，边上有位四十多岁的妇女对我说："甘家口菜市场，你可以去看看，有时候周末会有。"

甘家口不就在总医院那边吗？今天就是周末，我赶紧骑车奔甘家口去。好像已经看到那儿有卖的了，去晚了就会被别人抢走。

到甘家口菜市场，水产柜上依旧没有，我也死了心了。想走，还是问了句："有鲫鱼吗，听说这儿有卖的？"

营业员是位老大爷，他问我事先预订了没有，我说没有。老大爷说，那就先预订一下，下周六来拿。我一愣，忙问："那上周人家预订的你这儿有吗？"他朝窗边上努努嘴，说，"正在化冻呢。"我看窗边上有一块长方形的冰鱼，里面都是鲫鱼。

我说化开了就买几条。老大爷说那可不行，都是人家预订好的。我问这鲫鱼怎么这么紧俏，老大爷说不是紧俏，是没什么人买，都说是鱼刺多，卡喉。也就是三里河那一带江浙人多，愿意吃这种鱼。有人认识经理，就联系了外地货源，每周进一点。

三里河离这儿不远，路过两个红绿灯，还恰好是解放军报社的北大门和南门。过了南门那个路口，有个大院住着我一个江苏老乡。前几年电视剧《围城》热播时，他还跟我说钱锺书就住在他们院里，傍晚散步时常遇到。我去过那个院几次，没遇见过一次。钱锺书也是江苏人，那儿江浙沪的人应该不少，可不嘛，那儿还有一个京沪商场，专卖上海产品。我去买过多次上海的点心，特别是蝴蝶酥。我赶紧赔笑脸，说能不能匀点给我，我有急用。

老大爷笑了，说这鱼还有什么急用，有谁这么馋？

我说，是个小姑娘得了白血病，在病床上要吃鲫鱼汤。

老大爷想了想，说那你得等一会儿，这冰还没化呢。

我说不化了，敲几条给我吧，说着自己就过去敲了起来。

老大爷说："只能给你三条。"

好的，三条就三条，我从边上抠下三条，让大爷称好，付了钱，直奔海军总医院。

我到了医院门口那个小饭馆，找到给我点菜的那位服务员，问她能不能让厨师晚上做个鱼汤，我出加工费。

服务员说：是给那位先生的女儿喝的吧，没问题，你晚饭时让女孩的爸爸来就行。我又说做一条就行了，另外两条能不能寄存在你们店里的冰柜中，下周再做。她说，这个我得去问问，说着接过我手中的塑料袋，进去了。过了一会儿，她出来对我点点头，说行了。我说声谢谢就要离开，突然想起什么，问她："你贵姓？"她说姓潘，我记住了，一会儿告诉老叶。

骑车回大院吃午饭了，一路上很开心，速度飞快。我想着潇潇看到鲫鱼汤的表情，心里还蛮有成就感的。

九

回到家刚端上饭碗，呼机就响了。我一看，是军报江编辑的号码，赶紧起来回了过去。

老江问："干吗，吃饭哪？"

我说："是呀，你吃了吗？"

他说："你倒挺舒服的，我为你这稿子忙了一上午，现在还在办公室呢。"

我连忙说谢谢。

老江说谢什么谢，你也可真绝的，挺会打感情牌。

"感情牌？"

"你装什么装，你把那张饭票都传真过来了，还不绝？弄得我在家一刻也不敢耽搁，还巧了，幸亏今天去办公室，领导也在加班。领导觉得这篇稿子有意思，现在春季大练兵就要开始，准备搞一个报告文学征文，各军兵种都要体现到。这个正面写舰长的，又是博士舰长，能反映军队现代化建设，让你再加一千字。"

"那太好了，学生捐款的内容我再加一点。"我想这可真是好事。

"你想得倒美。首先告诉你，捐款内容基本删除了。"

我急眼了："怎么删了呢？"

"我也没办法。领导还把标题给你改了，叫《博士舰长》，要你加强舰艇上内容，一是南极考察那次，破冰抢险的情节还要细化，二是他当护卫舰长时提出的'书香周末'特别有意思，以及他的那个家庭图书馆，都值得细写，有新意。这一千字你抓紧弄吧！"

"什么时候要？"我有点提不上精神了。

"下午就给我，下周二见报。"

"这么快？"我还真有些意外，我知道副刊的稿子属于文艺作品，周期相对要长一些。

"怎么又嫌快了呢，你不是要赶时间么？本来安排到三周后了，当然，这也是快的。我抱着试试看的心态和领导说，这个人现在是副舰长，下周就可能上任当大队长了，'博士舰长'四个字也就没现在响亮。领导觉得真有道理，决定先发这篇稿。不瞒你说，挤掉了别人一篇稿子。"老江说。

听着，我还是非常感激，这位老兄真帮忙。但凭现在的稿件内容，对募捐已没有意义了，早发晚发也没多少差别了。当然，这话我不能说。

忽然，我心里一动，问："这征文评奖吧？"因为两年前我参加过他们一次征文，得过一个奖，奖金是三百元。

"当然评奖，领导说了，你这篇稿子是好稿子，我估计，应该能得奖。"

"奖金多少，涨了吧？"我接着问。

"怎么，你怎么像个葛朗台了，这么在乎这点奖金？是涨了，五百。靠这五百你能发财？"

五百，加稿费，估计也有六百了。募捐整不来，拿奖金来凑，能凑一点是一点吧。我又问了句："能不能我再好好写一篇，再给我一个奖？"

"你有病吧？"老江显然给吓了一跳，嗓音也高了八度，"哪有一个人获两个奖的？再说，这个奖还不一定给你，我只是估计。"

我觉得自己真有点丢人，但是我还是顽强地问了句："那我再写一篇，不用我名字，你们让写什么我都立马采访，一定竭尽全力写，行不？"

"行不，你说行不？"老江更没好气了，"你是真的，还是和我开玩笑？别啰唆了，抓紧写吧。你吃饱了撑的，我还饿着肚子呢。"说着挂了电话。

我还是不死心，心想让济南军区的林之写一篇吧。不过，林之是写诗的，现代派，写个小报告文学有点屈才，估计也没几人看得懂。想想，唉，还是算了吧。

十

中午不午休了，抓紧动笔弄那一千字。按照报社老江的要求，三点之前我把稿子传了过去。尔后，给老叶去了个电话，让他晚饭前去小饭馆取鲫鱼汤。

老叶在电话里情绪很好，说正要找我，让我晚上过去吃晚饭，还在那个包间。

我说没必要。上次是我请，是不是你要回请呀，都什么时候了，能省一点是一点吧。

没想到老叶说，荣老师的弟弟来了，刚下火车，还带来了好消息，他们老家有个慈善机构，愿意捐钱给潇潇，数目还不少，有五万元呢。

我一听，差点蹦起来，这不太好了吗，有了这五万元，两个疗程的药费就不缺了。荣老师这个弟弟怎么不早来半天，我也不至于在军报的同志面前丢那么大脸。

约好六点吃饭，我四点半就到了饭店。也正好，和厨师说一说鲫鱼汤该怎么熬。我们江南人都会熬到汤发白，像牛奶一样。进了厨房，我才发现这一趟来得必要，因为是川菜，到处红辣椒，我生怕师傅顺手把辣椒就放进汤里。好在用的是汤锅，要不，炒菜的锅都是辣的。

在炉子上小火熬汤时，我给老叶呼了一下，留言说我已到了。我看了一下表，也已五点了，怎么着再过一会儿也该到了。可是等了好大一会儿，不见人，我又呼了他一下。想想又顺便呼了一下梁小湘，没一会儿，小湘就到了，偏偏老叶他们还是没到。

难道出什么事了？我问梁小湘。

小湘说不会吧，下午她还见过潇潇，挺好的。再说，有什么情况，小赵和林医生还不第一时间通知她。

服务员小潘进包间，说汤熬好了，那位叶先生怎么还不来？我跟着进了厨房，见那汤是熬好了，但比江南的熬法差点儿意思。我问店里有牛奶吗，小潘说牛奶没有，只有牛奶饮料。我说买一瓶赶紧拿来，小潘马上拿来一瓶。我打开倒一半进了锅里，汤还真的发白了。我尝了一口，味道还不错，至少看不出这汤发白是加了东西。

小湘说老叶没来，她送去吧。我说还是我去吧，一是我去看看潇潇，也看看那位女侦察排长。当然，我更期望看到潇潇见到这鱼汤时的神情。于是，我拎着这小锅里我参与创作的"作品"，骑上自行车，朝病房楼飞驰而去。推开病房门，我见老叶没在，荣老师诧异地看着我："怎么你来送了？老叶早就去了，说是让我弟弟送来，他要和你谈事。"

"是是是，我们要谈事。"在潇潇面前，我们也不好谈筹款的事，在她那儿，知道的是我们早已筹好医疗费了。

"啊，这么香的鱼汤，真跟姥姥熬的一样！"潇潇兴奋地眯着眼、张开嘴，用力吸着锅上面的蒸汽。

"妈给你盛，还烫着呢。呀，这么多，你喝得了吗？"说话间荣老师已经给潇潇盛好了一碗。

"肯定吃不完，肖阿姨不喝吗？"潇潇说。

"对对对，肖排长，你也来喝一碗。"

肖进正看着窗外，没有任何反应。怎么啦，我有点纳闷。荣老师过去拿起她的瓷碗，肖进才回过神来，忙拿下头上两只耳机。原来，她是在听随身听，她对荣老师说了声谢谢，又冲我点点头。从她的眼神中看出，有掩饰不住的伤感。听的什么音乐，让她如此动情？

看着潇潇美滋滋地喝鱼汤，我也非常有成就感，浑身每个毛孔都舒坦。人真奇怪，有时会因一点很小的事情快乐。

没时间自我陶醉，告别了荣老师和潇潇、肖进，我连忙赶回餐厅。

老叶居然还没有来。

小湘说她又呼了一次，没回。打招待所电话，一直占线。

因为正月，招待所没什么人，这占线的电话肯定是老叶在用，他一定遇到了什么急事和大事。我又骑上车，直奔医院招待所。

十一

走进招待所大门，果然老叶还拿着电话，全神贯注在听着，一直嗯嗯嗯，见我进来，点点头，指指他房间的方向。我就没有打扰他，径直走过去推开房门。

房间里，一位二十来岁的男子坐在椅子上，见我进去，马上站了起来，笑着让座。但我明显感觉到这笑容是强挤出来的，我直接问："你是小荣吧？"

"柳参谋？我姐和姐夫都说你帮了好大忙。"

"没有没有。"我有些惭愧，我能帮多大忙呢？

"你姐夫怎么打这么长时间电话，怎么啦？"我忍不住问。

小荣脸一下变了，气鼓鼓地说："我觉得他脑子有病。"

"怎么有病？有病还念博士？"我心里有种不好的预感，但还是竭力放松气氛。

"我们老家一个慈善基金会捐款的事，他跟你说了吧？"

"说啦，五万哪！这下潇潇的医疗费全解决了。太好了，真是雪中送炭。"我真是高兴。

"他脑子不知从哪儿抽了一根筋，问我这个基金会怎么知道潇潇生病缺钱。你说人家一片好心做慈善，帮忙救人，他还怀疑人家了。"

是呀，他们那边是怎么知道的？我问小荣："是不是你和他们熟悉？"

"那倒没有。"小荣说。

"那他们是怎么知道的？"我也会问呀，这事有点蹊跷。

"他非要问清楚这个，让我问基金会。我说这样对人家不尊重，人家好心好意来救急救难，他还质疑，这开得了口吗？被他逼得没办法，这大周末的，我还是硬着头皮打电话到负责人家里问了一下。是山东的一家食品公司要给捐钱，人家本来是给别的项目的，刚好在潇潇同学的家长那儿得知了潇潇的情况，也给潇潇捐了。"小荣说，"潇潇同学家长知道这事不是太正常了吗？"

我想想倒也是，潇潇的同学有不少本来就是支队的子弟，而荣老师又是中学的老师，中学生不少都是从潇潇在读的小学出来的，从我周三打电话给沈政委，到现在已经是周日了，这段时间足够把消息传出去了。

　　就在这时，老叶终于进门了，一脸的沉重。坐下后，半天没有作声。我看他，是在努力克制自己的情绪。

　　还是我先开口："怎么，打了半天，这捐款单位弄清楚了吗，不会是国外情报机构吧？"我故意开了个玩笑，想轻松一下气氛。

　　老叶勉强笑了一下，说："那倒不是。"

　　"那不就得了吗？"小荣说，"你这不是狗咬吕洞宾，不识好人心吗！"

　　"既然柳参谋已经知道了，我就简单说吧。"老叶说，"我刚才给护卫舰大队的后勤处长打了个电话，问了一下现在给大队食堂供应副食品的是哪家食品公司。"

　　"是这一家吗？"我和小荣同时发问。

　　"那倒不是。"老叶连忙摇头。

　　我也就松了口气："那不就结了吗，你还担心什么呢？"

　　老叶艰难地说："刚才后勤处长告诉我，原来的那公司今年五月合同到期，所以四月份准备重新招标一下，有许多公司都会来竞争。"

　　"这家公司会来吗？"我心里不由一沉。

　　"不知道。"老叶摇摇头，"但我估计他们肯定会来。"

　　小荣不干了："你怎么确定他们肯定会来，这种事情能凭你以为吗？要是你当法官，光凭你以为判案，要出多少冤案。"

　　我觉得也是，老叶在这事上做得太过了，就说："对方不是给你一家捐钱。"

　　老叶摇摇头，吃力地说："我刚给基金会的领导打电话问了，说这家公司准备捐八万元，这五万元指名给潇潇，其他三万元分成六个项目，由基金会定。而且，在昨天以前，这家公司并未和基金会有任何联系。"他问小荣，"基金会是昨天下午才找到你的吧！"

"是的，这不我连夜坐火车就赶来了，本来他们要医院的账号，我想这么大一笔钱，还是赶来当面说吧。"小荣一脸不满，"早知道我来找你干什么，直接让我姐要账号不就行了。"

我觉得这事确实有点挠头，老叶要去当大队长，估计当地早就传遍了。这家公司如果要去投标，早就关注谁能来当大队长，要不，也不会这么神速。但是，这一切都是推测，万一人家公司真是搞的慈善呢！

正在这时，梁小湘进屋了，嚷嚷着说："呼你俩也不回，怎么回事？"

老叶拿起呼机看了看，连声说对不起。我就把简要的情况和她说了一下。梁小湘说："我觉得，基金会的捐款你还是接受，这潇潇的病情等不了了。那边这个招投标呀，完全可以秉公办理，也不一定他们能中。"

老叶："万一他们中了呢？"

虽然我觉得老叶有一定道理，但这样处理还是简单："你现在连他们来不来投标都不知道，还想到他们万一中不中，你就不想想万一他们就是慈善捐款呢。"

"你们说的都有道理，他们能在这么短的时间，找到我们老家，等捐了款，怎么就不能很快找到我？就算真的公开公平中标了，这捐出去的钱以后真要从官兵们的碗中抠回去，你说我管还是不管？！"

室内一阵沉寂，我知道他讲得是有道理，理智告诉我天上不会掉馅饼，但情感上还是希望这块馅饼真就是从天上掉下来的。

"那你就不要这钱了？"小荣带着哭腔问。

老叶艰难地点了一下头。

"那你就不管潇潇的死活，她是不是你的女儿？"小荣忽然扑通一声跪到了老叶面前，"我求求你了，救潇潇的命要紧。"

空气一下子凝住了，老叶像被电击了一下。他张了张嘴，突然双手抱头，用力抓着头发。我看到，热泪已经从他两边脸颊流下。

我连忙把小荣拉了起来，说："小荣，你不要激动，总会有办法的。前两天，就在这间屋里，你姐姐和姐夫对着我发誓，就是还一辈子债务，也要救潇潇。"

小荣抹了抹眼泪，哀求老叶："这钱咱先收下不行吗？以后再还给他们！"

梁小湘也说："是呀，就算先借基金会的应应急，咱们有了钱先还这一笔，不就行了吗？"

我也帮着说："你不一直想留在舰上吗，等会儿我就找沈政委，请求尽快把你调到舰上。"

老叶身子有点颤抖，说："谢谢你们的好意，女儿我不心疼谁心疼啊，就是拿我的命去换我也愿意！"说着，从衬衣口袋里掏出那张黄颜色的小饭票，抹得平平整整，轻轻放到了桌子上。

"刚才我给孩子妈也说了，她也同意不要。"

时间好像静止了。

十二

星期一下班，我还是接着去趟医院。昨晚那么折腾一下，饭也没吃成，我今天约他和小荣到老地方吃个饭，再商量一下，还有什么可筹款的资源挖一挖。叫了梁小湘，她说要值班，就不来了。

老叶先来了，说小荣还在和潇潇母女俩聊天，一会儿就过来。

我们排了一下筹款，快三万了，第一个疗程也就三万六，瞎子磨刀快看见亮了。

老叶说小荣可以拿出一万元，是他准备结婚装修房子的。我一阵感慨。

这样第一个疗程也就够了，我松了口气。

问他什么时候回部队。他说下周五要宣布任职命令，周四必须赶回去，小荣留在这儿顶替。

我知道春季训练任务很重，他一去就不知什么时候回来了，心里有一些不踏实。老叶一直在沉默，知道他内心更不踏实。

两人都不说话，也不知说什么。

好一会儿，小荣来了，一进门就问老叶："肖排长家里是不是出什么事了？"

老叶叹了口气，接过话茬：昨天肖进接了个电话，他们舰队有个干事写了篇稿子，是写她成长经历的，一个农村女孩子从小立下习武报国之志，到成为一个优秀海军特种兵的艰难历程。本来这两天要见报的，不知怎么回事，突然给撤稿了。

"什么报纸？"我忙问。

老叶说军报。

我有些不解："就为一篇稿子？"

老叶说："唉，这孩子从小家里很苦，父母养育她不容易。她知道自己的病治不好了，想用这篇文章让父母知道他们的心血没有白费，告慰一下父母。"

我浑身一激灵，就赶紧到服务台给军报江编辑打了个电话，还好他在家。我张口就问："昨天你说的挤下来一篇稿子，怎么样了？"

他愣了一下："准备退了，稿子还不错，让作者另找地方，别耽误了。"

我问："是写什么的？"

"是写的海军陆战队一位女排长。"

我的天哪，想帮潇潇，却重重地伤害了肖进，赶紧说："能不能把我的稿子撤下来，先上那篇稿。"

"开什么国际玩笑，昨天连夜把大样都排好了。明天，不，今天夜里十二点就要开印，你说撤就撤？"老江真恼了。

见他这么说，我想自己也是急糊涂了。

可怎么面对肖进啊？我缓了缓口气，问："那稿子退走了吗？"

他说："还没呢，先电话通知了作者，让他另找出路。"

我说："先把稿子给我，我来想想办法。"

对方说也行。

我说我现在就过来拿，海军总医院离军报社也就一站公交吧，我出门骑上自行车，到军报社门口，拿到了稿子。

回到饭馆，老叶说："跑哪儿去了？菜都快凉了。"我连忙说对不起。

十三

星期二，军报出来后反响不错，让我惊喜的是那捐饭票的内容还保留着。

小荣第一时间给我打了个电话。说潇潇看了报纸高兴极了，真为自己有这样的爸爸自豪，本来她对爸爸回部队是一百个不愿意，现在反而劝爸爸早点回去，不要因为她影响部队训练。

还能有这样的作用，我也感到欣慰。

没想到周三傍晚，沈政委把电话打到了我办公室，劈头就说："好家伙，你这是在将我的军呀。"一下把我说蒙了。

沈政委说：昨天他们看到了报纸，这篇报告文学在部队引起很大反响，既推进了春季练兵，也推广了读书活动，有的舰上提出了

"少上牌桌,多上书桌"的口号,意思是周末少打扑克多看书。

我知道部队到周末打球打扑克是很正常的事,但有更多的人喜欢看书,我自然开心。但我怎么"将了他的军"呢?

话说到正题,叶季材女儿生病的事在部队传开了,特别是北京小学生捐款,还捐了饭票,让大家很感动。官兵们也要捐款,都说不能比学生们捐得少。这下控制不住了,支队领导做了不少工作,规定除了团以上干部,每人不能超过十元,就这样捐了一万一千多元。

末了,沈政委说:"我和主任两个人,昨天下午晚上到今天一整天,都忙这个事了,表格还是我画的。谁捐多少,只有支队队长和政委、政治部主任掌握。"

我不知道说谢谢还是对不起,第一反应是又增加了一万一千多元,总数到了五万元,这样潇潇的第二个疗程也有了一万多元了。但接下来的是深深的不安,一是干扰了政委他们的正常工作,再就是给他们出了难题。以后遇到这样的情况怎么办,总不能个个都写篇文章上报纸吧。

但愿以后不要出现这样的情况。

老叶明天要走,晚上我去了趟医院,病房还是不敢去,因为稿子的事不敢面对肖进,就先去招待所等着。八点半,两人回来了,老叶见了一把拉住我的手,说真不知怎么感谢我才好,我知道沈政委已经和他把情况说了。

老叶动情地对我说:"我真感到羞愧呀,先前基金会的五万捐款,其实我心里一直惦记着,没放下。如果潇潇的妈妈不支持我,也许我就妥协了。"

我一阵唏嘘,这样的选择对于一个父亲来说实在是太残酷了。

十四

老叶回部队了，我得全面负责起来。

周五下午，我打电话给梁小湘，让她问问林医生第一个疗程什么时候可以开始。没想到，梁小湘给我的回话是，林医生让我明天晚上跟他出去吃顿晚饭。我问去哪儿，是不是我要请客。梁小湘说是地方医院的医生请，你跟着去就行了。

小湘说的那个医院是北京一流的医院，在国内也是名列前茅的。特别是上次给潇潇会诊的专家，主要的一位就是这家医院的一位科学院院士。不管怎么说，这顿晚饭肯定和潇潇的治疗有关。怎么会是他们请林医生呢，还要叫上我。

周六下午，我请假提前一小时下班，早早来到总医院门口，林医生已在那儿等我了。两人会合后，他拦了一辆面的。我说没必要吧，医院门口有一路公交直接到沙滩，吃饭地点在王府井，走几步就到了。他拉我上车，说没事，这打车钱对方报销。

还有这么好的事？面的开得飞快，虽然路上颠簸，但比挤公交车舒服多了。有一次我也是骑车到这儿坐车去美术馆，中途到白塔寺一站让下车人挤下来，到车开走也没再上得去，只好等下一辆。

我问林医生为什么叫上我。林医生说，地方医院的李医生约的他，是那位进口药的药商请客。他说李医生就是会诊时那位院士的助手，潇潇的治疗方案也是他帮着拿的。以后几个月的治疗过程，免不了要时常和他联系，这种新药自己是第一回用。

那为什么药商要请客呢？我心里直犯嘀咕，千万别再生什么幺蛾子，尤其是别再附加什么费用。

"那进口药价钱定了吧，会不会涨？"我憋不住冒了一句。

林医生看我一眼乐了："不会不会，我想跟他们谈谈能不能降点价。"

降价？我的心狂跳起来，这可能吗？看林医生笃定的样子，不仅不像逗我，还似乎有点把握。

还是打的快，说话间就到了目的地，是座特别豪华的宾馆。以前来王府井怎么没注意，抬头一看，天伦王朝饭店。林医生说的那位李医生和药商汪经理在大堂里等我们，四人一起登上了直达三楼的自动扶梯。到了三层，算是开了眼界，是个很大的广场，广场中间有演奏音乐，满广场就是个大型的自助餐厅，看菜品非常丰富。

找个僻静一点的四人桌，大家坐了下来。我看了一下自助餐的价格，每位一百二十八，出了一身汗。四个人吃下来，五百出头了，顶我那可能到手的奖金。今天晚上，怎么也要我们请客呀，总不能让林医生请吧？可我口袋里也只有一百多元。

李医生笑着对我说："本来请你们吃鲍鱼的。"说着指指广场边上，"那个餐馆都订好了，可林军医说他不喜欢坐包间，嫌憋气，他特地挑了这个自助餐。"

林医生说："这就挺好了，想吃什么吃什么，花样还多。我有重要的请客，就到这儿。跟你们说个笑话，去年我军医大学的导师来了，我请他们夫妇到这儿吃晚餐。那天偏偏中午我自己吃坏了肚子，晚上不想吃，就要了两份，坐在这儿陪他们，要了一杯开水，边聊天边看他们吃了一晚上。我看服务员的眼神，似乎在说，哪儿有这样请客的，自己不吃看客人吃，够抠门的。"

"我今天请客，我也不吃了，看你们三个吃。"汪经理接着开了个玩笑。

汪经理看上去三十多岁，李医生说是他们医科大学的师弟，后来去国外留了几年学，跟着这个新药品刚回国，"我们叫他'帝国主义买办'，简称'汪买办'。"李医生居然也开了句玩笑。

林医生笑着对汪经理说："你的意思李医生说了，挣不挣钱是小事，想在军队医院做个宣传。但我实话告诉你，军队医院这样的病例不多，因为病人大多是军人，健康指数相对要高。不像李医生他们医院，一是名气大，全国各地的病人直往那儿涌；二是面向的全社会，基数要高不少。"

李医生说话了："是这样，你们总医院的病号主要不是来自门诊，是接收全海军各医院转来的，所以面也比较广，有需要这种药的，让他们知道，用不用可以自由选择。"

林医生说："这倒是个双赢，可是我们医院连一个病例都没治好过，我们说话也没底气。"

汪经理说："我们不是有一个病号了吗？李医生还说，是他和你远程合作。"

李医生说："都在北京，近程近程。"

林医生说："目前这个病号还是没法开展。"

李医生和汪经理都脱口问："为什么，不是已经买了一个疗程的药，下周一就要开始治疗了吗？"

林医生说："是这样，钱只够买一个疗程的药，连捐款都加上去，也就这么点钱。"说着，从口袋里摸出那张饭票，"你们说，小学生连这个都捐了出来，也就是这个能力了，我还捐了三百。要是光治一个疗程，前不前后不后，说你的药是有用还是没用呢？"

李医生沉吟了一下："这倒也是，怪不得你说能不能降点价，这个我和汪经理也说了。"

汪经理说："我们这新药刚进入国内市场，本来定价就不高，我是没有权力降价的。请示了上级，加上林军医和李医生的面子，每支降五百元。"

"太好了太好了，太感谢了。"我忍不住说。每支降五百元，一共二十四支，一句话就降下来一万二千元，这是多么大的一笔数字，怪不得他们在这儿吃饭一点不在乎。

"不过，这个价格仅限于我们四个人知道。要不，市场乱了，我们就要关门了。"

我说："放心，在我们这儿属于'军事机密'。"

林医生笑着看我一眼，尔后对汪经理说："我觉得还要往下降一降！一万二千元确实不少了，但对方还是不够呀。按我以往的经验，新产品推广，开始时不赔就是赚。来之前我也和领导汇报了，领导意见也很明确，要是能把叶潇潇治好，医院当然欢迎这种药，也愿意推广这种药。"

汪经理和李医生对看了一眼，两人不约而同面露难色。李医生说："上次我们院士的一个关系，也就是这个价。"

林医生说："这个病号应该更特殊一点。"说着从包里拿出一份军报，翻到有我文章的那一页，"你们看，这是她的父亲，而且报上提到了叶潇潇生这病，在我们医院。你们想想，这么一个有影响力的案例，你们轻易放跑了，不是最大的贻误商机吗？"他又指指我，"这是本文的作者，我希望在给叶潇潇治好后，他再给这篇文章写个续篇。"

汪经理站起来，又重新握住我的手："原来是大记者，我还以为是林军医同事呢。"

我笑了笑，认不认都不合适。

汪经理沉默半晌，咬咬牙说："好吧，每支两千元。"

我简直不相信自己的耳朵，居然有这么好的事情！这样，潇潇的医疗费不是全解决了吗？

林医生："不能再便宜一点？"

我极不理解地看了一眼林医生，担心是不是太过分了。

汪经理摇摇头："林军医，我们已表达最大诚意了。"说着从包里拿出一张纸，"你看，这是我们进货单的复印件，按理我是不能给你看的。"

林医生接过看了一眼，拍了拍汪经理的肩，啥也没说。

李医生说："饿了，吃饭吧。"

回医院的路上，我非常感谢林医生，一顿饭吃下两万四千元，收获真是太大了。我想起自己死不要脸地跟军报江记者想多要一份奖金，和这个比起来，毛毛雨了。

听着我的感慨，林医生说，医药代理见多了，这个公司现在看来还是很有良心的，刚才他瞟了一眼进货单，也就是一千九百元，事实上他们公司是亏的。

我也真心地说："遇到像你这样的医生，真是潇潇的福分！"

林医生也有些感慨，可能这次见面效果不错，他话也多了。说他读研究生的时候，他的导师带他到"文革"中下放的农村去访学，不少经导师看过病的病人或病人的孩子来见导师，个个都是感激得要命，一口一个活菩萨。导师告诉他，当年在农村行医，条件十分简单，一根银针、一把草药，再加上些常规药，他救了不少垂死的病人。导师常给他们说："在我们医生这儿，有时多用一点心，就是救了病人一条命。"

我听了颇为震撼，怪不得古人说"不为良相便为良医"，医者仁心啊。

十五

一晚上睡了个好觉，第二天起身晚了点。这几天一直心里紧张，现在好了，医疗费全解决了。我给小湘、小荣都打了电话，把昨晚的成果和他们分享，一再关照他们不要说出去价格，这是"军事机密"。

虽然忙着潇潇的事，但心里还一直惦记着肖进那篇稿子。看上午还有时间，翻出军报退出来的那篇稿子，又认认真真读了一遍。

想了想，给《海军报》的一位编辑打了电话，然后去了他家，反正都住在一个宿舍区。

他问我，什么稿子，这么急？我把稿子给他看，他翻了翻说："这个作者和我很熟悉，怎么让你转？"

我叹口气，把两篇稿子撞车的事给他说了，末了恳求他："如果能用，就说是军报转给你的，我也和老江说一下。"

这位编辑说："用肯定能用，我有个意见，你看行不行。这稿子很动人，但正面写部队生活的有些弱，你既然坑了它一把，也帮它一把。去采访一下这个肖进，再补充一下她训练中的动人情节。"

去采访肖进，我有点心虚。

"怎么，这个无名英雄你不肯做？"编辑问。

躲着不去见面总不是个事，我心一横："行，下午就去。"

下午三点多，我到了总医院，潇潇见我过来很高兴，说叔叔太厉害了，让我爸爸上了报纸。然后有点不好意思，小声嘀咕："爸爸是表现优秀上报纸，我却是因为生病，表现不好上报纸。"

我马上说："等你病好了，把你的事迹写出来，再上一回。"

荣老师也接着说："我们潇潇学习成绩，从小到大都是班里数一数二的，她还得过市里竞赛一等奖。"

潇潇更羞涩了："我这算什么，肖阿姨还得过海军比武一等奖呢！"

肖进这回倒是没有听耳机，正捧着一本书在看，见我进去时抬起头来点了一下，看情绪已不像前两天那么低落了。她拉开床头柜把书放进去，从里面拿出一张报纸，对我说："柳参谋，大作拜读了。"她打开那张报纸，看那篇文章加上标题和插图，整整有半个版。她看了一眼又合上，对我笑着说："真好！"

不知道这两个字包含着多少含义，我故作镇静地对肖进说："《海军报》有一篇写你的稿子，也要发这么一大版，编辑委托我帮着修改一下。我想采访你一下，现在行吗？"

"啊，太好了，肖阿姨也要上报纸了。"潇潇高兴地叫起来。肖进很诧异地看着我，荣老师先是惊讶，又马上说："快去吧。"

梁小湘早就联系好医生办公室。

我抓紧时间，顺着稿子的脉络，问了她练武情况，尽可能再找出点精彩的东西。她知道这篇稿子还能出来，当然很高兴，情绪和刚才完全不是一回事了，话也多了。很快，我补充到了潜水格斗她一人连胜五个男兵、荒岛生存创纪录等动人故事，让文章增加了不少阳刚之气。不到一小时，我要的素材都齐了。

"谢谢你柳参谋，我知道这篇稿子不用了，没想到又被你救活了。"肖进非常感激。

我太尴尬了，恨不得找个地洞扎进去。我这反常让肖进马上发现了，她很诧异地看着我。

终于，我实话实说告诉她，是我挤下了她的稿子。

她一下傻了，半天没有吭声。

我有点慌了："肖进，这事我当面向你道歉。"

她回过神来，抹一下眼角，朝我笑了一下："对不起，我走神了，想起了一件事。"

"什么事？"我好奇地问。

"我提升排长时，有五个预提对象。经过几天考核，淘汰了三个，只剩下我和另一个甘肃女兵，我俩再二取一。又经过一天考试，前几项势力均敌，不分上下。最后一个项目是徒手格斗，我从小学武艺，她格斗肯定不如我。"

"所以你提升了。"我说。

"可我知道，她的老家比我还要艰苦，如果提不起来，那年底就要退伍，而我是从体育学院大二来当兵的，即使退伍，也不至于再回农村去。"她眼泪流下来了，"可是，我太想当兵，太想实现父亲的嘱托和自己从小的梦想，我把她远远地摔了出去。"

"后来呢，她退伍了吗？"我问。

"退了，现在在甘肃兰州一家工厂当保安。"她说完长长吁了一口气。

我也长叹一声。

回到病房，小荣一见我，就急火火把我拉到走廊，说川菜馆的小潘不见了。

我说，今天是周日，不上班不是很正常吗？

小荣说，不是那么回事。他刚才去了店里取鲫鱼汤，没找到小潘，问厨师，厨师说为了鲫鱼放冰柜的事，小潘和川菜馆老板前天吵起来，被老板开了。

为了两条鱼，开了一个人？

小荣叹口气，说老板有好几个店，平时不怎么来。那天来了不知怎么打开冰柜，发现了这两条鲫鱼，问这鱼哪儿的。厨师也没在意，顺嘴说了声医院病人的。老板一下子认真了，说医院病人的东西放在厨房，传出去谁还敢来吃饭。

我说老板的担忧也对，早知这鱼就不放店里了，放梁小湘家不也一样吗。都是我当时欠考虑，怎么会吵起来的呢？

小荣说，开始老板把那两条鲫鱼扔了，小潘又捡了回来。两人就争执了起来，老板下不了台，就把她开除了。

"那鱼怎么还在做汤？"我问。

厨师和老板说，是他没说清楚，这鱼是一位海军少校拿来的，做好才由亲友送进病房，而这病人和医院里的医生是亲戚。老板一听，这鱼不好扔了，怕得罪了医院里的顾客。厨师又劝小潘朝老板认个错，小潘就是不肯，走了。

"走了，去哪儿了？"我急了。

说是另外找工作去了，不知道。

我赶紧骑车到小饭馆，问厨师，有小潘呼机吗？厨师说，我刚才呼了一次，停机了。我不死心，又呼一次，果然传呼台说停机了。

十六

潇潇的第一个疗程开始了。

我也恢复了正常的工作和生活。还在正月，事情比较多，该忙的都得忙起来。

到了周六，我的呼机又响了。一看是军报江编辑，赶紧回电话。

"有时间明天上午来一趟，把礼物拿回去。"

什么礼物？我真是让他弄糊涂了。

第二天我如约而至。他提了一个大塑料袋，满满一袋，不知装的什么好东西。

我接过打开袋口一看，是大大小小的信封，看上去有上百封，都拆开了。

"你的文章出来后，读者的来信全给你拿来了。"

"有捐款吗？"我近乎本能地问，马上反应出自己是不是着了什么魔了，不好意思地笑了笑。

他说："全是各地寄来的秘方，都说能治白血病，我也看不懂，你回去慢慢研究吧。"

啊，是治白血病的秘方，我有点惊喜。

我寻思这方子怎么看得懂，于是掉转车头又直奔总医院，先把小荣从病房呼出来，又把小湘叫了出来。

一封一封信铺在桌子上，大多是普通的中药药方，也有一些稀奇古怪的偏方，都是各地的热心人寄来的。我问梁小湘能不能看懂，小湘说她又不是学中医的，怎么会看得懂呢。她想了想，给赵护士打了个电话。赵护士说，每年这样的方子铺天盖地见多了，不少病人主流治疗办法没效果，都会吃中药和找偏方。她是不相信这一套的，要有用，还不早推广了？再说了，潇潇不是有进口药了吗？

梁小湘也赞同小赵的意见，但是我不死心，万一进口药疗效不行，这中医兴许还能托个底。

我没有说出自己的想法，像沙里淘金一样把这一张张方子都仔细看一遍，希望有什么新发现。倒是有一封信里，没有方子，刚才也没在意，再拿信打开细看，是北京一位姓陈的中医亲笔写的。说他有个朋友是部队的干部，看了文章后就给他打了电话寄了报纸。说是如果信任他，就当面把脉切诊一下，也许会有办法，后面留了电话和地址。

不知怎么，这封信引起了我极大的兴趣。我把这封信递给梁小湘，小湘看了看，觉得也没有特别，说不就是白血病吗，还有什么每人不一样，是不是在故弄玄虚呀。

我说，还是打个电话吧。

小荣忽然问我："难道那进口药没有用吗，还要这么急着去寻中医药？"

是啊，说什么以防万一，搁谁心里也受不了。我说："了解一下，要有用，对肖进不是也有好处吗？"

确实，我心里也是这么想的，目前对肖进这种病，还真没有什么招，可如果一直这样化疗下去，人还不全垮了？

"那赶紧找。"小荣说。

我马上出门，要给那中医打电话，梁小湘问有这么急吗，我说我下周要出差。

我接通电话，对方很客气，让我下午就去。我回来问梁小湘，有没有时间和我一道去一趟，不远，就在什刹海。小湘问非得她去吗，本来她约好下午带女儿去天文馆的。我觉得还是带她去下为好，毕竟小湘在医院这么多年，可以凭直觉做个基本评判。她同意了。

下午，我和梁小湘坐上了公交车，还好人不多，都有座。我觉得最近麻烦她太多，有些不好意思，就表达了谢意。

"还这么客气？"小湘说，"尽管麻烦不要紧，以后想帮你也帮不成了。"

她告诉我，她已经申请调往青岛了。既然她爱人调不回来，她就过去呗，那边很欢迎她去，估计年内能办下来。

我有点怅然，唉，帮她爱人小古调动也没成，我觉得挺对不起她的。

小湘说："这事不怪你，小古学的是指挥自动化，要回来，适合他的岗位不多，要转行。他又热爱这个专业，舍不得丢掉。不像我干护士，到哪儿都一样。"

我有些释然，说："是去四〇一吗？那是舰队中心医院，条件还不错。"

梁小湘笑答："不去四〇一，去基地医院。"

我一愣："去基地医院，那儿离市区远，条件也差不少。"

她又笑了："那儿不是离他近嘛？"

"这倒是，孩子怎么办？"我问，对她女儿我还真感激，一股捐款的波浪，就是她一个小孩子掀起来的。

"她当然跟我去青岛。"

十七

要找的中医住在一个四合院里，院子不大，干净精致。进去才知道住了好几户人家，他家用三间北屋，专门有一间用来做诊所。陈中医没有我想象的那么老，也就五十多岁。

让我们坐下后，他直接问："是你们的孩子？"

一下把我俩问得都不好意思。我赶紧介绍了自己，也介绍了小湘，简单把情况说了说。

陈中医听后，倒有些小小的感动，说难得你们为战友的孩子这么上心。说着从抽屉里拿出一张报纸，我一看正是我写的那篇文章，已经从报纸上剪下来了。

"你写的？"

我笑着点点头。

梁小湘直接问，为啥信上说什么人情况都不一样，不都是一样白血病吗？

陈中医说：中医讲究阴阳虚实，许多病都是五脏六腑的阴阳虚实不调。所以说同一种病，不同的人要吃不同的药，同一种药，不同的人治不同的病。

梁小湘没吱声，但我看出来，她不大认同。我倒觉得中医讲的话还是有一点道理的，起码符合辩证法。

我直接把叶潇潇的情况先介绍了一下，又说起了肖进。

陈中医打断我："那我要去看看这两个人，把把脉。"

我说："当然没问题，求之不得。"

小湘马上说不行，人家林医生还在治着，这儿再加一个医生，用另一个方法，谁负责？

我愣住了。

对潇潇，我现在也有点放心了，肖进的情况就不一样了，为什么不能试一试呢？

我想，林医生那儿是可以商量的，他的导师当年不也用草药为人治病吗？

我把这想法当场说了。梁小湘想了想，觉得也是，刚好肖进的化疗一个疗程做完，要休息一段时间，先腾出一个月来，让陈中医试试。当然，她还要去问林医生和肖进的意见。她又问中医，潇潇用的那个进口药怎么样，没想到陈中医还知道这个药，说这是生物制剂，应该有一定疗效。但效果到底怎么样，还是因人而异。

我请陈中医下周去医院给肖进号脉，梁小湘有些顾虑，怕把中医弄进病房去影响不好。但我还是想试一下，说可以让肖进到电视室，请陈中医给她号脉。

临别时陈中医给我开了一张单子，说全是发物，要肖进先忌口，我看了一惊，怎么鲫鱼不能吃?

我一身冷汗，开始为潇潇和肖进吃鲫鱼汤担心。收好那张纸，连连点头说一定照办。

回到医院已是傍晚，我先把肖进叫到电视室，把我同梁小湘见中医的事和她说了，问她愿不愿意搏一下。我觉得，肖进思想上通了，林医生那儿工作就好做多了。

肖进很干脆，愿意积极配合。她说小时候学功夫，就是跟村里一个老中医学的。中国功夫和中医是通的，也讲经络穴位。

这就好办了，我又把单子给她看了，问能不能管住嘴。她爽快地说:"太能了，荒岛生存训练时，啥吃的都没有，也挺过来了，这小意思了。"说罢，还安慰我，"你们就让那位中医放心大胆用药吧，我心脏边这颗炸弹，爆炸本来就是迟早的事。"

看着她无所谓的样子，我心里又开始难受起来，但愿中医能有回天之力。

十八

出差前一天，我专门到医院和潇潇、荣老师还有肖进道了别。潇潇和肖进的治疗，按照各自方案也开始了。末了，我又专门和梁小湘一起找到了林医生，说我要下部队，要个把月，全就拜托他了。林医生说："现在你就放心地下部队，医药费落实了，剩下的你也干不了什么，我会尽心的。"

"那地方医院的治疗方案，照着做就行了？"我心里还是悬着。

"过一两周，根据病人的情况，再调整一下。那边李医生会拿给院士把关。"

我说："那院士要是能亲自来几趟就好了，像会诊那样。"

林医生："那怎么可能呢，上次会诊是过年，北京的外地病号少，我们医院又很少出面请他们，都给了面子。现在，他们自己医院的病人要见他们一面都难。就算李医生，也忙得很，上次让我们跑到王府井，就是因为离他医院近，节省时间。"

我不能再说什么了，只是心里不踏实。林医生尽心尽力，但他毕竟头一次实施这个方案。

我忽然冒出一个念头，当初老叶他们要是直接去上海的话，协调专家要方便多了。唉，还想这干吗呢？

第二天一早，我随着工作组从京郊海军机场出发了。

一路上，隔三岔五给梁小湘打个电话，问潇潇和肖进的病。还真怪，肖进倒是没什么异样，她自己说喘气比原来轻松多了，真为她高兴。潇潇就有点麻烦，到第三个星期又发了一次烧，还有点厉害，李医生还专门赶过来和林医生一起会诊，又回去让院士出了意见，终于控制住了。

我本来四月初回北京，临时在三亚接到一个出海任务，跟着舰队编队到西沙南沙巡航。我知道这一上舰，和北京的电话是没法打了，只好全部托付给小湘。特别着急的是，三天后肖进做 CT 检查，我太希望知道检查结果了。但是没办法，带着这个遗憾，离港了。

春天的南海还是风平浪静。航行中，每到夕阳西下的时候，我就喜欢坐在后甲板上，眺望北方。两个素昧平生的病人，成了我无法言说的牵挂。从那次顶着大雪在渤海出海，到现在冒着烈日在浩瀚的南海巡航，中间也就不到一个月，感觉经历了好多。虽然没有嘱托，也没有承诺，但心头一直沉甸甸的。

中途，大概是二十天以后，军舰在永兴岛停了一晚，我用码头的军线电话接通了梁小湘。虽然通话效果很差，还是掩饰不住声音里的激动。她先告诉我，肖进的 CT 照片出来了，那个肿瘤小了一点。林医生态度比较慎重，说光拍一次不能说明问题，万一角度偏差，也会出现这样的效果，不能盲目乐观。但肖进已经盲目乐观了，说肯定小了。

我笑着问："你是不是也盲目乐观了？"

她也笑着说："有点吧。"

我又问："潇潇怎么样？"

梁小湘说："还行，正常吧。"

我觉得有点不对劲，问到底怎么样。她赶紧说，一切都有序进行，有林医生在，放心！

能放得下心吗？但再不放心也没有办法。好在航行途中事情不少，一忙起来，就好多了。

十九

军舰靠岸已近五一，没有停留，直接坐军用运输机飞回北京。

一回到北京，就给梁小湘去了个电话询问情况。小湘电话里说："你可回来了，快来吧！"

我问怎么啦，她告诉我，潇潇前几天又休克了，直到前天夜里才抢救过来，现在病情稳定了。

到了病房，我看小荣和荣老师都在，潇潇面色苍白，吃力地说："柳叔叔，你可来了，我一直在等你。"

"等我，你在等我？"

"柳叔叔这不来了吗！"我见是肖进，跟没有病似的，拎着两瓶开水进来。特别吸引我的是，她头上的帽子没了，已长出了头发，比我这小平头还长一点呢。

"柳叔叔，你带我去天安门广场吧。"

我稳了稳自己的情绪，装着生气地对潇潇说："叶潇潇同志，叔叔可要批评你，说话不算话。"

"我怎么说话不算话了？"潇潇一脸迷惘。

"我俩不是约定好了，等你病好了，一起去天安门前留个影吗！"

"是的，可我觉得我好不了了。"潇潇一下哭了。

"医生都没说你好不了，自己给自己打退堂鼓，你要不好好配合，医生能咋治？医生没法治了，病还怎么好！你怎么对得起那些给你捐款的叔叔伯伯，还有那些你认识和不认识的同学。我们任务千千万，你任务就一个，还完不成？"

"什么任务？"

"就是上次说，要坚强一些。不就发过几回烧吗？"我说。

小湘马上说："叔叔在西沙岛上还打电话问你的治疗情况，你的情况他全知道。"

潇潇委屈地看着我，抽泣着说："我就想看天安门。"

"等你这两个疗程做完，叔叔一定带你去。"

"可是做完还要好几个月呢。"

"对呀，你的病就好了呀，刚好国庆节。那时候，北京就是金色的北京，叔叔带你去看金色的北京。"

"金色的北京？"潇潇眼睛一亮。

"是呀，金色的北京！那时候，我们可以顺着医院大门，朝东到红绿灯，再朝南上长安街。出了大门全是银杏树，叶子掉在地上，没人舍得去踩，满眼望去一片金色。"当这幅画面在我脑海浮现时，我肯定地点点头，"对，金色的北京！"

"那天安门也是金色的吗？"潇潇问。

"是的，秋天的天安门也是金色。"我的语气更加肯定。我不想骗她，等她病好了，我会带她去天安门广场看晚霞，夕阳照过来，整个北京都抹上了一片金晖。

"柳叔叔，我答应你，一定好好治病，我跟你去看金色的北京。"潇潇一脸神往，她转头对荣老师说，"妈妈爸爸一起去！"

荣老师马上点头："我和爸爸都去，跟潇潇一起去。"

"梁阿姨，肖阿姨也去！"

"对，都去，一起去！"

潇潇苍白的面庞露出了幸福的笑容。

二十

秋天，说来就来了。

六个月过去，潇潇的疗程还差一个月，但病情依然没有好转。

倒是肖进，情况一天比一天好。做了三次 CT，每次都在变小，虽然很细微，也是大进步。林医生也认可这个效果，全力支持。有时候，我真想让潇潇也用中医药试试，小湘说："人命关天，是可以随便试的？"

"肖进现在不是很好吗？"我有点不甘心。

"她那是置之死地而后生！一是林医生没别的办法了；二是她本身身体素质好，也真正配合；三是她控制力强，有一个月，她不吃别的蔬菜，根据陈中医要求，只吃芦笋和西兰花。一闻那味，我都要吐，她却照吃不误。"小湘说，"别人能做到吗？尤其像潇潇这样的小孩。"

"她吃芦笋干什么？"我有点好奇，那玩意确实很难吃，一股草腥味。北京这边很少有人吃，去广东出差，粤菜里有。

"说是能有利于肿瘤缩小。"小湘说，"也不知道真的假的。本来还要让她喝芦根汤，又不是冬天，上哪儿去找芦苇根！"

找个周末，我又去什刹海找了陈中医，专门说了潇潇的病情。他说，现在这种情况他没法插手，如果医院说没办法了，他可以去试试。

他这个回答，我很失望，也有意见。是不是别人没办法，你再去试，也不用负责任。但是一想到肖进的病情，我还是千恩万谢地告辞了……

天气越来越凉。

转眼过了九月二十日，驻京海军全换上了白色春秋常服。星期一下午，我正在会议室开会，同事进来把我叫了出去。有个电话，原来是小湘打来的。

"潇潇快不行了，你赶紧来。"

我一听，赶紧请假，出门骑车直奔总医院。

老叶还在远航呢，还没法通知他。怎么办？

到病房，见围了一大群人。除了林医生和主任，李医生也在。

潇潇脸色苍白，上着呼吸面罩，心电监护仪上的电波也不规则。情况已经非常紧急，荣老师瘫坐在方凳上，倚着墙角，苍老而憔悴。边上还有四张方凳，在这五张方凳上，她已经睡了半年。

赵护士匆匆赶来，拉了一下李医生，李医生赶紧跟着出去了。

我问林医生："李医生怎么走了？"

林医生说："李医生要赶到学术楼，接一个国际长途，院士在国外访问，刚刚电话找到院士。"

我知道，医院只有一个国际长途电话，就在学术楼。但学术楼在病房大楼外面，跑过去加上下电梯得十来分钟。

"不行，跟我来！"我拉着林医生冲出病房，到了斜对面的护士站，拿起电话拨通了学术楼，让对方值班员把那边的内线电话话筒反扣在国际长途电话的话筒上，把手中的话筒递给林医生。

林医生马上和院士通上了话。这一招，是我这趟出海学会的。我在永兴岛跟北京通电话，舰上只有一部电话通军港，接通了值班员直接把内部电话和我接通，他那边两个话筒反扣就行了。

我真后悔，当初没有坚持劝说老叶他们去上海，怕担责任。如果潇潇是我的女儿呢？

林医生放下电话，马上布置护士配药。不一会儿，一位护士举着针筒冲进潇潇的病房。

几分钟后，心电监护仪上的波纹规则了，潇潇的脸也开始泛红。慢慢地，她吃力地睁开了眼睛，一看到我，眼睛一亮，断断续续地说："柳叔叔，我坚强不坚强？"

我连连点头："坚强，坚强！"努力不让自己眼泪流下来，我心里非常明白，这一针下去，效果是非常有限的。

"那你答应我的，带我去看金色的北京，金色的天安门。"

"对对对，金色的天安门，叔叔马上带你就去。"我抓住她的小手，急切地说。

"好的，爸爸妈妈也去，还有梁阿姨、肖阿姨。"

荣老师努力不让自己哭出声来，肖进在一边轻声安慰着她。

小湘轻声问林医生："能不能马上叫辆救护车，带上救护设备，去趟天安门广场？"

林医生看李医生，李医生点了点头。

林医生看主任，主任说："我去请示一下医院领导。"

小湘对潇潇说："去要车去了，我们都去天安门。"

潇潇笑了。

这时，心电仪的曲线又开始杂乱起来。

主任进来急切地说："我直接请示了院长，车就过来。"

我对潇潇说："潇潇，咱马上就走，车来了。"

潇潇张了张嘴但没有声音。监护仪上的波纹越来越微弱。

我心都跳到嗓子眼了，又不敢大声，急忙呼喊："潇潇，潇潇。"

忽然，梁小湘说，心电仪又动起来了。

潇潇睁开眼，眯着看我，呢喃了一句。

小湘马上把耳朵凑到潇潇嘴边："潇潇，你说什么。"

潇潇又吃力地呢喃一句。

小湘吃惊地看我："她说柳叔叔头上有金色的天安门。"

都看我，我一惊：我头上？

我马上取下军帽，哦，帽徽里有个天安门的图案，确确实实金色的。

我赶紧把帽子放到潇潇眼前，急切地说："潇潇，你看，金色的天安门。梁阿姨，肖阿姨，林医生，还有你爸爸和他的战友们，头上都有一个金色的天安门。"

潇潇笑了，笑得无比灿烂。

荣老师已经轻轻抽泣起来。我发现，心电仪上的曲线已经拉直。

潇潇的脸上依然是灿烂的笑容。

都想大哭一声，又都忍住。仿佛大家都商量好的一样，只是轻轻地抽泣，生怕惊动了潇潇的笑容。

（原载《芙蓉》）